CHENG·AI

城·爱

张晓琳 ○ 著

时代出版传媒股份有限公司
安徽文艺出版社

图书在版编目（CIP）数据

城·爱/张晓琳著.—合肥：安徽文艺出版社,2020.12
ISBN 978-7-5396-6855-0

Ⅰ．①城… Ⅱ．①张… Ⅲ．①长篇小说－中国－当代 Ⅳ．①I247.5

中国版本图书馆CIP数据核字(2020)第008550号

出 版 人：段晓静
责任编辑：宋潇婧　　曾柱柱　　装帧设计：张诚鑫　　易　芯

出版发行：时代出版传媒股份有限公司　www.press-mart.com
　　　　　安徽文艺出版社　　www.awpub.com
地　　址：合肥市翡翠路1118号　邮政编码：230071
营 销 部：(0551)63533889
印　　制：安徽联众印刷有限公司　(0551)65661327

开本：710×1010　1/16　印张：17.5　字数：230千字
版次：2020年12月第1版
印次：2020年12月第1次印刷
定价：49.00元

（如发现印装质量问题，影响阅读，请与出版社联系调换）
版权所有，侵权必究

目 录

001	第一章	好友的秘密
019	第二章	漂泊的爱情
038	第三章	冰释前嫌
043	第四章	不太平的销售部
055	第五章	深情父子
064	第六章	初遇
076	第七章	灰姑娘的单相思
089	第八章	上海风波
100	第九章	宏观调控下的悲欢
114	第十章	患难中的真情
123	第十一章	新职场新江湖
136	第十二章	夺地角逐
140	第十三章	职场对决
149	第十四章	阴谋不如亮剑
164	第十五章	虐恋
182	第十六章	一场空梦
196	第十七章	嘉林不复
209	第十八章	分离
227	第十九章	美伊复出
245	第二十章	柳暗花明
254	第二十一章	浮生若梦

第一章　好友的秘密

一

"女儿出走,这是大事！必须管管！"

"你从小就管、管、管,管住她了吗？最后丫头有什么事都不跟你商量了！"

"让丫头在县城里找一个条件不错的男孩结婚生子,安分过一辈子有什么不好？她以为去个陌生地方就像武侠小说里闯荡江湖一样,到处都充满机遇？一个女孩家,没有一点社会经验,现在城市里的人形形色色,复杂得很,万一碰上坏人就完了。不能出走！"

"什么出走！是去谋生好不好？咱们的孩子朴素、诚实、追求进步,我相信她会经历挫折、吃点苦头,但人生方向不会走弯路。我这个做爸爸的能不担心吗？但她毕竟长大了,有权利选择自己的生活。"

"咱家真是出了大小两个书呆子！唉！"

……

父母的争吵使文秀焦躁不安。即将毕业的半年来,冲动、憧憬、惆怅在文秀的内心交织成一张网,她的眉宇间经常交替着快乐和淡淡的忧愁。国家提倡发展市场经济，大学生自主择业，对于前途，她很迷茫。她的母亲还积极张罗家中亲戚为她介绍各类型的男孩，相亲搅得她心里更加烦乱。她是有梦的，可不愿意一毕业就听从父母的安排，平凡地结婚生子，过平庸的生活。

2003年的毕业季，室友们的谈话，还响在她的耳边——

她佩服寝室长尹小梅的志向。"还记得刚进大学校门的第一堂课吧？我们系主任说：'别以为上了大学就了不起，以为大学就是一所高级疗养院，有些同学除了吃喝玩乐谈恋爱之外，毕业之后胸中境界并无升华。为什么要上大学？大学会让大家的气质发生改变，你们要多读书，让自己成为真正的知识分子，去回报社会。'我要奉献社会了，祝福我吧！"尹小梅的豪气至今强烈地感染着她。

她羡慕漂亮的室友张小萍，本来家中就有钱，对象又有一些社会关系，还没毕业就被安排到了一家国有银行工作。

她同情室友田华。田华说当初考上大学就是为了找个金饭碗，自己生在农村，无钱无权，毕业只有自谋生路，打算回农村当教师。

"文秀，你有什么打算？"田华问。

"反正现在大学生都不分配工作了，不如自力更生，我对国家人才市场化的政策暗自欢喜。当然，也不是没有想过自力更生的艰难，咱们历史专业在市场经济的大潮中不占什么优势，说白了，去城市谋生，就是放弃安分，选择漂泊。但我认为这是一个梦的开始。确切地说，我渴望经历一些浪漫与伟大的奇遇，向往在流浪中寻找爱情和自由。我也没想着一定要出人头地，只想积累些知识与财富，寻找一个志同道合又相爱的男孩共同营造一个家，每天充实着、快乐着，按照自己的想法完成人生轨迹。"

这是她长久积蓄而成的心声。

她也记得毕业季那个"最后的晚餐"，寝室长提议各自带上男朋友聚餐合影，十几个年轻人聚在学校旁边的小餐馆里，把桌上丰盛的饭菜扫荡一空,很快只剩下一桌油光光的盘子和十几个空空的啤酒瓶。文秀作为寝室里唯一的"单身狗",展开周润发的海报,与室友们合影留念。引得一位男孩唱起了《英雄本色》电影主题曲:"心中鲜血倾出不愿你知,一心一意奔向那未来日子,我以后陪你寻觅好故事……"

大家泪水闪烁,拥抱在一起,摄影师摁下相机快门,将美丽的青春记忆定格在永恒的时光里。

如今大家各奔前程。回到现实来,文秀思考着自己的出路。她眉目清秀,素雅的淡蓝色长裙,高高的马尾,细弯的眉毛下面是一双细长的眼睛,鼻梁上架着一副近视镜。她不想听到父母的争吵,撕下一张信笺,写下一行娟秀的字:"我有一双理想的翅膀,要用它自由飞翔,而不是放在锅里炖汤。"接着她把信笺折叠成纸鹤,向窗外一掷,纸鹤便飞了出去。

走出房间,进了庭院,响彻耳鼓的蝉鸣助长了心烦。家猫在窗台上睡着午觉,肚皮有节奏地一起一伏。她倒是羡慕这些动物能够单纯地按照生命规律自由地生活。庭院里的无花果树缀满了饱满的果实,她伸手摘了几颗,剥开了放进嘴里,又甜又糯。

突然客厅里的电话铃响了,是高中同学钱美伊打来的。

"文秀,毕业了你有什么打算?"钱美伊开门见山地问。

"我倒是想出去找份工作,因为这件事情,妈妈和爸爸发生了争执。"文秀皱着眉,不过立刻又流露出坚定的神色,"我铁了心要出去的,只是不知道去哪个城市。"

"在家靠父母,出门靠朋友呗!当然找个有朋友的城市啦!我们暑期有一个挣钱的机会,要不要过来尝试一下?"

"什么?"

"模特,就是为商家活动做形象模特,一天五十块钱酬劳。需要八个模特,暑假很多同学都回家了,我找不来那么多,忽然想到你了,看你有没有空。"

"我行吗？我没做过模特！再说了,这工作既不稳定,又是吃青春饭。你觉得去上海怎么样？"

"文秀,我说句实话你别生气。一线城市都是研究生和海归的地盘,你就是个普通大学本科生,连个'211'院校毕业生都不是,到咱省城里混比较务实。要生存,首先得找一份可以糊口的工作。你来央州吧,我都邀请你几次了,你也没来我学校看看。现在毕业有空了,来我们外语学院走走,看看是不是男生比你们学校的帅,女生比你们学校的漂亮。"

文秀倒吸一口气:"你不就是上个'211'院校吗？如果我不是当初高考政治那一场睡着了,说不定考进的是'985'院校。"

"历史不会倒流的,说这话没有用。你好好考虑考虑,定了给我消息。"美伊挂掉了电话。

文秀做通了父亲的思想工作,对母亲的坚决反对置之不理,郑重地表示要自力更生,不让父母再为她操心。文父喜欢养花读报,做了一辈子的国有企业会计,对事业没有特别的追求。他对文秀有着特殊的宠爱,希望女儿的一生是快乐的,能够自立、有主见地安排自己的生活。文秀凡事征求他意见时,他总是分析利弊,让她自己来选择。文母是县里一所普通中学的老师,喜欢唠叨。一想起单纯的独生女儿要自谋生路,文母不禁嘤嘤啜泣,抱怨丈夫对女儿只会一味娇惯。

文秀暗暗发誓,一定会证明给父母看,自己的决定是正确的。于是她第二天揣了五百块钱启程了。

二

文秀来到央州市的州立大学门口,轻松地穿过一座座教学楼,走过一排排茂盛法国梧桐形成的绿荫,还有墙上布满爬山虎的图书馆,眼睛仔细地瞄着身边经过的男生女生,接着一口气来到了8号楼208号宿舍。

一个热心的女生唤醒了正在睡午觉的美伊。美伊睡眼惺忪地坐起身来,打着哈欠,披着黝黑的长发,漂亮的脸蛋儿上带着困倦。

美伊生长于一个不幸的单亲家庭,虽然富裕,但是在她七岁的时候父母离异了。爸爸出轨并再婚后,美伊妈妈为她找了个年长有钱的继父。美伊的妈妈没有工作,长期忍受着继父的坏脾气。直到美伊出落成亭亭玉立的少女,继父猥琐的目光经常打量她身体起伏的曲线时,她的母亲就安排美伊和姥姥一起住。爸爸给她和姥姥请了一个保姆,给她生活费。没有父母的管束,加上爱的缺失,美伊很快就早恋了。美伊第一年高考时,母亲抑郁成疾,患了乳腺癌,和姥姥相继离世。她在心里对生父几乎诅咒了千万遍。伤心过度使她考场失利,第二年复读后考入了州立大学外语学院。她有一副大小姐般的傲慢神态,身材高挑丰满,不幸的经历给她造成了无法修复的心灵伤疤,过早地展现出成熟的气质,不羁的笑容藏在伶俐、冷艳的眉眼之下。

美伊下床梳着头发,脸上堆起笑意,向文秀道歉。"对不起,文秀,请原谅我这个懒人没到车站去接你。怎么样,我们学校的帅哥和美女如何?"

"一路走过来我还真仔细看了,发现任何一所学校里,都有东施和西施、武大郎和西门庆。"

"哈哈!总结得好!"

美伊穿好衣服站起身,紧身的紫色鱼尾裙把身体包裹得成熟性感。她把文秀的行李放在了床铺上,要请文秀吃牛排。两个女孩子曾经在高中时形影不离,美伊的身边围着不同的男孩,都是文秀帮助美伊传递情书,听她讲自己的恋爱故事。

她们在西餐厅找了个靠窗的位置,美伊从精致的手包里翻出一盒韩式女士烟,娴熟地抽出一根烟来,用打火机点燃后送进嘴里,鼻孔里冒出缕缕的青烟。

"外语系的女生都这么酷吗?"文秀惊讶地问。

"要不要来一支?"美伊一副洒脱的样子,又犹豫了一下说,"算了吧,还是不要把你带坏。这是男朋友买给我的。"

"我记得有一部电影里说过,凡是男人给女人送烟送酒,都是不怀好意的。你要当心!"

美伊掩着嘴笑,肩膀不停地抽动着。"文秀,大学几年你都干什么了?"

"读书啊!老师说读书能改变气质,大学毕业后就跟别人不一样了。"

美伊的手指轻轻磕了几下烟灰缸,微笑着说:"你应该有点主见,都多大啦还听老师的,毕业后他还能管得着你吗?今晚你睡我床上,明天我带你到附近找个住的地方。兼职模特的工作时间推迟了,需要的时候,那边活动负责人会跟我联系的。"

美伊把宿舍的床铺让给了文秀,自己一夜未归。第二天早上她带着文秀到学校旁边的一个都市村庄,租下一个单间,文秀就算暂时安了"家"。美伊告诉文秀安心找工作,如果有困难随时呼她。

这个都市村庄,天色微微亮的时候便开始苏醒,除了发廊之外,各种小吃店最先热闹起来。已经是闷热的伏暑天气了,房间里没有空调,文秀买回来一个小风扇,放在床头从早到晚转个不停。她每天蜗居在屋子里,在报纸的招聘板块中寻找工作机会。招聘需求集中在广告公司文案、送水杂工、家教兼职老师这几个种类。文秀把感兴趣的招聘信息用笔圈了一下,之后敲响了隔壁邻居的门。

"谁呀?"里边传来声音响亮的男声。

"我是隔壁的小文,想请教一下找工作的经验。"

一个中等身材、三十岁左右、国字脸的男人开了门。他微笑着热情地邀请文秀到他屋子里坐。

"妹子初来乍到不适应吧?"他在简陋的房间里开始沏茶。

"嗯!这里人很多,路上好像什么人都有,我听到过好几种口音呢!"

"虽然都市村庄脏乱差,但是房租便宜,是很多外来人初到这个城市的栖身之地。去年报纸上说央州每年有20万大学生在各个都市村庄聚集。到了春节,外乡人一离开,这个地方简直就是一座空城了。我来这里是为了自考州立大学法律系本科,在这里已经住一年了,你今后叫我老周就行了。"

"好。我叫文秀。"

"你脸色这么难看,是不是中暑了?"老周盯着她的脸看了几秒,接着好心地从桌上一个方盒里摸索出来一支体温计递给文秀。

"是吗?"文秀把手背贴在额头上。她这才意识到自己脑袋沉重、肌肉酸痛。一会儿,她从腋下取出体温计看了看,果然发烧了,38度。她按照老周的描述找到附近的一家小诊所。诊所约一百平方米的面积,诊台上放着血压测量仪与处方本,诊台后是一个高高的玻璃柜子,柜子里摆满了各种妇科与感冒发烧类的药物。墙壁上挂着各种人体经络图,屋子里边的空间拥挤,床铺上铺着微微发脏的白色床单,床头旁边立着输液吊瓶的支架。屋子里有三个人在打点滴,其中两个在闲聊,另一个在看报纸。医生是位中年女人,稍微有些胖,头发高高地盘在脑后,穿着宽松随意的衣服,自称孙医生。老周向她交代过,这种诊所没有正规的营业执照,它是都市村庄的特色产物,毕竟这里租居的人们是没有太多钱去医院挂号看病的,一般的感冒发烧都选择在这里输液买药,医药费是医院的三分之一。

孙医生打量了文秀的装束,以为她是个小白领,问她是不是上班的,文秀嗯嗯啊啊地敷衍着。孙医生很直接地说:"输液吧,退烧加清热解毒,三十五元一瓶,明天再输一次,无副作用,好得快。"

文秀想,自己身上总共才五百块,工作还没有找到,房租和医药费就得花去百分之十五,她恳求孙医生开点感冒药。

孙医生扔给她一盒小柴胡颗粒。"十块钱！烧不退再过来。"

这一天,文秀吃不下饭,喝药之后就不断地喝白开水。傍晚的时候,热心的老周切了一盘水果给她送过来,安慰她一定会找到称心工作的,不需要着急。

"那天你搬来时,我见有个姐姐跟你一起,她怎么没来看你？"

文秀放下手中的报纸,说:"你说的是美伊吧？我22岁,年龄比她大一岁,我是姐姐。她可比我有本事,上大学期间做模特都挣了好多钱了。我这点小病,就不用麻烦她了。"

"哦！我前段时间见她经常去楼下那家诊所输液,以为她也在这个都市村庄住。她帮你找了房子,我以为你们会住在一起相互照顾呢！"

"没有,她明年大四,还没有毕业呢！"

"哦！这么说你先毕业了,还比她大？但是你看起来好单纯,她比你成熟多了。"

文秀眉头一皱,苦恼地说:"老周！不要说了！我妈天天提心吊胆,怕我上当受骗。"

老周哈哈大笑地告诉她,如果有什么事,随时敲他的门,自己24小时全天候。

三

烧一退,文秀就满怀希冀地骑上老周借给她的自行车,穿过城市间的一条条马路,去应聘了。城市主干道两边的法桐生长得郁郁葱葱,正如对未来充满自信的她一样朝气蓬勃,即使多远的路都不感到累了。盛夏里,这些法桐的枝头上有许多麻雀叽叽喳喳地叫,文秀到招聘地点停放好自行车,脸上滑落了一团温热又黏糊糊的东西,用手一抹,原来是鸟粪。她哭笑不得,心想今天不会走霉运吧?

她一口气爬上五楼的时尚生活杂志社编辑部。门是开着的,一位休闲打扮的中年女人正无精打采地坐在破旧的电脑前喝茶。

"请问编辑岗位的面试在这里吗?"文秀小心翼翼地问。

"这里都快倒闭了,连我马上都失业了。"女人微微抬起头,面无表情地看了她一眼,敷衍地说。

文秀火热的心情立刻降到冰点,委屈地嘟哝:"可报纸上你们登了招聘信息的!"

"你再仔细看看刊登时间,过期了吧?"这次女人打着呵欠,正眼都不瞧她一下了。

文秀失落地转身下楼。"单位有这样状态的员工,离倒闭真的不远了。"盛夏的太阳在高空中悬着,整个城市被炙烤得像是要生烟。文秀撑着疲惫的身体,强忍着口渴,尽快调整好心态,前往下一个目的地,去应聘酒店服务生。这不是文秀喜欢的工作,可老周建议她去试试。"先填饱肚子重要,一般漂泊的生涯至少需要半年时间,然后才能在一个城市立稳脚跟,工作可以在有了积蓄之后再换。"

她被一位身着旗袍的高挑女孩带领着,穿过旋转门,到了大堂经理室,室内的桌椅摆放得井井有条。经理是一个绾着发髻、化了妆、穿着得体的职业女性,一边打着电话,一边用手势示意文秀坐下来。

等她放下电话,高挑女孩向她汇报说:"经理,新来一个面试的。"

经理居高临下般地拉下脸训斥她:"到岗一个月了还不懂服务意识,面试的人来了,还不倒水!"

女孩赶快紧张地低头致歉:"对不起经理,下次记得了。"

女孩快速恭敬地端来一杯凉茶放在桌上,才见女经理的嘴角翘起了一丝微笑。女经理看着素面朝天的文秀,刻薄地先开了口:"你刚毕业吧?服务生除了外表漂亮之外,最重要的是服务意识。虽然我们是三星级酒店,但要求也比较高,你来应聘不化妆也就罢了,到我办公室也有五分钟了,没见你笑过,所以你只是为了找一份工作,并不热爱服务这个行业。我说得对吗?"

文秀顿时语塞,支支吾吾地解释着:"经理,我是刚毕业没有太多经验,我想服务生招聘的门槛低,我应该符合要求,所以……"

女经理不屑地笑了一下,强势地打断了文秀的话:"呵呵,什么叫门槛低?你是说你的外形还算漂亮,就可以做服务生了?错了,我们这里门槛不低,就算你很漂亮,我也不会录用你。你戴的这副眼镜,至少有五百度吧?我们一般不选用戴眼镜的人,再说漂亮的女孩多得是!"

很显然,这段不留情面的话语对一个刚刚踏入社会、急于安身立命的女孩来说是一个沉重的打击。意思是你不够漂亮,即使漂亮也不够格,回去修炼吧。文秀沮丧地回到住所,像一个无助的小动物,把自己关在房间里,修复受挫的自信心。

四

闷热的暑期终于迎来一场大暴雨,这对于城市的人来说是很兴奋的。暴雨把文秀困在房间里,即使到了中午肚子咕咕叫,也只能隔着玻璃窗,看倾盆而下的雨水。她从小被父母宠爱着,没有做过饭,这个单间也没有厨房,都市村庄的住户大部分是自己买来一个煤气罐,放在走廊上做一些简单的饭菜。她看着镜中的自己,几日下来就清瘦了许多,黯然神伤起来。

有人来敲门。

"喂,小美女在家吗?"

"等下。"文秀拉开门。

是隔壁的老周。老周热情地说:"今天下大雨,我估计你们都没有出去,如果你没有事情,就到我这里来吃饭。我弄了几个菜,还有雪花啤酒。隔壁的那个柳大记者也在,一起欢迎你这个新邻居。"

"老周你太会说话了,说得我心里暖融融的。"

三个人各自带着不同的追求来到这个陌生的城市,都是单身,也都孤独。一起坐下来边聊边喝,也是温暖的场景。

"我去年中秋节都没回家,邀请左邻右舍一起到我这里庆祝的。文秀,你这个房间老是换人,平均三个月就换一个。你一定要住的时间长一点啊!"

文秀低下头,小声说:"我还没找到工作,都没自信了。"

老周对着正在抽烟的柳明亮问:"柳记者,你们那里要人吗?让她干干发行什么的,先解决温饱。"

"我是《北京时代报》驻央州记者站的记者柳明亮,现在我们那里暂时不招人。听说《央州都市报》有个姓高的老记者想找个实习生带带,前几天还向我要人,也不知道定了没有,我给你问问。"柳明亮对文秀说。

"高记者,他全名叫什么?"文秀问。

"我是在一家企业新闻发布会上认识他的,我们交换过名片。"柳明亮的手在上衣口袋里摸来摸去,尴尬地说,"真是抱歉,衣服送干洗店时把名片弄丢了。你下午去报社碰碰运气吧,一般实习生都是帮记者写新闻稿,但没有工资。经过几个月觉得你能力还行,就可以转正留在报社。"

"真是太谢谢了。"文秀举起啤酒瓶,兴奋地说,"祝福我吧!"

老周也赶紧举起酒瓶子:"好,祝福!祝福!"

文秀干了满满一杯雪花啤酒,第六感觉告诉她,这次好运是属于她的。她中午顾不上午休,雨小一些的时候,立刻披着雨衣,手里拿着地图,转了三班公交车,找到了央州都市报社。

报社门口醒目地挂着厚重的白底黑字牌匾,院内两排高大苍翠的松柏把新闻职业衬托得非常威严和神圣。一楼是发行部和广告部,经过门卫的指引,文秀兴奋地到爬上了二楼编辑部。

"请问高记者在吗?"

室内坐着几个人,都在专注地写稿件。一个年轻男人抬起头,眉眼之间都是英气,很俊朗的脸型,浅蓝的运动波罗衫,深蓝的牛仔裤。他上下打量着湿漉漉的、额头还在滴水的文秀,坦率地回答:"我是高宇,有事吗?"

"我找的是姓高、年龄老一点的那位记者。"

其他人听到不禁哈哈大笑。

"报社姓高的记者就我一个。"叫高宇的记者用大拇指指向自己的鼻梁,站了起来。

"噢,听人说您找实习生?"

"昨天刚找到了。"

文秀低下头,失落地说声谢谢,转身离开编辑部。

雨又下大了,文秀只得站在一楼发行部的屋檐下避一避,雨水溅得她裤脚都湿透了。她沮丧地叹着气,又是失败的一天。一声响雷之后,文秀惊得紧贴着墙壁,无奈地等着这场暴雨的结束。

"咦!你怎么还在这儿?"高宇刚把完成的稿件交给编辑,心里轻松不少,正要下楼去吃晚饭。他看到刚才那个可怜的女孩蹲在墙根避雨,记者的职业敏感度让他对文秀充满好奇心。

"无依无靠,心如死灰,在哪儿不一样?"文秀瞥了他一眼,无望地侧过脸去。

"呵,好像你有天大的冤屈似的。有什么冤情向我申诉吧!"与文秀的沮丧相比,高宇显得满面春风。

文秀指了指天空:"老天爷,不公平。"

高宇看了看腕表,已经下午五点半了。"肚子是不是饿了? 我也不是很有钱,但还可以请你吃碗面,就在路对面。一起吧。"

　　文秀跟着高宇去了路边的一家"阳光小店"餐厅。高宇向服务生点了精致的凉菜和两碗面,还给文秀点了一杯鲜榨果汁。高宇了解完文秀的处境,想起当初自己毕业后只身来这个城市漂泊的酸楚与艰辛,动了恻隐之心。直到现在,他依然是漂泊者,无非是住的报社免费提供的房子,生活环境好一些、资格老一点的漂泊者。他已经 29 岁了,至今单身,因为有五年的新闻职业经历,已经算是老记者了。

　　"我有个案件需要跟踪,要深入外地去采访,大约一周时间。你一周之后来报社找我吧。"

　　"你不是已经找到实习生了吗?"

　　"那是个男孩,又不可爱。男人跟男人在一起工作太枯燥,我本来就想带个女孩子。我把他介绍给同事,你就跟着我吧。我可以管你吃饭,不过没有工资。你负责帮我写稿件,我会在报纸上署上你的名字,缀在我名字的后边。如果我实在辛苦,你要是看着我可怜的话,就偶尔给我洗几件衣服。要求过分吗?"

　　"不过分不过分,我转运了吗?"文秀指着自己的鼻子,惊喜得睁大了眼睛。

　　高宇大笑了起来:"老天公平吗? 还申冤吗?"

　　文秀摇摇头,羞涩地对高宇说了声谢谢。

　　"我不在的这几天,你买点日报、都市报,研究一下新闻写作技巧,并了解每类报纸的新闻写作风格。尤其是党报,标题、结构与文风都是很严谨的。都市报的题材灵活,多来源于市民生活。记者要有一双新闻眼,这样才能善于发现和捕捉有价值的新闻事件。"高宇说。

　　"嗯,我不会给高老师丢脸的。"

五

文秀按照高宇的要求收集央州各类风格的报纸，认真研读新闻的不同写作风格。熬了两个夜，加上酷暑与暴雨期间的折腾，她又病了，只得又去了楼下的小诊所。都市村庄的晚上，人流依然熙熙攘攘，文秀到诊所对面的超市买了几包零食，结账时，她的目光不经意间向外瞥去，看到钱美伊从诊所走出来，面色憔悴。文秀还没来得及呼唤她，漂亮的身影已匆忙消失在人群中。

文秀步行几分钟就到了诊所，向孙医生购买感冒药。孙医生职业性地用手背碰了一下她的额头说："你是高烧，吃药一周时间也不见得会好，不如输液，我保证你两天彻底痊愈，不影响你的工作。"

"好吧！几天后我就要工作了。"

"这就对了。"孙医生娴熟地用针头把消炎药注入生理盐水的吊瓶。

"孙医生，五分钟前有一个卷头发的女孩来过，红裙子，脸色特别不好，是什么病？"

"啊——她……她就是治疗妇科炎症，来我这里打点消炎针。"

文秀看到孙医生说话时目光有犹豫，进一步问："孙医生，你告诉我，我不会告诉别人的。"

孙医生叹了一口气，含糊地说："有些女孩流产不久，就来我们这里消炎输液。同样的消炎药，我这里比医院便宜多了，你也可以介绍你的朋友来我这里。"

"什么？"文秀心中咯噔了一下，这种事情，难怪美伊不告诉她。

"这有什么奇怪的？每年都有大学生遇到这种情况来我这里治疗。"孙医生按着扎进文秀手臂上静脉血管的针头，为针头固定胶带。

文秀深感内疚，自己只顾忙着找工作，却忽视了美伊。第二天上午,她买了一些水果去学校看望美伊。美伊脸色依然发白,头发散着,一个人坐在宿舍的小桌子前削苹果。

"美伊,你怎么了?"

"文秀,我流产了。"美伊有气无力地说。

文秀难过地问:"是谁的?"

美伊岔开话题说:"过几天就好了。"

"美伊,你太傻了,告诉我谁欺负你了?"

"我自己去医院做的无痛人流,才四十多天,就是梦太可怕了,梦里孩子已经有形状了,血淋淋的,被扔进了医疗桶……"

"为什么不告诉我?我陪你去。"

"你不是在找工作嘛!"

"我离上班还有几天时间,我照顾你吧,晚上给你炖鸡汤补补。"

文秀一本正经地在老周的灶台上架起锅,折腾了三个小时,把炖好的鸡汤盛进饭盒,送到宿舍。美伊的室友递给她一张留言条:"亲爱的,到我第一次带你去的那家西餐厅吧,我在那里等你。"

在环境优美的慢格调的餐厅里,美伊化了妆,掩盖了昨日的憔悴面孔。她端着杯果汁,坦率地告诉文秀:"你是我最好的朋友,我应该把这个秘密告诉你。其实他对我挺好的。"

美伊展开一份报纸,整个封底被大红的画面占据:偎依在一起的两颗红心。上面是醒目的"美美,我爱你,生日快乐!",但并没有祝福者的署名。

美伊面露喜悦:"文秀,知道吗?这个封底版面的广告费是十万块。他祝我生日快乐!他说我是他最爱的女人!浪漫吧?"

"原来他是有钱人。他为什么欺负你?"文秀问。

"别这样说,"美伊解释着,"那天他说有重要的事,没有空陪我去医院。他给了我很多补偿。"

"什么补偿?"

"一个男人为你花十万块钱做整版广告,你不动心吗?他找了批命先生,说我是他的福星,认识我之后,他的事业就开始上升了,前两天刚刚签过一个合约,能赚一千万。他向我道歉,不应该让我一个人去做人流,他说养我一辈子。"

"他是有妇之夫还是单身?"

美伊显得有些不开心:"有妇之夫。文秀,你不了解男人,说些开心的话给我听吧!"

"美伊,我是你最好的朋友,我不希望你被人欺负!他爱你就应该给你一个家。"文秀坚持说。

"你没恋爱过,根本不了解什么是男人爱你!不愿在你身上投入的,不叫爱!像我爸爸,对那个女人百依百顺,大手大脚地花钱,对我妈妈却吝啬得只给生活费。妈妈改嫁之后,他更是一毛不拔了!他惧怕那个女人,给我的那点生活费还不够塞牙缝,去年我已经跟他断绝了父女关系,从此我再也没有爸爸!"美伊激动愤恨地讲完,心里又诅咒了几遍自己的生父。

"如果你说的这个男人很有钱,花这十万块对他来说只是九牛一毛,那就不算大方的。"文秀实话实说。

"事情已经发生了,我还能怎么样?有些女孩人财两空,我还算幸运的,祝福我吧!对了,上次我说的那个用临时模特的公司,后天上午九点钟在商场搞展销活动,你替我去吧。"

文秀点点头,把鸡汤推给美伊,看美伊美滋滋地一口一口喝下。高中毕业之后,美伊的生活和思想离她越来越远。她暗暗地担心美伊今后的日子。

六

周末的商场,人流熙攘。一楼的T台上,一段火热、激情的爵士舞引来台下年轻人的围观,并引发阵阵欢快的尖叫。文秀和其他礼宾模特一起,面带微笑,站在T台的两侧。

舞蹈结束,演员退下,高大帅气的主持人登上了舞台,声音洪亮地向台前宣布:"尊敬的各位薇薇化妆品新老客户、各位现场观众,我再强调一次今天的好消息:凡是今天在柜台购买薇薇抗皱套装产品的朋友,就有机会参与抽奖,六重大礼等你拿!接下来,我们先开始有奖问答环节,答对的朋友将获得礼宾小姐奉上的精美礼品一份,愿意参与的朋友请上台……"

文秀和礼宾陆续为答对的客户上台送上精美礼品。时间过得很快,活动结束,撤场完毕,文秀结完酬劳,正要到内场去换衣服,活动公司的主管喊住了她,并带来一个陌生瘦小的男人。

"你是州立大学外语系的?"陌生男人礼貌地问。

"嗯。"文秀点点头。

"外语系的女生活跃,形象气质好,经常与我们合作,不过经常合作的那个女生今天没有来。"主管解释说,他指的是钱美伊。

"你们是哪个班的?以后我这边要是有什么业务也可以找你们联系。"

"我代我朋友来的,她病了,她经常跟活动公司合作,如果你有需要,我把她的传呼号码写给你。"

瘦小男人拿着文秀写给他的号码满意地走了。

文秀回到美伊所在的208宿舍。午饭后,一串气势汹汹的响亮脚步声逼近宿舍,一个中年女人凶神恶煞地推开了宿舍的门,后边跟着一个和她年龄相仿的中年阔太,房间里的气氛瞬间凝固。女人看起来四十多岁,满脸怒气,目光扫视一周后落在浓妆艳抹的美伊身上,上下打量。她拿起大哥大,拨了一串号码,稍等片刻,美伊身上的传呼机响起了"嘀嘀"的声音。

女人眼里露出凶光:"果然是你,你这只狐狸精,勾引我家男人!"

女人冲上前去,朝着美伊就是一记响亮的耳光。

室友们拉住了女人。美伊捂着脸故作镇定地说:"你说话要有根据,这是大学宿舍,你敢胡来我喊警察了!"

"你试试!警察只会抓狐狸精!我家老高只是跟你玩玩儿,你最好识相点儿,断了跟我男人的联系。今天我就饶你一次。如果你敢异想天开,我杀了你!"她凶狠的眼神更像一把尖刀,指尖指向美伊厉声道,"相由心生,看你就不是正经东西!"

她转身看到朴素的文秀,冷笑说:"你倒斯文多了,可别学她!"

女人扬长而去。她耍了威风之后接着是一阵痛心,到楼下就忍不住掩面哭泣。随行的女伴搀扶着她一路安慰,最后转进了轿车里。

美伊用手掩着疼痛麻木的半边脸,泪水涟涟地对文秀说:"活动公司跟我的业务,也是打系里的电话才能找到我,我的私人传呼号码只有你知道。"

文秀瞬间傻了,接着胸口剧烈起伏,内疚地向寝室里所有女孩解释:"我……我不是故意的,上午有个陌生男人找到活动公司的主管,说要经常与外语系女生合作,我就把你的号码给了他……"

美伊已经控制不住情绪,眼泪夺眶而出,痛苦的脸扭曲着,指着门歇斯底里地喊:"你滚——"

女孩们把手中的纸牌扔在桌上,停下来,面面相觑。其中一个女孩竖起食指嘘了一声,向其他女孩使了一个眼色,几个女孩便悄悄溜出门去窃窃私语:"这不是一般性质的矛盾,不好调解。原来美伊真是小三儿啊!"

文秀夺门而出,也许在这个城市她失去了唯一的朋友。夜晚的霓虹如点点繁星,车来车往,各种量贩店流动着灯光,酒吧里藏着骚动的风情。城市依然繁华,她只剩下一颗委屈的心。

第二章　漂泊的爱情

一

离到报社实习的日子近了,文秀利索地打包好衣物,告诉房东要搬家了,她想离工作的地方近一点。房东听完又起腰,生气地吼了起来:"你才住了两个月就走,早知道当初就不让你搬进来。"

房东看起来像一只肥大的波斯猫,满头爆炸式的烫染卷发,身材矮胖臃肿,说起话来极其难听。她是靠租金生活的包租婆,房子就是她的摇钱树,每年夏季毕业生拥入城市的时候就是她发财的旺季。眼看入了秋,房子空了就不好租了,她气急败坏地打开房间,把文秀的拉杆箱和衣物接连抛向了屋外。

文秀惊恐又讨好地向她说:"我交了三个月的房租,还有一个月没到期呢,为什么现在就赶我走？是你要我走前跟你提前打招呼的,一个月的时间是可以找到租户的。"

"你不走别人怎么搬进来？"

女房东冷漠地说完,对自己的所作所为丝毫不惭愧,拍拍手回楼下的正厅打麻将去了。文秀怎知自己的善良守信换来的是人心的无情,看样子房东也不会退剩余的房租了。她默默地用被单把散乱一地的衣物重新裹起来打了个结,下楼时刚好碰上从外边回来的老周。

"丫头,你要搬走了?"老周惊讶地问。

文秀苦笑着说出事情原委,激发了老周的正义感。他气愤地快步走进一楼房东的客厅,把刚买的水果狠狠地抛在了麻将桌上,对女房东喝道:"你也就敢欺负外地人,一个刚毕业的女孩在这里无依无靠,连一晚上都容不下了。这天黑了你让她上哪里去?万一出了事,你脱不了干系!"

"我哪里招惹你了?敢管我的闲事!"女房东气恼地推倒了桌上的麻将牌,不甘示弱地起身理论。

"闲事我管定了。首先告诉你,我是个律师,你违反了租赁协议,强行提前把人赶走,文秀可以起诉你。其次,我家也是这个城市的老居民了,多少有些关系网,也不好惹!欺负我朋友,我不愿意!"

文秀扯着老周的衣角:"算了,犯不着为我得罪她。"

"不行,走可以,要把剩余的一个月房租退了。要不然,明天我发动整个楼的人来跟你抗议,全搬走。"老周指了指楼上。

女房东是个欺软怕硬的主儿,朝她那傻愣的儿子使了个眼色,说:"去拿一百块钱,赶紧退款让她走人,眼不见心不烦。"

老周这才作罢,把文秀送到门外,关心地问她夜里去哪里。文秀对老周的仗义相助很是感激,不愿再麻烦他什么,谎称先去同学那里。老周拍着后脑勺说:"想起来了,你还有个妹妹钱美伊,那我就放心了!"

文秀知道,美伊现在肯定还不会原谅她。她走出都市村庄长长的胡同,坐在城市主干道一家麦当劳门口不远的台阶上,幸好夜晚月朗星稀,她就这样靠着包裹坐到了天亮。长这么大,她还从未经受过这样的遭遇!她默念着海明威的一句名言:"一切困难都会过去的。"眼泪是没有用的,以后的她会明白,每个人所经历过的艰辛委屈都会成为过去,并成为她精神世界里最坚韧的领地。

二

搬家对于文秀来说特别简单,只需要一间十几平米、配备厨卫的标准间,屋子里有一张床、一个衣柜就能满足她对生活的全部需要。第二天天一亮,她在路边拦了一辆出租车,到距离报社最近的另一个都市村庄下车,就算是完成了大半个搬家任务。

这个都市村庄并不大,临近城市主干道,有大型超市与银行,打车非常方便。村子里同样缺乏规划,村民为了多增加租金收入,对自己的家进行了改建,大门之内围起来一个露天的小院子,在自家房顶上砌起了六层的小楼,每一层都分割有独立的房间,用于出租。白天的时候,院子里空荡而安静,到了晚上就停满了租客的自行车。村里的街道晚上很热闹,有卖烤羊肉串、冰糖梨水、热干面、粉浆面条等的摊位,也有低档的发廊和没有营业执照的诊所。这里的一切依旧是熙熙攘攘的,这就是大部分省会城市的都市村庄的面貌。

文秀扛着包袱穿过街道,见有一家门口挂着出租单间的信息,面积与价位都符合自己的要求,就进了院子。这种房子没有保温层与隔热层,冬冷夏热。为了节省"银子",她选择了顶层的六楼,交完一个月的房租,房东把钥匙给了她。

她爬到三楼的时候,已经气喘吁吁,肚子饿得咕咕叫,索性放下包裹坐在楼梯上歇息。一个上楼的年轻男孩在她身旁停住了脚步,他瘦瘦的个子,不是很高,年龄与她相仿,穿着一身深色西服,茂密的头发,精致的五官,一双闪烁的眼睛。

"需要帮忙吗?"

"不用,还有三层就到了,我自己能行。谢谢你!"

她真的累了,把头埋在双臂上。男孩却用手搀起文秀的胳膊,把她拉起来,另一只手拎起她的行李,大步上楼了。

"何必好强？给我一个做好事的机会，我会很开心的！"男孩个性显得很阳光。

"谢谢你！"文秀的心情顿时明朗起来。

他推开门，把包裹放在了文秀房间的床上说："太巧了，我也住六楼，就在你对面。剩下还需要我帮忙吗？"

"不用了，谢谢你！"文秀慌忙摆手。

"瞧你，都说了几遍谢谢了，小事一桩，至于吗？"他的笑意始终挂在嘴角，一脸灿烂，"那好吧，你先收拾，有需要的话敲我的门。"

文秀笑着对他点点头。这个男孩看起并不坏，想起他热情的样子，文秀心里一阵温暖。运气不错！有这样一位热情的邻居真好，还可以偶尔做个搬运工的角色，帮她拎东西。她顺手把门关上，快速铺好床，躺下去。好舒服，终于可以安顿一阵子了。她肚子实在很饿了，打算下楼吃饭，好奇地把头凑在窗前看看对面是什么情况。原来男孩正趴在对面的栏杆上，眼睛盯着文秀的房门在看。她不敢出门，不是因为害怕，而是因为人家帮了她，她只剩下一张五十元的纸币和几元硬币了，真是囊中羞涩得连顿饭都请不起他了。

她快要迷迷糊糊睡着的时候，男孩主动敲了她的门："喂——吃饭了没有？"

男孩换了衣服，一身得体的蓝色牛仔裤和白色的T恤衫，顷刻变成动漫里的男孩模样了，那双大眼睛还是一样闪烁。

"我不打算吃了。"文秀强撑着精神。

"走吧，到我家坐坐，我下楼买了两个小菜，还煮了两碗水饺。"

"邀请我的理由是什么？毕竟我们刚认识。"

"理由就是……"他停顿了一下，继续说，"同是天涯漂泊人。"

"好吧，我被这个理由打动了。"

文秀不客气地坐在他的床上，忍不住大笑起来。这就是他所谓的家，十平米的单人间，一张铺着卡通人物床单的单人床，一个旅行箱,一张书桌,一台电脑,书桌上两个菜盘和两碗饺子冒着热气,比她的房间还简单。笑着笑着,她心里一阵酸楚。有什么可笑的?自己不可笑吗?一样贫穷。

"遇到我这么开心?"

"没什么,你的家真干净!"她装模作样地表扬他,掩盖着内心的酸楚。

他们开始聊天。男孩的名字叫作田飞飞,从事 IT 行业,25 岁,单身。这一晚,文秀活泼地讲了很多笑话,走的时候,她还调皮地给他一个飞吻。

田飞飞梦里都是甜的。

三

实习的日子开始了,文秀的工作围绕高宇的采访任务而展开。高宇每天像打了鸡血一样,精神百倍,每天向他的小徒弟灌输新闻工作者的使命:"记者是社会的观察者,无论在沙漠,还是在火场,都应该第一时间赶到。为了社会的进步,为了公平与正义,不要怕得罪权贵,要毫不犹豫、毫不退缩地冲在最前方。"

有时候他会得意地讲:"你知道什么叫恶性案件深度追踪吗?你知道贪官是怎么落马的吗?这些都是记者的功劳。"有时候又有些多愁善感,比如吃面的时候,他就一本正经地对着文秀说:"你这个女孩子吧,还是不要做新闻的好,记者是个高危行业。等你学成了,就别在深度报道组了,跑跑教育线,说说学生教育减负什么的,或者到娱乐版面追踪一下小明星,轻松又安全。"

文秀有些沮丧地低下头,小拳头攥得紧紧地抗议:"不要这么看不起我。"

如果遇到危险的追踪任务,高宇就让另一个叫邢敏的女记者带着她。文秀也乐意,对她来说,多角度学习长见识是好事情。记者都喜欢带聪慧的实习生，文秀的稿件稍微改改就可以见报，邢敏也逐渐离不开她，省下很多辛苦的伏案工作，可以多些时间出去采新闻。邢敏经常给她灌输现实主义精神，劝她好好表现，这样自己会在实习鉴定上好好肯定她，使她有机会留在报社，争取到一份正式工作。实习生不止文秀一个，还有更高学历的毕业生，而报社每年只会留一个。

高宇经常用崇高的理想主义与正义精神鼓励她："我看那个研究生就不如你有灵气，写新闻这东西，跟学历没关系。就论文字功底吧，初中就奠定基础了，新闻写作只是技巧，最重要的是观察社会的能力。你说是不是，邢敏？"

邢敏也笑着打趣说："当然了，你的眼光多好呀，收了这么聪明能干的学生。"

文秀的脸上立刻笑开了花，别说有多灿烂了，充实和快乐的实习时光让她重新找回了自信。高宇与邢敏两个大记者同在一个办公室，办公桌就那么对着，文秀每天更加勤奋地工作，帮高宇和邢敏买早餐、倒茶水，夜晚伏案写新闻。

一天晚上，报社的编辑与记者聚餐，一起为社长庆祝生日，社长走后，剩下几个年轻的记者与编辑继续吃夜宵。大家突发兴致，问起高宇是否已交到女朋友。高宇不禁自叹："我面对感情是白痴，也许太刚直了，女孩都不喜欢我。"

"还用找吗？我看你收的那个小徒弟就不错。当初我推荐了个男孩给你做实习生，你偏偏推给别人，是不是对你的小徒弟早有预谋了？"邢敏打趣说。

高宇着急解释："别瞎说，天地良心，小文那时找不到工作绝望得很，我只是解救一个女孩的悲伤。"

"装！装！这不像你的风格哈！"邢敏笑着说。

聚餐散了，高宇赶回报社看到文秀还在办公室埋头写新闻稿，他站在窗外看了一会儿,最终还是默默地走了,他没想好怎么表白,太唐突也许会吓着她。他还不明白,文秀对自己全是感激和敬畏,甚至是崇拜。

四

当高宇对文秀的心思起了变化时,这个单纯的姑娘已经把漂泊的心停靠在了田飞飞身上。田飞飞是一个懂得制造浪漫的男孩,只要不出差,就找文秀聊天、吃饭。文秀每次接到他的电话,心情就会顿时亮丽起来,开心得像一只小鹿在明媚的阳光下奔跑、撒欢儿。她承认自己喜欢他,尤其是他那双闪烁的眼睛。只要他离开她,她的脑海里就会浮现出他们在一起时开心的画面。在城市茫茫的人群中,文秀并不起眼,但她相信自己是城市中最快乐的一个。

她每天早上都简单化上淡淡的妆。女孩就是这样,上大学的时候,她不舍得早起那么一点点时间去装扮自己,睡到差不多的时候才会起床,匆匆忙忙地赶去上课。但是爱情来临的时候就不一样,此刻的她比什么时候都在意自己的形象,这个心思细腻又无比敏感的女孩,憧憬着爱情的降临!

虽然她性格开朗,但女孩特有的矜持又让她尽量在田飞飞面前表现得若无其事。高宇聚餐的这晚,文秀回到住处,望望对门那黑色的玻璃窗,不禁一阵失落。当她打开灯的时候,田飞飞戏剧性地敲开她的门,给了她另一种惊喜:一阵玫瑰花的香气扑面而来。他用一捧鲜红的玫瑰花故意遮挡住脸,慢慢地移开,露出笑颜,深情地对她说:"送给你的,我可是第一次送给女孩玫瑰花!"

她信以为真,欣喜地接过鲜花放在桌上。它哪里是花呀?它是火红的爱情蜡烛,不仅驱散了她的阴郁,还把浪漫的味道洒满了整个房间。

"我也是第一次收到男孩的玫瑰花。"她抑制不住开心地说。

田飞飞坐下来,调侃着:"我原以为你很矜持,会害羞。"

"我才不害羞呢,我骄傲!"文秀摆了一个骄傲的pose(姿势)。

他笑着瞪大了眼睛。

"怎么?"文秀反讽地说,"我可不是个淑女,你失望了?"

他把手托在下巴,目不转睛地盯着文秀说:"你若是淑女就不是我要的目标。"

他霸道地把她揽进怀里,握着她的手腕,嘴巴贴近她的脸颊。一股酒精味吸入了文秀的鼻孔,她立刻推开了田飞飞,靠在门上。

"为什么喝酒?追求女孩还要喝酒来壮胆吗?"文秀开始怀疑这一切的美好是酒精催生出来的。

"你误会了,我是跟同事聚会时喝的,接着才送花给你的。"他不自在地舔了一下嘴唇,停顿了一下问,"我晚上可不可以留在这里?"

"如果你没喝酒,我会同意。我只接受真诚,不接受酒精。"

田飞飞看着文秀斩钉截铁的样子,苦笑了一下,醉态般地拍了几下手掌表示赞叹:"回答得真好!"

他坐下来讲了他的故事。他的女朋友在三个月前背叛了他,他出差回来,发现跟他在一起生活了三年的女朋友在房间里跟别的男人偷情。

"其实我们都已经快结婚了,双方父母都见过面了,她却忍耐不住寂寞背叛我!我不能原谅她!"他越说越伤心,整个脸都垂下来了。

"她找我谈过两次,哭着说悔过。但是我真的做不到原谅她!其实我也是刚搬到这里来的,比你早一个月,那个地方我也待不下去了。"他抽泣起来。

一个男孩酒后吐真言,还掉泪,真是受伤不浅。文秀再看那束玫瑰花,仿佛变成了火红的讽刺。原来他根本不爱自己,只是想借自己忘记另外一个女人。

文秀安慰他："天晚了,不要难过了,明天还要上班,回去睡觉吧。"

看着他转身离去,文秀伤心不已,这场突如其来的爱情就像一个华丽的大水泡,一刺即破。

五

高宇暂时把个人感情压在了心底,为市场上销售黑心馒头的事件展开深入调查。随着匿名探访的深入,半个月后高宇连载刊发了三个整版,新闻在这座城市引起轩然大波。《央州都市报》的销量大增,大街的报亭几乎都把都市报挂在最显眼的位置,红色大标题《硫黄熏出"毒"馒头,黑心商贩纪实报道》耀眼醒目。这件事惊动了市政府,很快成为热点,省电视台新闻联播也接连播出,共同呼吁广大市民监督食品安全。司法部门介入,查出来一部分非法商贩为了使馒头看起来又白又软,就用硫黄熏蒸,熏蒸后的馒头销售非常好,但经过食品安全部门鉴定,重金属严重超标。

文秀深感荣耀,拿着报纸到处炫耀："你看,这篇独家报道是我老师写的,他做了警察的事儿。"

她找到高宇,争取要跟他一起去做深度调查。

高宇笑笑说："这种工作又辛苦又危险,我累坏了,你能不能到我家帮我洗洗衣服?"

"好呀,求之不得!"

高宇心中喜欢,但他还是直白地告诉文秀："你想好,孤男寡女在一起容易出问题的,你不怕吗?"

"我相信你,因为你是好人。"

这句话噎得高宇说不出话来。

这一晚,改完通稿已是晚上十点钟了,文秀坐在高宇自行车的后座上,高宇的脑子抛了锚,盘算着晚上会不会控制不住吻了她。

他想女孩喜欢男人一般是先崇拜，如果再适时关心她一下，也许她很快就会喜欢自己了。

"如果你害怕，可以抱紧我。"高宇引导她说。

"我不害怕。"

文秀并未抱他，他只有不断地找话说："黑心馒头事件，我没有署你的名字，是因为怕有人报复你，是为了保护你。"

"我又没参与，我不可以享有老师的劳动成果。"

半路上，文秀说口渴了，高宇看到路灯下有一个即将打烊的超市，便停下自行车，买了一些水果。文秀趁机去路边不远处的公共电话亭，给田飞飞回电话。高宇把水果放进车篮里，把自行车推到了对面昏暗的路灯下停放好，并未注意到背后出现了三个高矮胖瘦不详的黑衣人。黑衣人戴着口罩，黑色帽子压得很低，以防被人记住长相。高宇觉察时，试图越过马路，冲向水果店。高宇还没有跑到马路中央，其中一个大个子一拳打在他的后脑勺上，把他的眼镜打飞了出去，再接着一脚就把他踢倒在地。公文包、录音笔、笔记本散落在地上，高宇被三个壮汉围住一顿暴打。文秀听到响声，惊得话筒从手中掉下来，高喊起来："来人啊——"刚刚打烊的超市听到喊声又亮起了灯，老板赶紧拨打了110报警电话。

一个书生怎能经受住这样狠毒的拳脚？高宇两分钟的工夫就缩成一团，疼痛呻吟。三个人打得气喘吁吁，大个子低声威胁道："再敢写，下次卸掉你的胳膊！"骂完狠狠一脚踹在高宇的腹部，高宇忍不住高声惨叫。另外两人看到超市亮起灯，发现了向作案现场张望的人影，便拉着大个子迅速逃进夜色里。

高宇横躺在马路中央。警车赶过来的时候，文秀抱着高宇惊恐得哭成了泪人，高宇嘴角淌着血，半边脸疼痛得已经麻木。他还有知觉，忍着痛费力地嘟哝："不要哭——我早就预感有这一天，只要不连累你就好。"

警察老练地指挥着现场，迅速安排现场拍照，以便立案。文秀随着救护车护送高宇到就近的医院。医生顾不得安慰文秀，礼貌严肃地说："你在走廊上等着，有需要了叫你。"医生顺着走廊从文秀身边走开，白大褂在身后翻飞。一会儿，邢敏和报社的社长、主编陆续都来了。邢敏抱着文秀泪汪汪的。文秀控制不住情绪，一心想替高宇复仇，她告诉邢敏她看见那个人影了，包括他恶毒的声音，还有走路的姿势。幸运的是，经过拍片，高宇除了肠内出血、肌肉受伤外，骨骼并没有大碍，罪犯并不想要了他的命，最重要的是案发地点是容易暴露的地方，叫喊声缩短了歹徒殴打的时间。市委的领导班子高度重视此事，到医院来慰问，表示一定替记者申冤，追查凶手，在养伤期间保证他的人身安全。文秀基本不外出做新闻采访了，大多时间来照顾高宇，每天送饭，给他换洗衣服。高宇跟她说什么，她都恭敬地点头。高宇每说真心话的时候就有点哽咽，恨不得把心掏出来给文秀看。他还劝她换一个行业，因为媒体行业还是很危险的。文秀说要坚持下来，做人要伸张正义，陪他一起战斗，只要他在，她就什么都不怕。

一个月的时间，高宇着急提前出院了，因为文秀的实习期也快结束了，需要做实习鉴定书。按照文秀的人缘与勤奋，是可以留在报社工作的。邢敏在这件事情上显得非常积极，几乎每天到主任丁玲那里游说。丁主任，这个务实又强干的中年女人对此事却一直不发表最终结论。

六

报社有五个实习生，文秀是其中最优秀的一个，这个编辑部的人都有共识。涉世不深的文秀保持着自信心，抱着一切顺其自然的心态对待转正这件事。高宇出院后第一时间就出现在丁主任的办公室了。丁玲知道他的来意，请他坐下，慢悠悠地说："我承认，五个实习生中，小文是比较优秀的，可是曾记者带的那个男孩也还可以。我想从长期来看，男孩更能吃苦，更适合做新闻这项工作。"

高宇勉强地笑了："丁主任，您也是女人，也是从记者熬过来的。"

丁主任说："那男孩社会关系好，能力也很出色。"高宇失落地叹了口气："我这几年反正得罪了不少人，不行我离开报社吧，换个城市，这个编制的空缺给文秀吧。"

高宇说完起身就要走，丁玲急忙拉住了他的衣袖："小高，我知道这几年你为报社贡献了不少，但也不能这样赌气冲动吧！小文接触新闻才多长时间，怎么能跟你比！"

高宇背后发凉。他冒着生命危险为报社贡献这么多年，丁主任却不给情面。更让高宇伤心的是，文秀晚上带着田飞飞来到他的住处看望他，恭敬地一口一个高老师的尊称，让他感到文秀对自己生疏了不少。田飞飞虽比高宇年龄小，但在追求女孩这方面比他高明。田飞飞经历了前女友的背叛，对漂泊的爱情似乎也没有太多信心，只是在一个冰冷的城市里，一颗心需要另一颗心相互取暖而已，适合了就在一起。出差期间，他依然不忘给文秀送去问候和体贴。女孩子感情是细腻的，总会被一些温暖的细节所捕获，田飞飞就是这样把对她的伤害逐渐冰释。当文秀要去看自己崇敬的高老师时，他便不放心地要跟上。

"不要吃醋，高老师是伟大的人。"文秀对田飞飞解释说。

高宇出于男人的自尊，忍住没有流露出醋意，因为他明明从文秀的眼里看出自己心爱的女孩对田飞飞是有意的。文秀要为他洗衣服时，田飞飞就立刻抢着把高宇的衬衣用肥皂揉搓几下，扔进洗衣机里去了。

高宇像学长一样关心地问她今后的打算，文秀说事已至此就随缘吧！高宇说出了自己想离开报社到南方去发展的想法。文秀很吃惊,让他保重。高宇哀伤地说:"反正我一直都是一个人,无非从这个城市漂泊到另一个城市。经过这一劫,真的想到一个新城市重新开始了。你要是想我了,可以去看我,我还会请你吃面的。"

文秀的眼睛里充满伤感,高宇便不再说下去。田飞飞提醒文秀:"该让高老师好好休息了。"文秀万般留恋地向高宇告别,田飞飞滋生醋意,一个人先下楼去,在树下等她。

"你不拉我的手,不怕我丢了吗?"文秀走到树下,有些怪罪地说。

田飞飞心中一暖,牵上她的小手一起走进朦胧的夜色。

七

对于留在报社的人选,丁主任早已拿定主意,高宇已毅然离开,她把不满都归于文秀的身上,打算让文秀知难而退。她在开会时对邢敏说:"小文在报社也有五个月了,我打算让她自己独立写一篇深度报道。"

丁玲指派邢敏做市里河道污染治理的题材,单独把文秀叫到办公室:"小文,高宇与邢敏都夸你不错,现在有一个题材挺好,就是市火车站摩的司机太多,扰乱了正常的交通秩序,没有牌照,不合法,报社初步的想法是批评一下,给你留一个版面。"

文秀接了任务,到了熙熙攘攘的火车站。出租车的车道口的确是乱糟糟的,车流行驶缓慢,周围很多乱转的摩托车,抢了不少出租车的生意,逼得出租车也不按进出规范行车。

"姑娘要上哪儿去?坐车吧!"采访正无从下手,一个中年男人骑着摩托车停靠在她身边问。

文秀拿出实习记者证:"大哥,我哪儿也不去,我是《央州都市报》的实习记者,想采访您一下,行吗?"

男人并不拒绝,他也许早想发表心中的不满了。

"摩的经营是不合法的,知道吗?"文秀拿出采访本准备记录。

"知道。"

"那为什么还干这个呢?"

"没办法呀,一辆出租车的牌照费最高四五十万,那么贵我怎么买得起!我是外地人,老婆没工作,在家照顾孩子和老母亲,孩子要上学,还要交房租,我得出来挣钱啊!"

"那为什么不选个别的行业?"

"我就住在这附近,以前卖过水果,我人粗笨,不会揽生意,水果卖不完,全烂了。"

这时,又有一个中年男人骑着摩托车停在他们面前,对着接受采访的男人大声嘲讽:"你拉了几单生意了?还有工夫跟姑娘在这闲聊天?"

文秀忍不住问了他同样的问题,这个男人说话像个炮筒:"我们只不过混口饭吃,现在交警经常罚我们,你们是啥破报社,管闲事儿,你们应该真实反映反映我们的难处!"

按照记者采访的惯例,应该客观公正,因此她又采访了相关的交通管理部门。管理部门人员表示火车站代表市政形象,这些摩托车缺乏统一规范的管理,对乘客的人身安全造成威胁,对交通秩序也造成扰乱,还影响市容,应该坚决治理。

文秀怀着复杂的情绪,客观地写了一个通宵的新闻稿,呼吁政府多关怀底层人民,多一些解决就业的办法。她认为这些非法的摩的司机都有着过美好生活的愿望,大多善良,因为没有合适的就业机会,才从事这个行当。

她把稿件拿给了丁主任,丁主任浏览了一下便沉下脸说:"我要的是批评稿,不是申冤稿!"

"主任,我只是客观地反映了一下真实情况,高老师说新闻要客观。"

丁主任不耐烦地把稿子扔给她："高宇写的那是深度报道,揭露恶势力,弘扬正气。深度报道是提高报社阅读量的重要板块!你这个不符合要求。"

最终,丁主任以文秀没有新闻头脑的理由毙了她的稿件。邢敏安慰她一番后,递给她一封来信,高宇传达了对她的思念与关切:

不知道你敏感的性格改变没有?如果你不够坚持当初的想法,就不要出来闯世界。从某种程度上讲,这个世界的温情已经陷入冷漠的夹缝中了,它需要你用身心的坚强来面对。鲁迅不是说过要"直面人生"吗?包括单一、枯燥、无聊、虚伪、势利等等。我积极地工作和白日里开朗的外表并不能掩盖独处时的悲观与无奈。任何人都不需他人同情,每一个成功的人与走向成功的人内心同样有自己的无奈与悲戚,尤其对一个有思想的人而言。我有自己独立的人格和认定问题的价值观,认定的事我不会为之后悔。如果在人生进程中的某一天,我发现我全错了,我则遁出红尘或用死来完善自己。我不同于报社的其他几个人,请你相信我终究会走在他们每一个人的前面。如果人生是一条前行的河流,不要两次踏进同一条河流。

我不是轻言"想念"的人,但我又无法否认你"幽灵"般的存在。我此刻很想念你。今天是你的生日,希望今天信件能到你的手中,祝你生日快乐!

那个夜晚,文秀哭了很长很长时间……

八

高宇的信件让文秀受挫的自信心提升很多,接下来的日子,她继续给邢敏做通讯员,也不再提转正的事情。在邢敏的帮助下,文秀基本解决了房租与吃饭的问题。

转眼到了春天,即将迎来"3·15"国际消费者权益日,报社决定做诚信打假的专题。文秀去了市消费者协会,采访到一个投诉新闻线索:一个爱美的女人开双眼皮,被美容机构开成了"熊猫眼",这家美容院不认账,她一怒之下投诉到消费者协会,要求美容机构赔偿。

文秀把事件线索和相关电话记录在采访本上,离开了协会。出门过马路时,对面就是州立大学的北大门。这使她想起大半年前那场误会,之后就再也没有与钱美伊联系。自己毕竟受过人家的帮助,应该主动去澄清误会。文秀去了美伊的宿舍,美伊的室友告诉她,美伊的运气比较好,还没毕业就已经到一家房地产公司上班了。

文秀触景生情,又去找了老周。老周在得罪房东后不久也搬走了,柳明亮的房间现在住着《北京时报》驻央州站的苏记者。苏记者一脸热情,称是柳明亮的同事,由于工作调动就来这里了。都市村庄的人口流动再正常不过,因为年轻人工作太不稳定。但对文秀来说,半年时间就已物是人非,不免有些伤感。她坐下来与苏记者简单聊了一会儿就走了。

半年多来,她很少放松过,晚上独自找一家酒吧纾解糟糕的心情,第二天醒来才想起来采访本落在苏记者的房间。文秀匆匆忙忙地赶去找苏记者,房东说早上苏记者刚搬的家,已经结清手续了。她请求房东打开门,还是没有找到自己的采访本。

文秀回到报社,邢敏告诉她丁主任要找她谈话。不祥的预感笼罩了她的心,果不其然,丁主任眼光凶巴巴地对她讲:"你差点给报社惹了大麻烦知道吗?有个姓苏的小报记者盗了你的新闻线索,冒充我们报社的名义敲诈了美容院两万块钱。报社已经向市消协说明了你只是一个实习记者,也跟美容院澄清了我们报社根本没有姓苏的记者。"

文秀一语不发,低落地回到邢敏身边。她承认自己犯了一个很大的错误,是自己不够小心,被人利用,差点让报社背了黑锅。她双手遮住脸,失声痛哭,这个刚走出校门的女孩被现实遭遇的挫折弄得崩溃了。此时她无法形容自己对高宇的怀念,但她不愿打扰他,她觉得给高宇丢了脸。

邢敏轻轻抱着她,安慰地问:"你有什么打算?"

"还能有什么打算?我太无知,不适合在这里工作。"

邢敏愕然,这个刚踏入社会的姑娘今后会慢慢理解社会的。同时她也相信文秀的未来是一片光明,眼前的一切终会成为一段过往。

九

趁着文秀的情绪处于低落期,田飞飞软磨硬泡地与文秀同居了。这个时候田飞飞的前女友泪痕满面地找到他,忏悔了一番,希望取得他的原谅。田飞飞还处在一个不成熟的年纪,他想忘记前女友,但是又无法做到,前女友像一个幽灵一样折磨着他。他变得喜怒无常,忽冷忽热,把文秀的感情也带入泥沼。文秀以为自己哪里做得不好,却又搞不清楚原因。

文秀暂时无事可做,手里还有一些积蓄可以令她短时间内进行心理疗伤,顺便找工作。即便她承担了为田飞飞洗衣服等所有家务来讨好他,他们之间的关系还是越来越糟糕。首先是南北饮食习惯的差异,他吃米她吃面,他吃辣她吃咸,他喝咸汤她喝甜粥。几乎每一顿饭田飞飞都不再迁就她,一有分歧,他就会喋喋不休地讲前女友对他的好。文秀尽量忍着不发火,他就得寸进尺,埋怨她不懂得沟通。她生气的时候,他又嫌她没有前女友温柔。她背着他哭泣伤心,他看见又会拿尖酸刻薄的话来奚落她。对于这段感情,文秀越来越没有信心。她再不愿跟他一起吃饭,她真切地感受到,跟朋友在一起也比跟田飞飞在一起要开心得多。她清醒地认识到,田飞飞在利用她排解孤独,她因此对他也越发冷淡,准备着这段爱情随时破产!

这场毫无感情基础、互相取暖的漂泊式爱情在一个下着大雨的早晨壮烈地结束了。一个周六的早晨,文秀早早醒了,上身披上棉衣坐在床上,田飞飞还在床的外侧睡着。她想起来田飞飞昨晚喝了酒回来得很晚,还将一块精致的时尚款女士手表套在文秀的胳膊上,什么都不说,醉醺醺地扑在她身上,嘴压在她的脸上疯狂地亲吻,没有给她丝毫的喘息机会。热烈之后的田飞飞抱着文秀睡去。看着他熟睡的脸,文秀问自己:"我爱他吗?"也许爱,也许不爱,说不清楚,她只是习惯了他的陪伴。

田飞飞随后也醒了,表情漠然,与昨天的温存形成极大的反差。他穿好衣服,呆呆地坐着,一言不发。

"我们吃点什么吧。你饿吗?"文秀问。

"我不饿,我忘不了她,今天是她的生日。"

"如果你还爱她,就不应该再找我。"

"你不如她,虽然比她独立,但是没有她温柔,没有她有女人味儿。"

田飞飞说着尖刻的话,眼睛却盯着墙壁,并没有勇气注视文秀的眼睛。文秀的心像被刀子割成了块。疼痛过后,最终是愤怒占了上风,她终于忍不住把桌上的花瓶狠狠地摔在了地上。伴随着破碎的响声,田飞飞依然目不转睛地盯着墙壁,一脸平静。

"原来你昨晚是见她去了,"她脱下来腕上的手表,狠狠地砸在他身上,"你可以欺骗我,但不可以侮辱我。你卑鄙!"

文秀重重地摔门跑了出来,眼泪奔涌而出。时间已经过了上午九点,路两边的早餐店收拾、洗涮着客人剩下的餐具。她走在湿冷的都市村庄街道,头发凌乱,心如死灰。寒意一阵接一阵,她开始打起冷战,她再也不期盼、不幻想田飞飞能够追出来。他们之间已经结束了。

　　对面走过来一个老乞丐，一脸尘土，一身黑色的破棉袄，黑黢黢的脸和手，傻傻地笑着把碗伸到她面前索要零钱。文秀看了一眼乞丐，乞丐脸上的笑容僵住了。文秀用衣袖擦着满面泪水，从兜里掏出一枚硬币放在碗里。乞丐似乎同情她的哀怨，从怀中掏出半个烧饼要给她吃。文秀摇摇头，低声说了声"谢谢"，继续前行，却不知道要走到哪里去。就这样没有目的、狼狈地走着……一连串糟糕透顶的工作经历与挫败的感情，令文秀几乎绝望了。

第三章　冰释前嫌

一

　　经过一年的辗转，文秀接二连三地换工作，心智也趋于成熟，每次给家人打电话都是报喜不报忧。这个周末，文秀决定再去人才交流市场试试。

　　夏蝉在城市的枝头疯狂地鸣叫，主干道上布满茂密的树荫，炎热夏日的城市每日都是重复的喧嚣。毕业季到了，又一批大学生来到省城谋生。这次的招聘会规模较大，很多企业带着宣传海报来到招聘现场，简洁明了地标明工作待遇，也有现场面试的。大企业一般趁着毕业季提前到重点院校进行校招，或者通过猎头公司寻找高素质人才，一般不走人才交流中心的渠道。这里的中小型企业偏多，有餐饮、酒店、广告公司、医药行业等等，以需求劳动力、服务与业务销售的基础岗位为主，月薪从三百元至一千伍佰元不等，有包食宿的，有含工作餐的，也有待遇面议的。

　　企业少，求职的多，竞争还蛮大的。文秀就读的不仅是普通本科院校，又是偏冷门的历史系，没有丰富的经验，没有人脉，谋生经历自然会有更多的挫折。她与其他刚毕业的学生一样，维持生存依然是最重要的,所以重眼前待遇轻福利。文秀徘徊在祥泰地产公司的招聘海报前,这家地产公司在招聘策划专员,要求必须有深厚的文字功底。她虽说没有经验,但还算自信,毕竟她有过新闻从业经验,还能写一些东西,索性投了简历。

面试那天,文秀吸取了以前的应试经验,精心修饰了一番。她盘好头发,画了眉毛,涂了唇膏,检查了一下套在腿上的丝袜没有破洞后,穿着浅灰色的职业套服和一双黑色坡跟皮鞋,上午十点钟准时来到祥泰公司。负责接待她的女孩礼貌地告诉她:"经理室现在有人面试,请等一下。"

女孩把文秀带进休息室等待,过了一会儿,大概别的应聘人员已经面试完毕,女孩就把她带出来,经过一个走廊,到了经理室门口。文秀深呼吸一口气,镇定地走进去。她张开嘴巴,不由得惊讶起来,眼前的面试官不是别人,正是钱美伊。美伊一身阿玛尼品牌的职业服,衬托出女性的干练与优雅,脸上的彩妆浓淡适宜,低头垂着长长弯弯的睫毛,乌黑的波浪发卷恰到好处地披在肩上。比起大学时期,美伊更加成熟且妩媚了。

文秀鼻子酸酸的。"美伊!是你?"

钱美伊起身拉着昔日好友一起坐在黑色皮沙发上,抚着文秀的肩低声说:"我看到你投的简历了,虽然上面没有贴照片,但我知道一定是你。是我让'人资'通知你来的。以前的事对不起,你太单纯了,不是有意的,后来我找过你,你的传呼号换了,半年前我打电话到你实习过的报社,他们也说你离开了。是不是挺怪我的?"

文秀摇摇头,破涕为笑:"你能够原谅我就好了,后来那个女人有没有再欺负你?"

钱美伊沉默了几秒钟,说:"她不敢,晚点儿再跟你说我的事情。"

二

钱美伊刚刚毕业，正值花样的青春，却把自己变成了一棵缠绕的藤，死死地缠在高祥泰身上。一年多前，李虹这个怕失去婚姻的女人，为捍卫家庭和自己在婚姻中的地位，到钱美伊的宿舍虚张声势地制造了一场"恐吓"。高祥泰靠着煤矿的业务迅速积累起巨额财富，成立了祥泰地产公司。李虹学历不高，为他育有一双儿女，平时对丈夫管控严格，甚至找过"私人侦探"跟踪丈夫的行踪。"私人侦探"经过一番调查，给她这样的结论：高祥泰的祥泰地产公司开业那天，活动公司请了一批州立大学外语系的女孩做礼宾模特，高总看上一个外语系的一个女生，但没查出来具体是哪一个，也没查到高祥泰在校外包养情妇的地点，估计应该是逢场作戏。

后来"私人侦探"弄出来钱美伊的号码交给李虹，称大部分外语系女生暑假并没有留校，所以也不确定跟高祥泰有染的是不是钱美伊。李虹大为恼怒，就到州立大学外语系宿舍挨个扫荡。可是因为李虹那一巴掌，致使文秀与美伊一年没有联系。

高祥泰属于有野心的男人，妻子严格的监管使他更加叛逆，两人经常争吵，他认定李虹对自己的事业没有任何帮助。随着一对双胞胎子女逐渐长大，快到要上初中的年纪，高祥泰给他们办理了移民手续，在加拿大买了房产，把老婆送出去伴读。这半年，高祥泰清静了不少。他更希望有个高学历、漂亮聪明又风情的女大学生能够进自己的公司，既可以做情人，还可以帮自己打理公司的业务，监管公司员工的状态，可谓一举多得。美伊不仅聪颖妩媚，也是属于看得开的，从来没有要求过高祥泰离婚，天真地认为一个男人愿意为她花钱，愿意让她来陪伴就是真爱了。高祥泰不仅懂得制造浪漫，还经常向她诉说自己的婚姻有多不幸福，使她更加坚信年轻美貌才是女人最优越的资本，高祥泰早晚会和李虹离婚来娶她。

美伊把文秀带到了一个普通的单身公寓里,两个人躺在大大的床上,相互倾诉。听了文秀一年的艰难遭遇,美伊更加坚定了自己走的捷径是正确的。

"他不爱他老婆,除了我,他没有别的女人。爱首先是相互欣赏的,他愿意给予我想要的东西,不只是钱,还有平台,肯放手让我做。按说这是他的公司,是他老婆该操心的事情。他说过,他老婆有的我都会有,包括他公司开发的房子,将来项目销售时送我一套大的。现在我们住的地方是他给我租的。也许有很多人痛恨第三者,但是结发夫妻就一定幸福吗?高祥泰和他老婆只有一纸婚约,他们没有幸福。"美伊说。

美伊从不隐瞒自己的心事,甚至放肆地讲出她与高祥泰在一起的亲密细节,文秀听得红了脸:"我都不好意思听了,你居然还好意思说!"

文秀了解美伊。美伊高中就开始谈恋爱,男朋友换了好几个,分分合合。她喜欢成熟的男人,也许只有高祥泰的沉稳与充足的财富才能满足美伊的需求。美伊也明白文秀将来不会走和她相同的路,正因为不相同,她才知道文秀不会嫉妒她现在的一切,不会与她争抢自己喜欢的男人。

"好,不说了。你来祥泰公司工作吧,该稳定下来了,也算帮帮我,薪水你放心,我会让高董给的高一些。"

钱美伊留下文秀还有一个打算,长远来说,高祥泰的老婆将来万一回到公司,她面对对手需要自己的势力。文秀漂泊了一年,尝尽心酸,也就答应了。

美伊翻了身,拿起床头柜上的电话向高祥泰一番撒娇,称她找了省报的记者来部门屈尊做个策划专员,工资要定到同行业相同岗位最高的级别。高祥泰连连称好。文秀在一边着急地说:"别太夸张了,你能帮我栖身我已经感激不尽了,我还没有房地产策划的经验,担不起的。"

"怕什么!做了不就有经验了!"

小公司一向是人管理人,还没有上升到制度管理人的地步。高祥泰给美伊放了权,美伊就有权力安排部门的人员和职务。第二天,美伊带着文秀到公司入职,认识同事,并了解公司的情况。董事长自然是高祥泰,财务总监是高祥泰的同学,钱美伊是销售经理,搞员工食堂和卫生的是一个单身女人凤姨,其他部门员工都是从社会上招聘进来的。文秀参观了董事长的办公室,门牌上刻着"高祥泰"三个字。她心里笑:"高董事长好有个性,直接把名字贴在门上。"美伊对此刻意做了解释:"董事长对自己的名字一直是很自得的,是算命先生批过命起的名字,因此公司、项目名字都用'祥泰'二字。他做事情简单明了,不喜欢搞得复杂。"

文秀还看了祥泰花园项目的工地现场,项目位于主城区的近郊,属于未来发展的区域,只是现在还不成熟。地块约二百亩,工程处在建状态,建筑刚刚出地面一层。

"国家取消福利分房后,土地相对来说好获取,董事长有能力,所以各种前期规划证的办理都很快,连预售许可证都快有眉目了呢!我要做的就是招聘员工,赶紧把销售队伍组建好。你也要尽快熟悉这个行业。"美伊递给文秀一份项目总规划图,自豪地介绍:"大部分市区的人住的还是七层的单位福利房,红砖平顶,基本上没有什么绿化景观和完善的物业管理。高董对祥泰花园的期望很高,要求高档次。七层的楼房,顶部是美丽的坡屋顶,景观也要做得像花园一样漂亮。值班的保安要帅,业主无论是买菜走进来,还是开车进来,他都要微笑着敬礼……"

第四章　不太平的销售部

一

　　文秀暂时与美伊住在一起，尽心协助美伊的招聘工作。根据项目的需要，要招聘六名销售员。美伊面试时，文秀坐在一旁做笔录，对应试者的形象、从业经历、语言表达、优缺点等综合素质形成参考意见。美伊在同龄人面前以居高临下的姿态，享受着自己优越的权利。

　　招聘结束，美伊兴奋地在电话里向高祥泰汇报人员情况，挂过电话就噘起嘴巴向文秀抱怨："真是的，说好这个部门交给我的，他还要对我选好的销售员再看看。"

　　"他多把一道关也好，还是为你着想的！"文秀安慰她。

　　"得了吧！他要求销售员一定要形象好的，可是形象好的就能胜任工作吗？猜猜他怎么说？他说能力可以培养，天生丽质不可复制。气死我了！"美伊蹙着眉，反反复复地翻弄着手里的应聘表，"你觉得这里边哪个最优秀？"

　　"叫我看是李嫣，南开大学毕业，在一线城市有销售经验，形象气质很好，表达能力也不错。她这独生女为了父母放弃上海，回到省城也挺可惜的,央州哪比得了上海!"

"我看她是个没出息的丫头!"美伊整个脸都拉下来了,拿出李嫣的面试资料,"嚓"的一声撕成两半,随意揉搓成团,丢进了垃圾桶。

"你怎么了?"文秀诧异地问。

"名牌大学的学历也不代表她优秀!什么为了父母回家,肯定是在上海混不下去了才回来。销售员最好从一张白纸开始,好管好培养。"

"美伊,别人知道了会说你心胸狭隘的。"

"你不说我不说谁知道?你要向着我,万一以后是个狐狸精就麻烦了。"

一语道破天机。文秀明白了美伊自私的行为是出于嫉妒和对自己的保护,也就沉默了。

高祥泰终于出现在了公司。一个下午,他迈着稳健的步子,拎着一个黑色的公文包走近钱美伊,声音洪亮:"通知一下各部门,经理级以上人员今晚八点开会。"

在大多数人眼里,高祥泰是一位具有浪漫情怀的土豪,他四十岁来岁,正值盛年,身高一米八,头脑灵活,擅长交际。黑发倒梳,面色健康,目光有神,略显啤酒肚,腕上戴着一块劳力士机械表。他爱好听歌剧、品尝红酒,喜欢收藏全球奢侈品的限量版。他进了自己大大的办公室里,脱去大衣挂在衣架上。办公桌后墙上挂着一幅气势宏伟的山水画,桌子的两边分别放置了发财树,叶枝上装点着红色的蝴蝶结,桌上放置着口衔钱币的金蟾摆件。侧面的区域是一组红木会客茶台,超大的风水鱼缸里,黑红锦鲤活跃地摇头摆尾。

高祥泰一回来,办公室外的等候区就排起长长的队。自从高祥泰出现的那一刻,美伊的眼睛里就爆发出如炬的炙热光芒,目不转睛地盯着高祥泰的举手投足。美伊拿起一沓销售员简历资料走进高祥泰的办公室。半小时后,美伊回到座位上,骄傲地告诉文秀:"搞定了,面试的人员他不见了,还是我说了算。"

"挺好。"文秀低声说。

"晚上开会,要求部门经理参会,你先回公寓吧。过两天我帮你也租一间单身公寓。"

"听你安排!"

躺在美伊的床上,文秀有些不安,有一种寄人篱下的感觉。美伊是个醋坛子,一旦超过她的锋芒,她会撕破脸皮的。还有身下正躺着的这张大床,也许高祥泰也躺过,真是越发地别扭。正想着,美伊回来了,她换了拖鞋,到卫生间对着镜子拨弄了几下卷发,卸妆后又换了一身睡裙,走到卧室床边发现灯还亮着,便俯下身对着文秀的脸吹口气,轻声问:"还没有睡呀?"

"等你。晚上开的什么会这么晚?"

"会后董事长带着我们吃夜宵了。开会主要是给我们鼓鼓劲儿,讲讲他自己为什么要投身房地产开发这个行业。说是从1998年开始,实行住房制度改革和取消住房实物分配,国家为了城市化建设,房地产可以进入市场进行出让、转让和买卖,还对商品房买卖实施银行按揭。现在公务员要买房,每年到城市的大学生要买房,这就是他看好的需求和巨大商机。他希望做很长的时间,让我们也跟着他一起发展。"

文秀似懂非懂地问:"发展?"

"是啊,就是跟着他越过越好呗!"

美伊轻轻关掉床头灯,一会儿就发出了均匀的呼吸声。文秀翻过身,内心不平静起来。"发展"这个词点醒了她,她对未来是缺少规划和思考的,包括干什么,找什么样的工作,跟什么人在一起等等。以前的她就像一叶浮萍,只求温饱,过了今天,不考虑明天有什么样的生活。

美伊与文秀不同,她明白自己要什么,也知道自己的目标。她的野心全在高祥泰这个男人身上,她编织着自己与这个男人之间的梦。她决心慢慢掌握公司的最高行政权,接下来为高祥泰生一个孩子。她从来没有把高祥泰的老婆李虹放在眼里,李虹年老色衰,脾气又不好,她相信高祥泰最终是属于她的。她是爱高祥泰的,在她心里,高祥泰是一个浪漫和富有的男人。工作之外,高祥泰带她一起欣赏歌剧,品尝各种红酒,使她无限沉迷。她可以享受高祥泰为她带来的物质财富和精神财富,以及满足她天生的虚荣心。

二

高祥泰还算放权,美伊挑选的销售人员他都基本通过。他想美伊虽然从业经验短,但卖房子这个职业不需要太大的技术含量,会与客户沟通,认真不出错地把房子卖出去就行了。销售员都进了公司,美伊以高傲的姿态对不服从管理的员工进行指责与打压,员工由开始的畏惧和俯首帖耳,转为后来的阳奉阴违。她尚不能在团队中服众,不出一个月,部门员工流失过半。高祥泰天天在外边应酬,顾不上管她。她趁机主动向高祥泰负荆请罪,表示当初面试时识人不明,今后进人要严格把控。高祥泰相信了她。

文秀没有男人依靠,生存的压力逼迫她把更多的心思花在了工作上,民营企业几乎没有什么对员工的专业性培训,她主动上网收集行业相关知识,结识各售楼部的营销人员,把别人的营销活动、媒体广告剪下来进行系统分析,过得倒也充实。

部门不久又从面试备选人员中补进几位新人,其中一位叫刘婉婷,一米六的纤瘦个子,面庞白皙,黑发柔顺得像瀑布,笑的时候总会露出一排洁白的牙齿,面貌清纯。处于青春年纪的女孩们在一起,没有惊涛拍岸的故事,倒也时时泛起朵朵浪花来。刘婉婷很快在团队里活跃起来。

美伊万万没有想到,刘婉婷吃了熊心豹子胆,把她告到了高祥泰那里:"钱经理不懂管理,没有专业水平,员工没有工作动力。"

高祥泰把美伊叫到办公室狠狠地批评了一顿,叫她对待同事要虚怀若谷,反思自身的不足。美伊便收敛了傲慢,打算组织一次团建,以搞好部门员工的团结。

"文秀,晚上订一个大点的包间,买一箱酒水,通知部门人员晚上团建,不许请假。"美伊受过批评后,心绪显得不佳。

"参加对象是不是只限于我们部门?"文秀问。

"当然!"

刘婉婷偷偷地把销售部门聚餐的地址发给了高祥泰,还特意穿着淡粉色的吊带裙出席。丰盛的酒菜刚摆满圆桌,高祥泰意外地出现了,刘婉婷开心地带头鼓掌:"欢迎董事长!"

美伊瞪了一下刘婉婷,把主位让给高祥泰,自己坐在他的左边,刘婉婷就大胆地坐在了高祥泰的右边。妒火中烧的美伊毫不客气地批评她:"刘婉婷,今晚聚餐属于团建工作,工作期间不能穿得这么随便!"

婉婷委屈地看着高祥泰。高祥泰笑笑和解说:"饭桌上还是不要那么多规矩了,开饭!"

高祥泰没有把气氛搞得很严肃,而是很轻松,他喝到头热耳酣时,指着一个男孩调侃:"钱美伊说你喜欢往身上喷香水,男人要那么香干什么?你今后可别指望傍富婆,男人得靠自己,我才是你的榜样。"

大家掩嘴大笑。高祥泰戴上卫生手套,从餐盘中取出一只卤鸡腿放在婉婷的盘子里,又接着调侃:"婉婷这么天生丽质,跟我说说,追求你的男士都开什么牌子的车呀?"

报复的时机到了,美伊趁机狠狠地挖苦道:"婉婷的男朋友每天都是开个奥拓来接她上下班!估计连五十万都拿不出。"

婉婷呵呵两声说:"那是我男朋友用炒股赚来的钱买的玩具车。钱经理真是肤浅,缺乏内涵!"

眼看着美伊要脾气发作,高祥泰清清嗓子,高声道:"吃饭!"他知道美伊的短处,想帮她拢拢团队的凝聚力,向团队每一位员工敬了酒,尤其对文秀语重心长地说:"你做事踏实,将来是团队里的骨干,协助钱经理做好工作,干得好了加薪!大家都一样!"

文秀点头称是。饭后高祥泰交代钱美伊带团队去唱歌,自己先走了。钱美伊脸上挂着情绪,把同事抛在酒吧,让文秀送自己回家。剩下的员工见大小领导都不在,更加无拘无束了。

三

高祥泰如期拿到祥泰花园四栋楼的销售许可证。自从国家禁止个人非法开矿,他就从做煤矿生意转为开发房地产。很多事他也是亲力亲为,在摸索中推进。此时,他一个人坐在办公室里,手指敏捷地拨着计算器自言自语:"二百套房源如果销售率50%,首付按揭款便可以回款一个亿,恰好可以支付工程款与第二笔土地款。"

他叫来钱美伊严肃地问:"客户积累情况怎么样?"

"还不错,估计销售率60%没有问题,也许还会超出你的预期。"钱美伊信誓旦旦地说。

"客户能接受多少钱的价格?要多大面积的?一套130平方米的三房有多少人来问?如果没有准确的数据说服我,你就属于盲目自信!"高祥泰略显失望,"本月28日开盘,销售目标至少要实现一个亿,你把指标分解到每个销售员头上,压下去。"

美伊开始严抓部门考勤和制度。队伍管理宜先严后松,先松后严就很难整治。营销部开始管理上是松懈的,尤其钱美伊自己不按时出勤,如今突然紧张起来,部门人员还是出现迟到的情况。美伊立了新的考勤制度:凡部门员工开盘前迟到一次黄牌警告,第二次罚款五十元,第三次辞退。美伊虽然开始以身作则,但是并没有做到一碗水端平,部门其他人迟到也就按照制度惩罚了,偏偏刘婉婷迟到就像撞上了她的枪口,她得理不饶人,在大会小会上将刘婉婷当作典型案例进行大肆批评。刘婉婷明知美伊是故意针对她,因为不占理也就忍了,没过几天,矛盾还是爆发了。

早会上,销售员提出来晚上下班后仍有部分客户到销售部看房,部门需要延长下班时间一个小时。美伊直接点了刘婉婷值班,理由是她有男朋友专车接送,很方便。

"钱经理,你这是故意针对我!"

"没有啊!"美伊装作一副无辜状,摊开两手继续说,"多值班一个小时有什么不好,多积累一个客户就有可能多成交一单,也就意味着你可以多赚取一些提成。我对你不好吗?"

"强词夺理!我不同意,应该抓阄决定。"

"文秀,你看看公司的制度,对于不服从管理的员工是不是可以无条件辞退?"美伊板着脸,双臂抱在胸前,要动真格的样子。

文秀为了缓和矛盾说:"要不我晚上值班吧,我住得离公司近。"

"没你的事,你是策划专员,先把自己分内的事情做好。接待客户本来就是置业顾问的工作。"美伊生气极了,"还有别的事情吗?没有散会!"

"好,我值。"刘婉婷忍着气说。

会议刚刚解散,高祥泰打来电话:"美美,晚上有个饭局,你陪我一起去!"

"我今天来了例假,肚子不舒服。"美伊放低了声音。

"那你从部门挑个放得开的,能喝的女孩子。我的车在销售部等着。"高祥泰吩咐说。

美伊收拾资料,安排文秀过去作陪。文秀怯懦地小跑到车旁,大气不敢出,敲敲副驾驶的车窗。高祥泰摇下车窗,立刻变了脸色:

"你回去,让一个漂亮的过来,会唱会喝放得开的。"

"那,那谁合适?"文秀怯懦地问。

"刘婉婷。快点!"高祥泰流露出不耐烦,摇上车窗。

刘婉婷神气活现、大摇大摆地钻进了高祥泰的保时捷。

美伊醋意大发,气恼地摔了笔。

"算了,今天是个意外,晚上我值班吧。"文秀想起高祥泰看她的凶恶眼神,不禁暗自神伤。

美伊为此与高祥泰冷战了两天。

高祥泰心里骂道:"爱吃醋的女人真是不理智!"他采用了软哄的方式,把钱美伊单独叫到了办公室,把亲手磨好的咖啡端给她。美伊不停地搅着咖啡,默默不语,显得委屈极了。高祥泰瞬间变得温柔起来:"美美,我明白兵不好带,我这样做是给你铺路的,刘婉婷的成绩也是你的成绩。"

美伊不买账:"我知道,可是我就是讨厌一些人,扒着碗里,还看着锅里,明明有男朋友,还打着别的男人主意。"

"小美,你还年轻,在这个社会要做成一些事情,得学会演戏,我求人的时候,也得扮演孙子。你不要计较那么多,只需要把这个部门给我看好。"

"那你跟我也演戏吗?你对我是不是真的?到底是挂念你老婆,还是刘婉婷?"

"你说呢?这几年,除了你,我找过别的女人吗?我跟刘婉婷是工作上的应酬而已,你让老实巴交的文秀过去,我那帮客人不喜欢!"

美伊低下头,原谅了高祥泰。

四

高祥泰才把美伊哄好,刘婉婷就怒气冲冲地撂过来一封辞职申请书,无非是陈述美伊公报私仇、处处针对她的罪状。

高祥泰把辞职信扔进抽屉里,一边喝茶,一边悠闲地拿着手机翻阅信息。

"丫头,坐下来先喝喝茶,冲动是魔鬼。"高祥泰慢悠悠地说。

婉婷坐到沙发上一言不发,显然还在生气。过了几秒钟,她深吸口气尽力平复好心情,说:"高董,我想好了,真的辞职!"

"辞职应该去找你的上司,直接到我这里是越级。你如果不能令你的直接领导满意,也不会令我满意的。先去搞定你的上级吧!"高祥泰温和地说。

"钱美伊就不配做销售部经理。她自己都经常迟到,不穿工装,多次违反纪律,又有什么权力罚我的钱?她动不动就说跟您关系好,谁也别想造反,拿着鸡毛当令箭,不能服众。"

高祥泰猛地抬起头来,眼神露出可怕的凶光。婉婷立刻放低语气说:"不信,您可以问问别人,恐怕没人敢说吧!"

高祥泰按捺住火气,说:"我知道了,你先回部门吧。你辞职,我不批!"

刘婉婷离间的目的已经达到,心里平衡了。高祥泰把刘婉婷的辞职信让人资部门转给了钱美伊。美伊下班后偷偷张望高祥泰的办公室,见灯还亮着,于是忐忑地走了进去。

"开盘在即,婉婷告诉我回访下来的500组意向客户里,愿意参与选房的只有20组,数据相当不理想。"高祥泰的脸色拉了下来问,"什么原因?"

"看房的客户主要有三类。第一类是刚毕业参加工作的大学生,虽然工作稳定,但考虑买房一般选择更偏远的北区,北区房价只要2000元/平米左右,经济适用房的价格更低;第二类是需要改善的企事业单位的公务员,他们住着福利房,当初买的内部价非常便宜,八十平方米的两房总价只需要六万块钱,而祥泰花园同等面积的总价要二十万,他们就不大愿意改善了;第三类是经商的外地客户,没有机会得到福利房,对价格也能接受,但这部分人嫌房款占用资金,要做银行按揭。"钱美伊解释说。

高祥泰抽着烟。"都快开盘了,你现在告诉我,我们的房子是不受市场欢迎的,客户群太窄,积累了一堆无效客户。你平日里都在干什么!"

高祥泰说话声音低沉,反而令人害怕。美伊脑子转得飞快,赶紧说:"有效客户基本分布在项目区域周边,在开盘前,想办法在重点的商场和客户经营的场所发些广告单,增加有效客户的数量。在开盘选购当天把要推售的房源减少,比如原定销售套数减半,一幢楼一幢楼地分批推售,显得我们的房子比较稀缺。开完这一次盘认真总结,再积累客户决定第二次开盘时间。"

"今后,别让你的员工再把你投诉到我这儿。"

"刘婉婷她——"

"我不同意她离职,开盘前不宜流失人员。"高祥泰强势地说。

"好吧。"

美伊第二天清晨第一个来到办公室,打开中央空调的旋钮,坐下来认真梳理开盘前的准备工作。八点半上班时间到了,刘婉婷缺岗。这个好胜的丫头,掂量不清人物之间的关系,认为高祥泰偏袒钱美伊,在这里永无出头之日,就不来上班了。

文秀知道美伊不可能低下姿态去挽留刘婉婷,走上来劝她:"你不能同意婉婷辞职,这样对你的口碑不好,大家会认为你作为部门领导容不下员工。最重要的是快开盘了,她如果现在走了,会流失客户。你是这个部门的负责人,最终影响的是你。"

美伊思索了一下:"你替我去劝劝她,即使辞职了也无所谓,离了谁地球照转!"

文秀专程请婉婷吃饭,诚恳地奉劝她:"你在开完盘之后再考虑辞职比较好,这样的好处是:第一,大家会认为你做事情不草率,为公司着想,有大局观念,因为开盘是最忙的两天;第二,你辛苦那么长时间,开盘后按回款额能拿到相应的提成,在该收获的时刻拱手让给别人太可惜!"

"你还挺有主意。有道理!"婉婷歪着头思索了一下说。

女人是天生容易嫉妒的,这句话放在美伊身上再合适不过。工作上她离不开文秀,却又阻挡不住文秀在部门的地位日益突起,防范之心油然而生,便使了一些小手段警示文秀。她压给文秀的工作量越来越多:市场调研、客户分析、定价修改建议报告、每月的营销计划、活动组织、销售谈判、客户投诉处理等等。她还刻意拉开了与文秀的距离,基本上不叫文秀一起吃饭了,就算是偶尔叫一次,文秀也是忙得透不过气,请别的同事帮忙打饭了。美伊甚至在部门会议上强调:"你们每一个人无论多优秀,也不能逾越我,尤其不可以越级汇报工作。"文秀自然明白话中的意思,一直抱着感恩的心态隐忍美伊的霸道。

开盘当天,一阵敲锣打鼓的热闹过后,祥泰花园只销售了50套房子,大大低于高祥泰的心理预期。美伊收敛了很多,几日里都躲着高祥泰。她见高祥泰的情绪稳定了,将公司鸡毛蒜皮的事情汇报给高祥泰,谈论着哪个员工能用哪个不能用。高祥泰前段时间只顾着办理一系列证件手续,后悔对销售抓得太松懈。一想起开盘销售率,高祥泰就板起脸说:"别操那么多闲心,先把你分内的事干好。"

"我可是把你的公司也当作自己的了。"

"我知道,工作得聚焦,分心做不好。现在最重要的是销售要好,把钱给我收回来。"

"放心吧,我们部门好得很,风平浪静,很团结。"

"你呀!只会向我报喜不报忧。"高祥泰说。

时间一长,美伊在公司变得越来越孤立,反正每天她只围着高祥泰一个人转，别人她都不放眼里。高祥泰知道，美伊是聪明的，她明白她的荣辱与收入都依仗他高祥泰。年底签发奖金的时候，钱美伊得到最多。想到文秀，高祥泰就忍不住摇头，这个姑娘不开窍，从进公司就没有向他透露过关于公司和部门一句话。即便他几次提醒，她都避而不答。

高祥泰把文秀的奖金减了半，对美伊说："她只适合干活儿，天天写些无用的方案，也不会卖房子，就是一个工作机器。"

刘婉婷把一切看在眼里，对公司非常失望，坚决辞职了。她给文秀留了一句话："钱美伊三观不正，你应该尽早离开她！"

第五章　深情父子

一

几乎所有人都坚信今天努力,明天就有收获。但是如果只会埋头拉车,不抬头看路,也很难躲过职场里的惊险和套路。文秀与很多年轻人一样,虽然往往有激情,但是对自身所处的社会环境与人际环境浑然不知,更没有清晰的人生规划。但是她的好运伴随着城市化进程的时代到来了,房地产行业的高度繁荣即将掀开她人生的新篇章。

2005年岁末,一篇名为《剑出鞘！嘉林、顺和地产巨头进驻央州新区》的重磅新闻在央州房地产界掀起了轩然大波！

放眼全国,房地产行业里率先异军突起的是万科,2004年前后,北上广深等一线城市又杀出各具特色的优秀品牌房地产企业,其中也不乏民营企业。这时的房地产大佬们纵横于地产江湖,纷纷由区域化战略转向全国化扩张,疯狂圈地。央州是中原腹地,交通枢纽要地,人口流入增长迅猛,市政府扩大了城市版图,决心在老城区的东部再造一座集生态、居住、商务为一体的新城区。市政府优越的招商引资政策吸引了全国一线的房地产大佬们频频过来看地。

　　房地产巨头浙江嘉林集团和北京顺和集团进驻新区。外来企业进驻势必为央州注入新的居住理念,对央州本土房地产品牌企业形成冲击。央州地产格局巨变,即将迎来新时代……

　　两大地产巨头引起媒体界的强烈关注和无限猜想,竞相用各种渠道探取企业秘密,跟进项目消息。

　　此事在央州本土房地产商界内也掀起了不小的风波。今天,高祥泰就参加了他们内部圈子的秘密会晤。央州本土大大小小的开发商有一百多个,今天组织会晤的也就是具有代表性的几个,大家围坐在会议室里椭圆形的桌子旁,各抒己见。

　　"不用担心,外来企业拿地的成本高,要做品质房产成本就更高。我们的房子虽然达不到他们的品质,但是土地获取早,价格有优势。"一位地产企业老板不慌不忙地说。

　　"这新区三百五十平方公里呢,建设完毕也要十几年。虽说新区的规划好,环境好,但是今后的地价只会越来越高。只要他们涨价,我们就跟着涨呗。房地产行业跟别的行业不同,是共荣的,不是恶性竞争。"一位女性老板说完,将目光转向一个年长的男人说,"宏连伟大哥,你们万丰公司是咱们本土的第一品牌,在新区也有项目,你对此怎么看?"

　　"央州房地产发展水平跟北、上、广、深等一线城市相比还有十年差距,北京、上海的房价几年来一路上涨,央州房价未来的发展规律与北京、上海类似。再说了,房地产开发住宅物业类型就多层洋房、小高层、高层、别墅这几种,他们有他们的客户群体,我们有我们的客户群体。市场蛋糕这么大,外来企业是做不完的。"宏连伟心里对外来企业入驻是相当不开心的,他担心这些外来企业过来抢了他本土老大的地位。为了显示自己的格局,他又补充一句:"他们来是好事情,良性竞争也能促进我们本土房地产企业更好地发展。"

高祥泰过来是想听听圈中的意见,毕竟他开发地产并不专业。祥泰花园是他进入地产领域的第一个项目,又不在新区,与这些外来企业项目没有什么冲突。他巴不得这些外来企业项目的价格一路走高,自己就能把房子打上"高性价比"的标签,尽快卖出去回款。轮到他发言时,他谦虚地说:"我过来主要是听听各位地产大哥的意见,来学习的。"

各自散去,每天太阳照常升起。

二

很快,顺和集团掀起了央州房地产界的巨浪。

顺和集团来自北京,高调异常,刚刚拍过地,就垄断了市中心优势的户外广告牌,抢占各大主流媒体的报纸广告封底版面。不仅如此,还强势打出"做央州 NO.1"的口号,挑战本土老大万丰集团,抢尽风头。顺和集团董事长陈海域是个美国留学回来的少壮派,最早在北京一家科技公司做高管,野心勃勃的他不甘平庸,拿着打工积累的第一桶金创办了顺和置业。他善于激励团队,公司用的高管全是二十岁出头的年轻人,江湖称"狼性企业"。快建快销是顺和的开发特色,经过几年的摸爬滚打,成立了集团化公司,在全国四处激进拿地。

陈海域高调的作风引起本土万丰集团老大宏连伟的强烈不满。宏董事长托人告诫陈海域,不要太过分,给别的企业留点面子。陈海域为此在媒体上不以为然地公开反击:"拿破仑说过,不想做将军的士兵不是好士兵。如果一个企业没有做第一的目标,还算是优秀企业吗?"

高祥泰在办公室看着陈海域的头版头条,嘿嘿笑了两声:"枪打出头鸟,陈海域这家伙不会有好下场!"

　　说归说,凡是有江湖的地方,必然涌现各路侠士。再看嘉林集团,这家来自杭州的企业低调极了,属于典型的南方婉约派,董事长承树生非常注重产品品质,企业有着浓厚的工匠精神与人文气质。面对顺和集团铺天盖地的广告,他波澜不惊,因为他的目标是通过项目确立嘉林集团在央州房地产行业的精品形象。拍地大战的前夕,他曾站在地块的边上,意气风发地指着三百亩绿油油的田地,对簇拥在他身边的高管说:"五年后,这里的人们在我们开发的小区里安居乐业,邻里和谐,沉浸在幸福的生活里,有欢笑,有陪伴,有很多美好。这块地可以做出好的产品来,要不惜一切拍下它。将来小区名字就叫嘉林·怡园。"

　　这块地处于新区,紧邻老城区,是外来企业和本土企业都想得到的肥肉,经过激烈的竞拍,花落嘉林,成为本年度的央州地王,承树生为此付出了高昂的价格。他不怕,只要出精品,消费者总会买单的。怡园项目已经启动过开工仪式,规划设计也经过集团内部多次评审,他仍坚持在央州召开最后一次项目规划评审会议,亲自邀请业内专家,包括市规划局的领导与建筑学者一起组成评审团,对项目的规划设计细节提出修改建议。他要将怡园做成央州地产行业的标杆、典范,一件居住的艺术品。

　　央州市副市长申长庚会见了承树生,表达了对嘉林企业的厚望:"希望嘉林能为新区建设增添美丽,提升城市形象,同时能够把一线城市好的开发理念引入央州,树立央州房地产行业的典范,促进央州房地产业的繁荣。"

　　精致的VIP会议室里,专家们相互交流意见,方案获得了专家们的认可与称赞。结束时,承树生表达了与其他地产商不同的情怀:"房地产开发商参与城市建设,首要的责任是做出符合所在城市文脉的产品,为业主呈现一个祥和美好、邻里融洽的家园,为历史留下建筑艺术。欧洲的房子可以使用70年至100年。一套房子伴随一个人的终生,甚至要世代相传,我们没有理由不去做好。另外,怡园项目户型面积、建筑立面色彩会根据城市文化与消费者习惯做出调整,项目的建筑、景观成本投入会按照嘉林在一线城市的标准去做,嘉林企业的精品战略会贯穿每一个产品,不分地域。"

真正霸气的企业家就是这样的,有做一流的目标,但绝不会肤浅地喊出做第一的口号。会场上响起一片热烈的掌声,承树生散会后便被记者们团团围住。挑衅的记者提出了一个颇为尖锐的问题:"请问承董,嘉林集团会挑战本土第一品牌万丰置业吗?"

承树生镇定地回答:"嘉林一直奉行精品战略,努力做好符合城市和消费者品味的房子,把产品用心做好,做到客户口碑中的第一。"

他以还有重要事情为由,把这些记者甩开,与主要嘉宾享用午餐去了。记者们越是采访不到,越感觉嘉林企业十分神秘。

三

风景宜人的龙井山上下满眼翠绿,茶田环绕,清净悠扬。承树生父子悠闲地坐在白墙灰砖青瓦的茶庄里,龙井茶经沸水的冲泡清香四溢。

承树生带承诚来到这个美丽的地方,不仅仅是要唤醒自己对幸福生活的感觉,他真正的用意是教育儿子。承树生是20世纪60年代的大学生,曾经是学校的老师,90年代初与几位亲厚的同学共同下海创业,如今是嘉林企业的董事,拥有企业最大的股权。江浙一带房地产行业起步较早,他赶上了经济发展的黄金时期,做事又低调用心,在他的带领下,嘉林销售额经过十年发展就逾100亿,跃为全国地产前30强。从2004年开始,他与中国一线品牌开发商一样,开始在全国进行战略布局。他的理念是做好一个,再做另一个,不贪图规模，品质一定是第一位的。嘉林地产品牌在江浙一带家喻户晓，是高端楼盘的代表企业之一。在自己的企业王国，承树生是事业强有力的推动者，也是"独裁者"。但面对孩子，他也只有付出耐心。

嘉林企业承载了他太多的东西：梦想、汗水、成就、酸甜苦辣，甚至生命。如果没有特殊原因，将自己的事业接力棒传递给儿子无疑是最佳选择。承诚是他的独子，使得他省去家业传承路上的诸多纷争。他未雨绸缪地规划着儿子将来能够顺利地承接他亲手缔造的事业帝国。自从承诚从澳洲留学回来，他就精心安排聊天，诱导承诚接受承氏家族使命。他要放手让后辈大胆地去做，为后辈的成长付出时间与成本，还要把他自身的经历与人生百态讲给承诚听，以减少承诚走弯路的可能。

"人会越来越老的，不仅是爸爸，还有公司核心的元老们，放手给年轻人是迟早的事。原来公司董事会也讨论过，等公司做到繁盛的规模时把股权卖掉，得到一批不菲的财富放在信托里，用收益安心养老，但是其中有人提出这等于浪费生命，尤其男人更应该做点事情。一路走来虽然辛苦，但是杜甫说过'安得广厦千万间'，所以继续让企业兴盛，造更多的好房子始终是我内心的期盼。你回来一年多了，不愿意在我身边，主动要去央州，说说你那边的情况。"承树生显得和善、敬业、强势。

"爸爸，我不留在您身边，是因为在您的光环下，我很难证明自己的价值。"承诚停顿了一下说，"比如吧，前辈们凡大事还是跟您商量，我只能听着或者看着，插不上一句嘴。我做什么事情，您也会忍不住管一管、问一问，让我很拘谨。我不如到项目公司从具体事务做起，这样成长更快。"

承诚与父亲交流时尽量表现得推心置腹。他在学生时代对严肃、忙碌的父亲是有距离感的。承诚和别的孩子一样，缺少阅历，却喜欢证明自己。但是相比普通的孩子,承诚肩负的担子要重得多。承树生尽量避免用家长作风强行要求儿子听命行事,更多的时候是放低姿态来与其交流,倾听儿子的工作兴趣和发展方向。承诚在央州怡园项目任总经理助理后,与同企业相关联的各方打交道,才真正体会到了父亲的不易,带着企业家那点理想和情怀在社会的夹缝中生存,感受的全是深切的痛了。父子各品各的茶,距离亦近亦远。近的是父子亲情,远的是期望与现实产生的差距。

"我尊重你的想法。"承树生点点头,欣慰地笑着说,"你一毕业就义无反顾地回来了,不愧是我的好儿子。"

"爸爸,我感受到国内外环境是有很大不同的。起初我并不想回来,我在澳洲有朋友圈子,尝试过打工,和女朋友恋爱,很自由很快乐。"他看着逐渐苍老的父亲,眼光放到远处,变得忧伤起来,"妈妈离开我们之后,我才想到要为您分担压力,看您头发都快白完了。"

"白发便是岁月对我人生成就的嘉奖!"承树生手抚着双鬓,语气豪迈。

"爸爸,一个出色的企业家的标准是什么?"

"一个人要具备健全的心智、平和的心态、专业的技能、健康的身体。我一直希望你有这样的素质,我对员工也是这样讲的。"承树生语气温和而有条理,"但一个优秀的企业家的标准又不一样了,首先要有远见,对历史与时代的把握要有深度,有想象空间。未来可以做的行业有哪些? 第一是加工业,外资企业进来,正进行原始资金积累。第二是对中国城市化进程有帮助的行业,顺应中国发展的国情。第三是跟生命健康相关的行业。其次,优秀的企业家要有胸怀。做事情经过深思熟虑,要容纳不同的人与事情,包括别人对你的指责。当然优秀的企业家最重要的是要有责任感,责任决定了事业的高度,并且有能力负得起责任。最后是要有信心。无论是内在还是外在的表现上，都要思路清晰，遇事沉着冷静。"

承树生喜欢传统国学，他并没有像其他人一样很早把儿子送出国门留学，他的骨子里认为孩子18岁之前是价值观形成期，应该接受正统的中国文化教育。但他并不保守，在承诚20岁那年，他才把儿子送到了澳洲学习经济与企业管理。妻子随后癌症晚期病逝，他召唤毕业的承诚回国。承诚不愿担任高管职务，先是从员工做起，分别在开发、工程、材料、成本、财务、销售等部门进行基础轮岗各一个月，接着就主动请缨去了央州项目公司。

清明节三天，父子两个都没有离开杭州。气温陡然下降，天空夹杂着小雨，凉意甚浓。承树生站在妻子的墓碑前，承诚双膝跪下，献上一大束粉色与绿色康乃馨编织成的花圈。承诚拒绝白色，在他心里，母亲依然活着。他眼圈发红，默默哀思，是不想让父亲难过。

承树生对妻子充满愧疚，这么多年，自己缺少对她和儿子的陪伴。以至于妻子癌症晚期的时候，自己也在忙着公司的事情，没有好好去尽一个丈夫的责任。妻子去世以来，明知许多女伴转身就能遇到，但他总感到她们不算最好，更不能令他动心，就把更多的精力投入事业上。

"你妈妈是个好女人，那个年代的女人都朴实，从我们大学毕业，她二十多年一直在背后支持我，苦甜共享。我最感激她的是对你的教育，我陪你们不多，我把家中存款都交给你妈妈，告诉她需要什么就去买，不用跟我打招呼。但知道你妈妈是怎么说的吗？她说儿子重要的决定，哪怕是买一个昂贵的玩具，都一定由做父亲的来定，这样才能体现我在你心里的重要性。她是要让你知道，男人在一个家庭中的地位和责任。虽然我陪你少，但我们之间的父子关系还很默契，这一切都要感谢你妈妈。"承树生眼睛湿润，掏出来手帕擦擦眼角，继续说，"人的痛苦是因为人生需要取舍，要大成就就要有大付出，一个男人没有事业就等于没有生命，但是我太对不起你妈妈！"

　　在承诚的印象中,妈妈很爱爸爸,向他传递的都是父亲正面的形象。但承树生的生活向来都是颠倒的,通宵开会,中午睡觉,大部分时间奉献给了公司,即使周末也在跟别人打桥牌,他曾经怨恨地抱怨："公司是爸爸的孩子,我是爸爸的牺牲品。"

　　承诚撑着伞,扶着承树生慢慢走出墓林,小时候父亲为他遮风挡雨,如今他撑起伞为父亲遮风挡雨。他是个懂事的孩子,尤其是母亲去世以后,父亲并没有谈过再娶的事情,总是自责自己做丈夫不称职。承诚成熟了,他选择了理解。他对父亲的依偎变成了搀扶,父亲需要安慰。母亲去世后,承树生这个工作狂人更加投入地工作,经常是通宵达旦开会,用工作来忘记内疚。而公司的一群高管也因此抱怨工作强度太大,个个成了眼窝发黑的夜猫。

第六章　初遇

一

过了清明节，天气越来越暖，央州的房地产行业越来越热闹。主流媒体在 6 月份针对央州的房产企业组织了一次盛大的颁奖活动。

这次媒体颁奖，邀请对象是获奖企业的董事长和总经理们，还特别邀请了刚进驻央州的嘉林集团和顺和集团这两家知名企业，为的是与之搞好关系，方便接触、采访企业，以便增加报社的广告收入。颁奖地点设在央州市最豪华的五星级酒店建瓴国贸。

高祥泰也在被邀之列。自从外地企业进驻央州，高祥泰就重视起项目的包装来，比如用广告来包装项目，不理性的消费者是相信广告的。这次他之所以能参加领奖，是花了三万块钱，使祥泰花园获得"央州最美楼盘"的奖项。当然"央州最美楼盘"奖项不是唯一的，还有其他项目也获得了同样的奖项。

这一晚是文秀一年中心情最差的一天了。路上，高祥泰亲自开车，美伊坐在副驾驶的位置，文秀坐在车厢的后排。月光的碎屑透过玻璃洒在车里，美伊剥了香蕉喂高祥泰吃，二位动作亲昵，好像文秀是空气。他们提前到了酒店,时间还早,就去五层的一间茶馆歇息。高祥泰不停地问文秀明年的营销策略、客户数量、销售重点、媒体投放排期等等计划安排。文秀心想:你心爱的营销经理就坐在身边,从层级上来说,这些问题好像不应该问我。

颁奖仪式开始了。主持人叫到高祥泰时,高祥泰让美伊代表他上去。美伊抱着奖杯在台上灿烂,高祥泰在台下灿烂。文秀一直默默地为美伊做嫁衣,却还得忍受美伊的刁难;获得成果的时候,高祥泰总会捧给美伊,而自己就必须远离;更可气的是,年底的奖金给她减半,明明是不认可她……这种付出与回报失衡的痛楚折磨着她。她借故跑到洗手间,忍不住哭泣,洗了脸回来才恢复了平静。

接下来的晚宴,高祥泰带着美伊提前走了,留下文秀一人应酬媒体。文秀心想:他们准是到别的地方幽会去了。相互认识的同行三三两两自发拼成一个圆桌,文秀便随意找了个位置坐了下来。

承诚在不远处端着酒杯,正挨个与这些本土企业的职业经理人交换名片,这是他第一次参加央州大规模的地产盛宴。一会儿,他充满笑意地走向文秀这一桌,一一敬酒。他喝酒时只是用酒杯沾了唇边,并操着一口江浙味儿的普通话向对方说:"我酒量不好,请多担待,你也随意。"

轮到文秀了。她起身拿起酒瓶斟满杯子,主动碰了一下承诚的酒杯:"干!你随意!"

辛辣从口舌穿过喉咙,一股灼热感进到胃里。今日她想借酒浇愁,忘掉所有不快,接着再次主动把酒杯满上。

"我在哪里见过你!好像就在我们项目的开工奠基仪式上。大家都是同行,认识一下,我叫承诚,希望今后多交流。"他摸了一下西服口袋,抱歉地说,"不好意思,我的名片用光了。"

"不要紧,我也没带名片。你叫我文秀好了,我再喝一杯,见笑了。"她想再次一饮而尽,发现酒瓶子已经滴不出酒了。她抢了邻桌的一瓶宋河粮液过来,与桌上的每人干了一遍才算作罢。

承诚没有走开,而是目不转睛、惊讶地看着文秀:"看来你是海量呀!一定是公司的中流砥柱!难怪你们公司就派你一个人来了!"

文秀自嘲般地笑起来:"是吗?我其实只是个干活儿的员工,领导们都走了。"

这一刻,她的痛苦被酒精麻痹了,坐下来双臂贴在桌子上,双手捧着两腮,支撑着眩晕的脑袋。她用眼睛扫视着桌上的每一个人,用筷子敲着盘子继续叫阵:"还有谁没有喝尽兴,继续干!"

桌上有女孩被文秀的酒量吓跑了,跑到别桌凑热闹去了。承诚便坐下来,把一盘鱼转到她跟前,绅士地说:"吃点东西,你喝得不少了,等会儿一个人怎么回去呢?"

文秀指着桌子说着醉话:"就睡这里了。"

她第一次尝到醉酒的滋味,是如此酣畅淋漓。人们陆陆续续地离开,文秀拎起包,一路蹒跚地走进电梯的轿厢,最后卧倒在一角。酒醉三分醒,她只记得是承诚把她从电梯轿厢里一路拖进轿车,她尽力掩着嘴抑制着不要吐出来食物,一会儿便靠在他的肩上胡说八扯。

第二天,文秀脑袋还有些疼痛,她请了假坐在床头,感受室内第一束射进房间的阳光,心里尽是暖暖的回忆。认识承诚,文秀一扫在祥泰公司三年来的压抑,爱情之花悄悄在她的心里盛开了。他哪点吸引她呢?她说不出来,应该是那种礼貌的、带给她的那种暖暖的感觉。也许在城市里生活,太冷漠了。她希望能够再次遇到他,可是她不知道他在哪个公司供职,也不知道他的联系方式。

二

同一时间,承诚在窗明几净的办公室里,翻看着厚厚的市场报告。一会儿，他叫来下属："我不相信买来的市场数据，这家公司的市场调研太粗糙，尤其对产品细节方面的建议更不详尽。你到建瓴国贸酒店定一个容纳三十人左右的 VIP 室，我想周六上午九点组织一场同行交流会，邀请几个有代表性企业的同行参与讨论，不要高管，就要执行层面的一线员工，这样掌握的信息会更加真实。"

"好的承总，我立刻就办。"

他立刻想起了文秀。第一次见她是在怡园项目的开工奠基仪式上。当时来了很多同行与媒体观摩，她站在工地的人群里，一边拿着黑色的笔记本做笔记，一边拿着相机拍照片，风刮走了她的红帽子，被人不小心踩在脚下。承诚发现这个女孩有一种认真的精神。第二次就是在颁奖酒会上，她连喝酒都那么投入，工作肯定不含糊。其实刚来到央州的时候，他约过几个同行高管聊天，这些职场中的老油条各自端着一副架子，说话好听却城府颇深，一点信息都不透漏，到向他打听嘉林公司的内幕。比起他们，文秀朴质亲切，最重要的是他相信她善良，不会骗自己。

"等等，"承诚喊回下属，"你认识文秀吗？把她也邀请过来。"

"哦，在其他地产活动中见过，她是一家小公司的策划专员，要她来吗？"

"嗯，邀请她过来。"承诚肯定地说。

下属办事还算利索，场地定在建瓴国贸酒店五楼的兰花厅。

"人都约好了，只是文秀说她很忙，不一定来。"下属汇报说。

"哦！"承诚思索了片刻说，"场地布置好后，我去看看现场。"

周五晚上，承诚亲自到兰花厅检查，看后还算满意。他乘电梯下到一楼，电梯门刚打开就听到大堂的争吵声，一位女孩与大堂经理在争执，引起少数人的围观。

今天他身着杏色的休闲商务西服，整洁的头发，白净的脸，作为男人，他觉得自己应该表现一下绅士风度，来解决这场争端。

承诚走向前去，发现与大堂经理争吵的正是文秀。

"发生什么事了？"承诚问。

"先生，这位小姐要预定周六下午三点的兰花厅，但是上午已经被嘉林公司预定了，嘉林的联系人说也许到下午两点半才会结束活动。这位小姐两点半进兰花厅布置肯定来不及，再说让嘉林提前结束活动也是不妥的。按照我们这里的规定，VIP厅都是提前三天预订并预付百分之五十定金才可以的。我劝这位小姐换家酒店，她不同意，我们就争执起来了。"大堂经理尴尬地摊开两手，委屈地解释说。

"怎么这么突然？"承诚目光转向文秀。

"没有办法，老板临时决定的。周六下午三点要做小型客户活动，我的物料和人员都已经准备到位，老板突然觉得原定的酒店场地档次不够，临时决定换到这里的兰花厅，所以我必须做到。"

"经理，我是嘉林公司的负责人。"承诚从上衣口袋里掏出一张名片，双手礼貌地递上前去，"上午公司在兰花厅举行同行交流会，活动大概中午12点钟就会结束，然后用午餐。把时间范围延长到下午两点半，是怕有突发状况造成时间延长。你就让文小姐定下午的兰花厅吧。"

"既然承总不介意，当然可以，你们自己协商时间吧。"大堂经理说。

"做领导的就是不同凡响，几句话就搞定了。谢谢你！"文秀显得很开心。

"周六上午我们组织的同行交流会，希望你也能参加，我让同事通知了你，同事说你忙，尽量来吧！"

"好，我加加班，把工作提前做好，尽量来。谢谢承总。"

三

这次是千载难逢的相处机会！文秀心里想。晚上加班把第二天上午要做的工作全部完成。次日早上,她用粉饼仓促地扑扑脸,穿了一身职业服,九点钟准时到了建瓴国贸兰花厅。来客已经落座,大约十几位年轻人,都是同行业里优秀的销售精英和营销经理,万丰集团和顺和集团的人因为有事没有来。承诚认为本土企业对消费者心理更为了解,一线员工更能说出来具体的问题,不像那些所谓的高管们,只会大谈战略,不接地气。受地产大鳄的独子邀请,这些年轻人感到受宠若惊,单单一睹帅哥风采就值得来一趟。

文秀认真观察着会议室的布置。这家企业做事情非常用心,尤其对细节执着。小会场的中心是一个椭圆形的圆桌,摆放着受邀人的桌签、精致的水果点心和打印好的交流会流程表。投影幕布上显示出交流会的主题内容:1. 市场最受欢迎的户型探讨;2. 市场滞销房源滞销原因分析与对策。会场空出来的地方摆了些高低错落的绿植,还有精致的茶歇点心。

这些细节都让文秀感到自身的差距,她自认为是一个认真踏实的人,做新闻记者的经验养成了她良好的思考习惯,凡事之前先列好提纲,弄清楚自己的工作目的。她在赴约之前已经查阅了嘉林企业的相关资料,知晓嘉林的精品战略,以及他们在浙江地区成功开发的很多知名楼盘。于是在交流会上,她知道承诚要的是什么,对新项目的产品定位与客户定位做了务实的建议。

"央州人喜欢南北通透采光好的户型,重注朝向比景观更重要。最受欢迎的主力户型是140平方米左右、分布在景观最好的位置,两房小面积的户型分布在临街的位置。"一位项目销售冠军说。

"央州人喜欢住多层,因为接地气,还有很多人有和老人一起住的习惯。最好一楼花园的面积要大,可以提高售价,为企业产生更多的利润。"另一位营销经理建议。

……

这些承诚在平日的楼盘调研中都已经了解过了,没有感到新奇。

"南方的房子大多不封阳台，可是北方风沙大，不封北阳台不现实，房子交付后期会引起业主与物业的纠纷；做室外游泳池也不合理，北方气候恐怕脏的很快，不如改成叠水水景，既灵动又讨巧；还有，我上网查了一下，嘉林的景观以南方植被为主，我见过有些本地开发商移植过来南方的香樟树，结果水土不服死掉了，后来换上白蜡、国槐显得特别漂亮，承总可以专门考察一下央州的植物园，北方的树种和植物品种非常丰富。设计大师站在高处，思维也固化，认为室外没有游泳池就显示不出小区的档次，户型不大就不够豪华，这是没有市场意识的……"文秀说。

承诚听得专心，眼都不眨一下，这才是他想得到的内容。文秀看似普通，其实聪慧并有着清晰的逻辑，这是背后她比别人更勤奋、爱思考的结果。承诚示意秘书将整个交流会的过程录音，整理出会议纪要。

"继续请教，请接着说。"承诚说。

南方的男孩比较含蓄，说出话来却那么从容动听。文秀脸有些红，她眼中的承诚对人亲和，不摆架子，从各种做事细节都能显示出他超高的情商与良好的家教。于是低下头说："这只是个人建议，承总还需要论证。"

"其实你说的有道理，嘉林企业第一次进入北方市场，我就怕做的不接地气。其实南北方不仅气候差别大，文化差别更大。"

"什么差别？"

"南方人有共赢意识，财富阶层都是金字塔结构的。一个亿万富翁下边会有几个千万富翁跟随，千万富翁下边又会有一些百万富翁跟随。这种现象在北方比较少。"

"北方人是先做人后做事，你要跟北方人打交道要先跟他交朋友，建立起信任关系之后你做起事来会很轻松。"文秀说偏了话题。

"哈哈！全国都一样的，都是先交朋友。"承诚笑起来，"感谢各位的莅临，中午公司安排了简餐，请挪步到二楼包间用餐。"

承诚挨个敬酒。与文秀干杯时，他特意称赞："你是位靠谱的人，我喜欢跟靠谱的人结交、共事。"

文秀在祥泰公司忍受了长时间的压抑，第一次从一个男孩子的目光里读出来对自身的肯定。虽然这种肯定不是爱慕，但这点欣赏已经足够温暖她的心。他是那么彬彬有礼，懂得照顾他人的情绪。

两人一起干了一杯酒。

"谢谢上次你送我回家，以后有什么需要我的地方，我都会为你尽力的。"她语气强调了"为你"两个字。

"太感动了，我要喝两杯！"承诚一饮而尽。

菜没动几下，人先醉倒了，承诚的酒量的确不好。他倒在包间的沙发上，还喃喃地嘱咐司机把每一位来客安全送回家。文秀看他醉的模样很想抱抱他，她庆幸自己这次没有失态。

四

几天后，文秀在销售部见几个女孩举着一份报纸议论纷纷。她过去一瞧，承诚的照片出现在报媒的房产板块上，他以嘉林央州公司总经理助理的身份接受采访，并发表了关于央州房地产市场走势的观点。他的身份清晰了，他是嘉林集团企业家承树生的儿子，负责央州项目的销售工作。文秀想要主动跟他联络，可自卑情绪控制了她。人家是从国外留学回来的，她只是个不起眼的灰姑娘。

就项目产品定位中的细节问题，承诚回杭州请示父亲承树生。他走进承树生办公室敞开的门，室内宽敞明亮，一侧是一组红木书柜，平添了厚重气息，里边摆满了书籍和收藏的画作。承树生立在另一侧大大的桌台前，气定神闲，手执长锋狼毫，勾写瘦金体。书法是很多企业家的雅好，但是写得好的极少。承树生是文科生，从小就爱好书法，特别喜欢挑战瘦金体，因此颇有功底。如今能写好这种字体的人凤毛麟角。企业家交流会上，还有不少朋友向他讨字，并以得到他的字为傲。

"爸爸，您好久没练书法了。"承诚走了进去，立在承树生的身旁观摩说，"我以为这种又瘦又长的字是个女人创造的，原来是北宋的皇帝。"

"瘦金体别具锋芒，不仅瘦硬挺拔，还精致秀美，最讲究细致的功力。"承树生额头爬满了细密的汗珠。

"您出汗了，写字很累吗？"

"当然，浑身的精气神都集中在笔尖上，书法可不轻松。你们这一代，受古典传统文化熏陶少，应该多了解中国历史文化。"

承树生说着到品茶区坐下来，品过几盏清香的龙井后，打开了话匣子。

"这次回来是不是要跟我分享你的收获？"

承诚拿了前几日同行交流会的会议纪要说："小有收获。关于怡园的产品细节修改建议，我上报给项目总了，您抽空看吧。""项目总"是房地产行业约定俗成的称呼。停顿了一下，承诚接着说："另外央州的几家媒体下月初要联合搞一个地产高峰论坛，拟邀请您、顺和董事长陈海域、当地开发商万丰董事长宏连伟，一起谈谈新区建设。我知道您不愿意出席这样高调的活动，但是不参加显得我们太清高，看不起他们。媒体朋友拜托我一定要把爸爸您请到。"

"他们倒会找说客。这些媒体，就喜欢拿我们做文章。那两家什么意思？"

"他们肯定参加，万丰和顺和一个比一个高调，恨不得把对方压下去。为争一个广告版位互掐，沦为同行茶余饭后的笑谈。不知道这次高峰论坛的发言顺序，媒体怎么平衡他们两家。"

"儿子，我们不参加，就说我出国了，跟他们的活动时间冲突。"

承树生坚决地说,"跟媒体搞好关系有多种方式。马上九月份了,你邀请他们到杭州来,到龙井山上喝茶、吃饭,观西湖佳景,再到灵隐寺逛逛,接着到我们自己开发的小区看看,组织他们与浙江的主流媒体相互交流一下对房地产的看法,让他们从内心认可我们嘉林。如果今后买我们的房子,你就给他们打个折。"

"好办法。"承诚点头。

承诚很快将父亲的想法形成方案。他这次还打算邀请文秀,文秀做过新闻记者,懂新闻、懂房产,也懂嘉林,也许又能给他提出更多建议。

五

文秀仔细地擦洗着案头绿萝油光光的叶子,旁边的男同事跟远在新疆的老婆孩子嘘寒问暖。同事的电话勾起她对往事的记忆,整个城市里没有真正牵挂她的人。每天穿梭于大街上,她看到了一张张奔波于工作、陌生的脸。美伊一直在利用她,但她始终相信世界有淡泊有单纯,那就是她自己的内心。只是这颗心太孤独了,直到遇见承诚,她不愿藏着这颗心再孤单下去了,就像当初她毕业要来闯荡一样,决定的事情就坚持下去。

这次是承诚亲自打来电话邀请她去杭州,文秀爽快地答应了。她像做梦一样,老天都在助她和倾慕的人在一起,快乐的悸动冲击着她的心脏。

出发时,承诚友好地招呼媒体朋友上大巴车,接着奔赴机场。他留了前排两个位置,一个自己坐,方便对接司机和为大家做向导,另一个位置留给了文秀。

"这次是请媒体领导到杭州参观嘉林项目,顺便旅游,公司开始启动品牌推广,你做过新闻记者,当然要发挥一下才华。"承诚对她说,"你会喜欢杭州的。"

飞机降落在萧山机场，承诚一行人由专门的大巴车接到酒店。接下来是游西湖，拜灵隐，体会龙井草堂的娴雅清净。如诗如画的江南烟雨让央州的客人倍感愉悦。文秀主动承担起摄影事务，不知疲倦地为自己喜欢的人多做些事情。承诚在过程中为众人热心地介绍每一个景点的历史典故，讲解产品营造细节。文秀陶醉在他的举手投足之间，看承诚的眼神就像看见美丽的星光。

晚上，嘉宾们心满意足地进了酒店，文秀依然心潮澎湃，把承诚约在大堂聊天。

"今天怎么样？"承诚满面春风地问。

"我被打动了，你们是一家有责任感的企业，别墅很美，洋房也很美，每一个项目都呈现出不同的神韵。建筑清新典雅，景观生动宜人，业主的脸上优雅从容，奔跑在中心草坪上的小孩子幸福快乐。一切广告画面都比不上这种幸福的生活场景！"

"你说的就像写出的文案一样，不过描述的真好！邀请媒体最重要的目的就是让他们感受嘉林企业的责任感，从内心认可产品，而不是单单靠利益驱动他们，这样他们才会真心帮嘉林企业做宣传。另外我想请你加入我的团队，有意向的话，跟我们的人资部门谈谈薪酬。"

"我喜欢你们公司，也喜欢你们的房子，但我更喜欢你。"文秀情不自禁地表达出对承诚的倾慕，又意识到自己不够矜持，慌忙改口道，"我挺想称呼你哥哥的。"

承诚的眼神刹那间躲到了咖啡杯子里："可以，但要分场合。"

承诚敏感地感受到，文秀的热情也许会野蛮生长起来，他不想伤害一个自己并不打算娶的姑娘。他故意看了一下腕表，笑着说："明天早上要返程，我们早点休息吧。"

此行最令承诚开心的是媒体朋友在返途中纷纷围着他预订怡园的房子，甚至表示只要能提前选定自己理想的户型、楼层和位置，宁可免费刊发嘉林的所有新闻,今后也绝不刊发任何嘉林企业和项目的负面消息。初衷达到了,他一回到办公室就兴致勃勃地打电话给承树生:"爸爸,我认为嘉林应该在央州继续拓展新项目,房子很抢手,未来的发展空间很大。"

"一个优秀的项目是由优秀的理念和优秀的人来决定的,如今城市之间的人才发展不平衡,嘉林上海公司的销售员全是研究生,央州的员工学历高的不多,听说个别员工书面的文字表达有错别字,还有几个工程部的员工不会说普通话!我不否认这样的团队,但是能否做好一个项目还需要时间的检验。你辅助项目总把首个项目做好,我才会放心交给你第二个。"承树生的声音沉缓有力。

承诚兴致消散,心中顿时又增加了很多压力。

第七章　灰姑娘的单相思

一

　　文秀白天工作一天,到了晚上就变成了多愁善感的林黛玉。她想见到心上人,于是她以新闻的形式把对嘉林企业的理解变为优美的文字,打算打印出来交给承诚。她还专程去花店买了一盆大大的仙人掌,下班后打车去了承诚的公司。

　　见承诚严肃地从会议室走出来,文秀羞涩得不知所措,她像一个小学生给老师献礼一样,恭敬地举起花盆说:"这个防电脑辐射,送给你!"

　　"呃!谢谢。"承诚显得冷静。长时间的会议使他疲惫不堪,出于对朋友的礼貌和敬意,他只是嘴角微微翘起笑了一下,礼貌地问:"还没吃饭吧?"

　　"嗯。那我请你吧!"文秀眼睛里全是巴望。

　　"哪里!我是男人,怎么能让女孩买单? 不过今晚我们部门全员加班,订的是盒饭。"承诚把仙人掌放在了自己的电脑旁,走过去对综合管理部经理说,"既然这种植物防辐射,你们多买些来,每人一盆,费用公司报销。"

"优秀的男人原来都是这么爱拼的。"文秀赞美他。

"现在的女人都很拼了,男人当然得比女人更拼!"承诚是日常的绅士,工作的狂人,他今天严肃的面孔让文秀有点儿失落。

"这是我从杭州回来对嘉林企业的一些感受,承总先看看吧,我就告辞了。"

承诚亲自送文秀到电梯口,接着转身回到办公室打开文件袋。文秀的稿件看得他笑逐颜开,忍不住夸赞:"这姑娘有灵气,比那些媒体人更懂嘉林企业,你们跟主编们沟通一下,这次新闻通稿就按照她的这个版本刊发。"

承诚差遣同事给文秀送去一条杭州丝巾,并交代他:"一定要以嘉林公司的名义表示对她的感谢。"接下来,承诚开始减少与文秀见面的频次。有些事务联络,他会以繁忙为由让下属直接联系文秀。文秀偶尔发给他一些关心的短语,比如:"少熬夜,否则我会担心的。"他也是有选择性地回复,对文秀特别热情的关切,他保持缄默。

承诚的突然冷淡令文秀失落万分,又自卑起来,认定承诚嫌弃她不够漂亮。她安慰自己,世间一见钟情的概率少之又少,很多感情都会经过波折。

她将心事告诉了钱美伊,美伊的分析结论让她崩溃:"你们两个人的交往出现发展不平衡的状态,你的心里装的是爱情,承诚的心里装的是友情。跟富二代相处,没那么容易。"

"只要他不正面拒绝,我就不会放弃。"她央求钱美伊带她到商场帮她挑选衣服,幻想承诚见到她时惊讶的表情。

"你终于开始打扮了,其实你打扮后会很漂亮的。这个我支持你!"美伊说。

美伊带着文秀来到商场,本来要给文秀选衣服,她自己却钻进试衣间不停地试新装。销售衣服的导购也善于察言观色,一看美伊的气场,就知道真正的金主就是她,极力推荐各款服饰。美伊频频刷卡,文秀坐在沙发区抱着美伊的一堆衣服,看她在镜子前扭来转去,就像是美伊的助理。

文秀忍不住给承诚发去一条短消息:"我在选衣服,有什么建议吗?"

"浅色的吧。我在开会,今后我们还是多讨论工作的事。"

美伊折腾累了,给文秀挑选了几件衣服,递给她试试。

文秀低落地摇摇头:"不想试了,我只是单相思!"

二

文秀用加班来调节自己的苦恼,只有工作时,她才会忘记承诚。要说有些事情还真是躲不掉呢! 中秋节前夕,一个叫童曼曼的女孩给文秀送来酒会请柬。女孩身材苗条,面容姣好,声音娇里娇气的。她自称来自福建,做红酒销售,今天来是特地邀请一些地产的策划精英在周末聚会,品鉴红酒。

文秀不感兴趣,知道这无非是借着酒会的活动来推销自己的酒水。她委婉地回绝:"对不起美女,周末我还有事情要加班。再说你邀请的都是地产精英,让钱经理去吧。"

女孩莞尔一笑:"我跟钱经理打过电话了,她说她出差,具体事务都是你来定的,让我来找你。"

文秀苦笑,钱美伊几乎把不想干的事情全推给自己,心思都花在高祥泰身上了。她看着明艳的童曼曼,忽然就产生了自卑的情绪,心想:承诚一定喜欢这样漂亮的女孩。

"你邀请的都有哪些地产精英? 我听听认识不?"文秀问。

"很多啊,泰和的李总、宏城的马总、嘉林的承总……"

文秀听到嘉林两个字时,心情就开始明媚起来了。她对童曼曼说:"我去参加酒会的话,能不能拜托你把我安排在角落的位置,不要显眼。"

童曼曼可爱的粉脸堆笑成花:"是自助餐,不是什么新闻发布会,你可以跟熟悉的同行坐在一起交流!"

童曼曼俏皮地对着她做了一个飞吻的手势,放下请柬转身走了。

皇冠假日酒店里的一场小提琴四重奏拉开了酒会的序幕。会场上文秀在富丽的大堂中穿梭,与几个相识的朋友相互碰杯,最后找到了童曼曼。这个女孩子晚上穿了一身红色的晚礼服,高高的发髻挽在脑后,纤长的手臂套上了蕾丝手套,端着红酒杯说话的姿态简直是一个活脱脱的小林志玲。

在文秀眼里,童曼曼属于还不够有味道的美女,出于礼貌,文秀夸赞了她漂亮。童曼曼对此刻的文秀视而不见,炫耀地向她介绍身边的承诚:"今天承总很给力,亲自来了,还订了我一批红酒。"她摇着承诚的胳膊嗲嗲地撒娇,"等会儿酒会结束,承总再请大家去酒吧happy好不好?"

"好啊!大家先坐下来吧,我去取点水果。"承诚绅士地转向文秀笑笑,"你还好吧!"

文秀羞涩地点点头,坐了下来。一会儿,承诚到取餐区端来两盘精致的水果。文秀低着头一语不发,童曼曼则活跃得像头小鹿,一会儿向这个敬酒,一会儿对那个罚酒。酒会接近尾声时,童曼曼挎着一位看似不像她男朋友的男人的胳膊,拎着小包,一步一步挪出那个星级大堂旋转门。酒店的侍从打开了车门,她就随着男人猫腰钻进了车里,去了酒吧。

童曼曼的背影使文秀情绪低落,她天生没有这种气质,这种让男人一眼看到就想宠爱的气质。同行业的一个男孩拉着文秀搭乘一辆出租车也辗转去了酒吧。承诚先到了酒吧,在超大的娱乐包间里,他向大家介绍自己是一介书生。今天的他一改往日文雅的风格,和一些年轻的女孩跳舞、嬉笑。在文秀看来,他倚仗现有的年轻、财富等资本，还没有学会珍惜一些东西。这应该是真实的承诚。

震耳欲聋的音乐把文秀的心都要震碎了，她真的很想和承诚一起喝喝茶，感受阳光和花茶的香味。大家忘我地跳着舞，扭动着肢体，承诚不知道什么时候走了，留下一条信息给文秀："你们慢慢玩吧，好好放松一下，存的还有酒，不够的话向前台要。"

她黯然神伤起来，躲在一个角落里哭开了，这点酒不足以让她醉，以前与承诚之间的点滴往事让她觉得已很遥远。此时，童曼曼把衣服盖在她身上，送她回了住处。

文秀晚上睡觉没有盖好被子，患上重感冒，第二天早上强撑着去购物，熙攘的人群里，她的脑海里全是承诚的影子。她难以自控地问候他是否还好，承诚说酒喝多了胃痛，并告诉她自己和谁都不会太亲近，请她原谅。

她很想问问他用不用去探望他一下，自尊心让她关闭了心门。也许有些人和事是可以靠近的，用心去靠近，太靠近的话却总会留给她一些伤感的痕。她约了几个朋友一起喝花茶，这是一种现实的生活，可以感受清风，可以感受阳光和一切本真的世界，他们的笑脸同样迷人。她想忘记承诚了。

三

日子如白驹过隙，怡园的工程已经顺利出地面两层，精致的样板区开放，在初冬的季节迎来了首次开盘。销售部现场选房的热度与室外寒冷的天气形成鲜明的对比，几百组客户挤在里边，担心选不到房。第二天各大媒体的房产板块都在图文并茂地报道"怡园的热销现象揭秘"。

夜里，文秀打开电视机，一个购房消费者正接受电视台采访："看了怡园样板区真实呈现的建筑立面与景观之后，我对广告的信任度开始降低，因为大部分房产商在广告上鼓吹的都很好，实际呈现出来的不像广告宣传的那么好。但是嘉林公司让我相信产品比广告说得好！"

第二天早上，高祥泰刚到办公室就翻阅《央州晚报》的地产板块。片刻，他的眼睛从报纸上移开，对着办公室外大喊道："小李，通知全员今晚六点半开会！"

祥泰花园的销售一直处于平缓期，一个月平均销售10套房子，是区域里销售最差的一个项目，远远低于他的心理预期。晚上的全员会议上，高祥泰在会议桌的一端拉着脸，其他人俯首不敢作声，生怕撞到枪口被骂得狗血喷头。

"钱经理，报纸上说央州房地产市场整体回暖，嘉林公司一房难求，为什么我们的祥泰花园却销售最差？"高祥泰开始发问。

钱美伊明知是要批评人的，圆滑地给文秀使了一个眼色，说："我们早会上已经做了原因分析，文秀你把分析说一下。"

文秀硬着头皮打开电脑的PPT总结材料，念着："第一，我们公司首次做房产开发，品牌影响力不够；第二，前段时间销售员流失，新员工对业务不熟悉，造成客户流失；第三，没有实景和样板区支撑销售，产品对客户没有感染力；第四，施工现场混乱，客户看房过程中反映不好……"

"全是公司的毛病了，要你们干什么呢？真是猪一样的脑袋！公司所有人，今天晚上不许睡觉，给我加班！"高祥泰发起火来气势汹汹，打断文秀的汇报，"销售不好，全员有责。你也给我卖房子去，天天写这些无用的烂方案有个鸟用！信不信我把你们全部换掉！"

高祥泰摔门走出会议室，员工你看看我，我看看你，不知所措，开始交头接耳地抱怨。总经理拍了拍桌子，向大家做了一个暂停的手势。他宣布从今天开始，所有员工一律晚上十点后下班，开展批评与自我批评，寻找工作漏洞。

文秀红着眼睛关掉电脑，美伊见状赶忙安慰："别哭了，没什么大不了的！"

美伊明明知道，该骂的是自己，让文秀顶了。高祥泰的怒火让美伊不安，紧接着她组织营销部门会议，重新制定一套销售员末位淘汰制度，把压力转移给销售员：凡两个月连续业绩排名倒数第一的员工，公司辞退。

高祥泰知道自己的团队比不上一线的房企，地段也没有可比性，但是团队还得敲打。他交代项目总去参观优秀的房地产企业项目，争取工程品质方面能够提升现有的水平。他还要参加今后每周的销售例会。高祥泰每逢在会议上看到员工死气沉沉的脸，就会生出无名之火，不停地骂骂咧咧：

"如果自己对产品都没有信心，那就滚蛋！

"业绩这么差，还有脸待在祥泰公司吗？你如果是个男孩子，我现在就捆你的脸！"

……

半个月时间，销售员被骂走了两个。文秀也想离开，钱美伊慌了。

"都怪我不好，下次高祥泰再骂你，我去跟他理论。"美伊紧张地道歉。

"我想去嘉林。"

"你跟他们谈好了？"

"承诚邀请过我，只是现在又不提了。就算他不提了，我也不想待在这里了，高祥泰根本就不认可我。"

"老板都这样！你问问哪个老板不骂人？销售员刚走了两个，新人还没有到岗，你再走，部门还不散架了！承诚并未诚心诚意邀请你，否则为什么不给你明确薪酬待遇，还有岗位？"

文秀被美伊劝下来。美伊觉得人事流动是个严重的事，在一次中午饭局之后，她借机与高祥泰凑在一起，向高祥泰抱怨："要不今晚的例会您先别参加了,再这样骂下去,我也该走了。"

高祥泰无趣地答道:"不参加就不参加吧,你也是个不争气的主儿!"

"你高压的管理模式不仅没有使业绩上升,还流失了员工,嘉林公司挖我们的墙脚,今天连文秀都向我提出来辞职!她不能走。我想把文秀的职位升一下,做营销助理吧,薪水赖好涨一些!"

高祥泰只得压压自己的火气,同意了美伊的提议。美伊用这一招稳住了文秀,还安抚被高祥泰骂过的员工,偶尔对某些业绩进步的员工进行表扬,团队士气才算稳定。

四

2007年春节前夕,各大售楼部人气上升,各个房企竞相涨价,楼市供不应求。各媒体的房产广告也铺天盖地,房企争抢黄金广告位。祥泰花园随行就市,加上高祥泰借鉴优秀房企的做法,抓紧时间打造样板间,改善客户服务,刚推售的几批房源几天内就售罄,价格也一路飙升,高祥泰每天看到账面的回款报表喜不自胜。

顺和集团在短短两年时间里,首个项目交付过半,在央州又拍下一个新地块,继续高喊"央州NO.1"的口号高歌猛进。怡园的销售超额完成了全年指标,下一批房源还未到预售节点,已经有很多客户托关系提前预订。承诚用敬业的态度和优秀的销售业绩充分证明了自己,因为董事长独子的身份给了他很多的压力,所以他格外努力,甚至亲力亲为做一些市场调研,与同行交流,参与修改报告。他带团队也非常用心,组织员工过生日,经常举行小规模的聚会,让来自不同城市的员工讲自己的家乡,创造出良好的企业文化氛围。他对工作品质的要求很高,虚心向董事会的成员和企业高管学习。董事会与各项目的高管也都力捧这位未来的董事长接班人。刚刚,他的职位晋升到央州项目的副总经理。

房地产销售进入了傻子都可以卖房的时代。高收入、高压力的房地产职业经理人平日过得紧张不堪,只有在春节才能缓一口气。地产圈大大小小的企业里举行着各种庆祝活动,犒赏一年的辛苦。一名叫纯子的女孩组织地产行业的人到新马泰旅游。文秀报了名,大年初二的早上六点钟,她与十个同行在机场会合,发现一个熟悉的人提着拉杆箱也站在人群里。

此人正是承诚。清爽的白色T恤,发白的牛仔裤以及动感的短发,他普通的装扮拉近了与团体的距离。

"好巧!"文秀有些不自然,轻声说,"没想到你会来!"

"想多一些学习的机会,自然要参加行业里的活动。"承诚轻咳了一下。

纯子见两人认识,办理登机牌时把他们二人的座位安排在了一起,承诚很绅士地帮文秀放行李。文秀打喷嚏,他递给她湿巾,还向空姐要来一张毛毯给她保暖。

"谢谢!"

"你是一位不错的朋友和工作伙伴。毫不矫揉造作,真实阳光,执着勤奋,真诚帮助朋友,令人温暖。"承诚赞美文秀。

令他温暖却不令他心动,承诚的意思表达得已经很明白了。

"谢谢!"文秀说。

经过数小时的飞行,他们到了曼谷的机场。接机的导游叫阿忠,他的脖子上挂着长长的花环,欢迎来自中国的客人。一路上,他向大家介绍了泰国形形色色的文化,称泰国是游客的天堂。

大家一起快乐地在湄南河漂流,品尝热带果园的水果,还游览了泰国金碧辉煌的大皇宫。晚上,阿忠带领大家到一艘叫作"东方公主号"的船上,里边歌舞升平,灯光闪烁。啤酒比拼大赛开始了,纯子的团体获得了啤酒大赛的冠军,被奖励了很多瓶啤酒,承诚正忙着给同行的几个女孩子拍合影。文秀第一次在异国喝了很多很多。她清楚地知道,她在无法控制地爱着承诚,虽然近在咫尺,却没有勇气靠近。文秀独自走出船舱,来到了沙滩,靠在一棵椰子树下,消化乱飞的思绪。

  一会儿,船上的人散去,纯子发现文秀不见了,电话没有接通,开始着急了。

  "文秀今晚喝了那么多啤酒,电话也没有接,会不会走丢了?"纯子说,"女孩们先回去,阿忠、承诚和我咱们三个人醉得轻,一起分头去找,记得电话一定要保持畅通。"

  三人分头去找了。承诚朝着海边最亮的椰子树走去,约莫十多分钟,近处看到文秀靠在树上睡着了。一名外国男子弯下腰,拉起文秀的胳膊,叽里呱啦说着英文。文秀醒来,茫然地看着男子。承诚立刻走上前去,用英文与男人交流了几句话,男人连说"sorry"便走开了。

  "你真大胆,一个人敢睡沙滩。"承诚说。

  "刚才那个人说什么?我一句也没听懂。"

  "他是个嫖客,问你今夜愿不愿意跟他一起共度良宵。"

  "什么!"文秀用手掩上发烫的脸。

  "以后不要随便独自出去了。"

  "嗯!你觉得泰国女孩漂亮吗?"

  "还没你漂亮呢!我不喜欢皮肤黑黑的女孩。"

  文秀大胆地抱住了承诚的脖子。在这么甜美的夜晚,承诚似乎也忘记了很多,在海风的吹拂下,两个人拥吻起来!

五

  天亮后,阿忠带大家欣赏完植物园,就到了海滩上。几个女孩在叽叽喳喳地选购各种风情的沙滩裙子,男人们躺在沙滩上晒太阳,到了中午一起享用海鲜美食。承诚看女孩子们把防晒霜抹在脸和手臂上,就给每一位女孩子买了遮阳帽。这时候纯子提议:"我们排成一排,承总为我们拍个合影好不好?"

女孩们排在海滩边上,摆着各种姿势,令人眼花缭乱。承诚蹲着拍完照,女孩们还不罢休,开玩笑地要求他选出一个最漂亮的来。承诚礼貌地笑着说:"都漂亮,全是海上花!"

餐桌上,大家有说有笑,承诚剥着蟹,文秀的话很少,时不时地抬头,观察承诚的表情。

"听说承总是工作狂,这次旅行我才发现你这么热爱生活。承总怎么单独出来旅行,也不带上女朋友?"一个女孩儿问。

"说实话吗?来之前我向朋友打听过,他告诉我泰国只适合单身来,不适合情侣。"承诚说。

"昨天晚上我可是看到一对俊男靓女在海边接吻呢!看着可像你了。"纯子接上话说。

"纯子,你的眼神不够好!"承诚立刻否认。

文秀迅速低下头去,只顾吃蟹。承诚看了她一眼,发现她被海水打湿的头发垂在圆润的小肩膀上,上身套着异国的沙滩裙,展现出动人的异域风情。他问自己讨厌文秀吗?不讨厌。又问自己喜欢她吗?也说不上,总觉得她不是最好的那一个。他从没有想过玩弄女人,他对选择女朋友的事非常慎重,昨晚文秀主动抱着他拥吻只能算作意外,他不愿公开,现在竟然有人开玩笑,逼迫他产生与文秀拉开距离的念头。

承诚忽冷忽热的态度强烈地伤害着文秀。返途中,文秀无论说话、吃饭都是一副霜打的茄子的模样。纯子问她怎么了,她说累了。文秀强忍着不舒服坚持到飞回国内机场。挨到了下飞机的时候,她靠在纯子的肩上迷迷糊糊地睡着了。纯子摸到她的额头滚烫,又想起昨晚沙滩上看到承诚吻文秀的场景,对承诚很是不满。

"敢做不敢当,拈花惹草,游戏人生!什么德行!"纯子心里尽情地骂承诚。出飞机舱的时候,她故意高声喊叫:"承总,文秀发烧了,你管不管!"

承诚回过头来说:"你先到机场服务台,联系一下离这里最近的医院。我送她去医院。"

承诚替文秀拉着行李箱,出机场后打了一辆出租车。车窗外飘起细小的雪花,文秀浑身打着哆嗦,承诚把自己的棉衣披在她身上,见她还一直发抖,于是紧抱她,责怪着:"你不舒服,在泰国时怎么不说,现在回到冰天雪地里发烧。"

"对不起,给你添麻烦了。"

文秀嘴上这样说,心里却很享受被承诚怀抱的时刻。但她不愿勉强他,"你若是不喜欢我,我也不怪你。那天晚上的事,我不会让你负责任的!"

"只是一吻,哪里有这么严重!"承诚欲言又止。他看着文秀病恹恹的样子说:"放心,今天我会负责任的,把你送到医院,陪你看病。"

文秀的眼泪淌进他的手心里,他感受到温热,不敢再讲什么,生怕不合适的语言再伤害到这个敏感细腻的姑娘。

输液大厅里,承诚泡了一碗热热的方便面,放在文秀身边。他忽然想了解这个女孩心灵深处的东西。

"你好像挺孤单的,没听你提过身边有什么好朋友。"

文秀望着窗外的枯枝,昨天还在享受夏日沙滩,今天已是北国风光。想起往日经历,像是时空转换一样。"'我有一双理想的翅膀,要用它来展翅飞翔,而不是放在锅里炖汤。'这是我的座右铭。大学毕业后,我出来自己找工作,直到现在才发现,翅膀快要断了。"

"好悲观! 那你的理想是什么?"

"爱情自己找,面包自己挣,跟一个人平等地建立一个家庭,同苦同甘同成长。再长远的就没有想过了。我是不是太平凡了?"

"你缺少人生规划,成功不能够只有勤奋,还有很多。"

"还有什么?"

"思想,深刻的思想,自己独立的判断能力。还有视野、格局、方法,等等。也许我是男人吧,肩上承担的会更多,我总觉得自己做得不够好,怕爸爸对我失望。"

"我愿意改变,谢谢你指点我。我特别喜欢小说《乱世佳人》里的女主角斯嘉丽,她特别有生命力,不怕任何困难,我也想做这样的人。"

"好。你就先努力做一个优秀的职业经理人,不能只埋头做事,将来管理更多的人,这才是职场的起点。"

"嗯!我会努力的。"文秀暗暗下了决心。

第八章　上海风波

一

短暂的春节假期刚过,承诚便受命去了上海,为上海黄浦湾刚拍下的地王筹备分公司,任职总经理。

"只要是好地块,就不惜价格拿下来!"承树生在高管月度会议上放狠话。高管们都认为承树生太偏执,无视项目成本和市场售价,几轮项目可行性分析,认为这些地王项目开发起来根本不赚钱。但是公司的另两位董事都没有意见,他们又能说什么呢!李书山和常基铭是嘉林集团的另两位股东,与承树生是大学同学,属于专业性人才,分别负责公司财务与成本控制,各拥有公司25%的股权。从嘉林创业之初,他们一直跟随承树生,在战略方针制定上,至今没有发生过任何的失误。

"上海是一线城市,如果要跻身一流的企业,做一线品牌,一定要在北京、上海等一线城市有战略布局,哪怕不赚钱。真正的品牌不是广告打出来的,是一点一滴做出来的口碑效应。过去,我们可以不做规模的第一,先做客户口碑的第一。有了资本,再做销售额,冲三百亿,冲五百亿,或者更高。但是要跻身全国一流企业,一定是要有规模的。"承树生强调拿地王项目的战略重要性。

嘉林集团经过多年的精耕细作,在波澜壮阔的地产江湖中奠定了精品住宅开发的龙头地位,无数业主成为它的铁杆粉丝。承树生一改往日保守的态度,于2006年开始加大扩张力度,把扩张重点放在了消费力强劲的一线城市,在北京、上海、广州相继拍得地王。

这么多年,承树生一直潜心培养自己的规划设计团队,不惜为团队的学习考察花费大量的费用,他认为这是嘉林公司的核心竞争力,并着力培养出几名享誉国内的规划设计师,在建筑设计与景观设计方面的合作伙伴也是国外一流的团队。

"过去的十年证明了嘉林公司已经具备营造高端住宅的能力,不怕项目不赚钱,怕的是管理班子培养不出出色的人才,难以支撑公司全国战略扩张的需要。"承树生要求高管们反思总结,"请在座的各位审视一下自己是不是最出色的项目总,能否做到每完成一个项目,就能够成就一个经典产品?能否完成一个项目就带出一支一流的队伍?"

承树生是一位大气的企业家,他愿意为培养优秀的队伍花时间,付出成本。他唯一的儿子是他的骄傲。承诚小的时候,承树生忙。虽然陪伴少,但他相信言传身教的影响。儿子长大了,他能感受到儿子身上有自己很多影子,比如勤奋刻苦、爱思考、克制情绪的能力。

会后父子两个又进行了深谈。承树生对年轻人一向鼓励,又不能让他骄傲。宽敞的办公室临着上海的繁华区,承树生坐在舒适的沙发上,提醒承诚打开笔记本,随时记录自己的教导。

"现在公司处于扩张期,虽然银行的负债率很高,但市场条件有利,金融杠杆政策宽松,应该多囤地。爸爸不想做平庸的人,嘉林一定要跻身一线品牌,销售额进全国前三,业主口碑方面要做到第一。你多向优秀的项目经理学习,这个上海项目如果你能成功管理运作,我将自己50%股权中的10%转移到你的名下。盛世属于年轻人。"

桌上的烟灰缸已经满了。

"股权的事还是缓缓吧,您、李叔叔和常叔叔共同打下来的基业,我这么早进入不太好。其实我一直想自己做个平台,像你们早先那样……"

"我和你李叔叔、常叔叔商议过,他们是同意的。他们两人的女儿嫁了人,女婿们在国外都有自己的事业,自然是留在国外不回来了,到时候把股权出售就养老了。中国的父母对女儿与儿子的期望是不同的,都希望儿子继承家业,希望女儿平安富足。你是我儿子,既然也有事业宏图,接下我这一棒,是最理想的选择。"

"爸爸,我不会让您失望的。"承诚鼓起勇气说。

"时间与精力具有排他性,这两样东西放在哪里,哪里收获就最大。但是安排处理事情要有顺序,70%的时间与精力要花在重要但不紧急的事情上,比如打造提升我们核心竞争力的规划设计团队,人才梯队培养和完善公司质量管理体系等等;20%的时间与精力要花在紧急和重要的事情上,比如客户质量投诉,参加土地招拍挂等等;另外的8%是处理不重要但紧急的事情,最后2%是处理不重要也不紧急的事情。"

承诚点头。

"当初我很怕你叛逆,现在看来不用担心,我是多么幸福的人!你很勤奋,但是要注意身体,也到交女朋友的年龄了,可以先留意着。"

承树生温和地说完,摸摸胸口,又感觉开始堵得慌。每年的体检都是生活秘书催促后他才肯去做,去年检查出来重度脂肪肝、高血压。他忙于频繁拍地,降压药也是断断续续地吃着,更没有时间去锻炼身体,如今的身躯是越来越肥胖。健康下滑,这也是他想让承诚尽快接班的原因。

　　承诚原来不理解父亲,现在看来父亲不仅是工作狂,还是位理想主义实践家。当父亲提出支持他交女友的时候,他的脑海里闪过文秀的影子,虽然他对这个全心全意爱着自己的女孩并没有牵肠挂肚的感觉,却也不想让她伤心流泪。他觉得文秀是一个可造之才,她聪颖努力,悟性好,如果能够亲自调教,她应该会是一名优秀的职业经理人。他不想放弃这个朋友。想当初,他去上海之前,曾礼貌地在 QQ 上向文秀做了道别留言,之后便夜以继日地奔波于项目相关的各种会议,与文秀的联系越来越少。他有时候也在想,将来会娶一个什么样的女孩做妻子?一定要有妈妈的智慧、通达、贤淑和忠贞,还要全力地理解和支持他的事业。他更相信从友情转换成的爱情,这样细水长流的感情才会长久。

　　婚姻,承诚一点都不急,最重要的是事业。

二

　　承树生将上海项目命名为"嘉林·玉园","玉"寓意稀缺与珍贵。项目建成后,业主可以俯瞰黄浦湾江景,总价两千万起,户型是 300 至 600 平方米的精装修舒适大宅,个别户型还在室内引入私家游泳池。玉园在规划设计阶段已经受到上海财富人群的关注,甚至还有香港的明星来打探消息,称此项目无论置业还是投资都是上上品。

　　在上海,任晚上酒吧的流光溢彩多有风情,承诚也无暇出入,他再一次用超越他实际年龄的成熟心智,证明了自己组建团队和项目运营的才华。一天,一位上海女同事打搅了他的工作,称她的一个好朋友想提前预订玉园的房子,请他吃生蚝。

　　"公司财务还不到收款的时候,这个制度你是知道的。"承诚礼貌地回绝了她。

"我的朋友很优秀,是有留学背景的富家千金,端庄秀气,知书达理,要是庸脂俗粉我就不打扰你了。她不仅是咱们的潜在客户,最重要的是我想给您引荐个般配的女朋友。"女同事故意挑起承诚的好奇心。

"那谢谢你了!"承诚笑着应允了。

三个人约在上海泰康庭艺术画廊的独栋洋房里见面,这里是集美食、画廊、雪茄房和酒吧于一体的艺术天堂,文艺范十足。承诚因为工作关系,去得晚一些,女同事和她的女朋友已经在等候。

"章丽媛,我的好朋友,引领中国服装界时尚的优秀女性。"女同事煞有介事地介绍完朋友,接着向朋友介绍承诚,"地产界翘楚——嘉林集团的承诚。"

"幸会!"三杯干红碰在一起。

"莎士比亚和拿破仑都喜欢吃生蚝,想必承总也喜欢,所以就把承总约到了这里。"章丽媛说。

"章小姐真会夸人。"承诚说。

"丽媛真是知识渊博,我头一回知道拿破仑和莎士比亚喜欢吃生蚝。"女同事插嘴说。

承诚与章丽媛抿嘴而笑。

"嘉林造的房子是高贵的艺术品,我倾慕嘉林已久,不瞒承总说,我是替爸爸看房子的。"章丽媛说。

章丽媛长相靓丽,气质如兰,举止谦逊随和,举手投足间表现得很成熟,没有半点矫揉造作。承诚见过不少家境优渥的女生,令他心动的还不曾有。一些女生喜欢打扮外在,一张嘴就露出浅薄。像章丽媛这样的女子让他第一眼见到就心生好感。更可贵的是,章丽媛对宏观经济和企业管理方面也很健谈,有自己的见解。这与她受过良好的教育有关。

"好,章小姐有眼光。你有空的时候随我到销售接待中心看看,挑到中意的户型我尽量给你保留。"承诚对她开了绿灯。

"承总这么给我面子，我都不知道该怎么谢了！"

"不用客气，今后多交流，我也能向章小姐学习，这样就算谢了。"

女同事看出来两人一见倾心，暗自笑笑，借故走了。

"为什么回国内发展？"承诚想更多地了解章丽媛。

"因为家在国内，没有别的原因，其实在英国留学时也挺快乐的。我是家中独女，目前在爸爸公司的业务部，负责与国外客户衔接与处理订单。"章丽媛说，"我想为爸爸做点什么，不希望他那么辛苦。我们在外边也会有成长机会，但是回到国内，有父母的指引，进步的会快一些。不过制造业的确太辛苦了，不像房地产……"

"房地产行业也很辛苦，但是聚集了很多优秀人才，不如你将来也进军房地产。"承诚说。

"我爸爸恐怕不会同意，他说无论房地产多赚钱，他只干自己最熟悉的，而且要坚守到80岁，因为李嘉诚都工作到90多岁了还没有退休。"

"你爸爸真是优秀的实业家。"承诚称赞说，"那你今后要接班吗？"

"我觉得他是想让我接班的，我现在是公司业务经理，只要还没有接班，我的层级就是员工。"

……

只是两人都注重自家事业，很少有时间天天见面。但无论每天多忙，承诚都会抽时间与章丽媛聊天，哪怕只是与她说几句话。半个月后，两人同时参加了一场家族传承讲会，承诚顺利地牵了章丽媛的手。

承诚在上海恋爱了。

三

央州。文秀正坐在办公室发呆,面色带着惆怅。

"上海要开春季房展会了,我想带你去看看,这次我得使劲儿刷刷高祥泰的卡,买点漂亮衣服。"美伊看到发呆的文秀,敲了敲她的桌子提醒道,"你和承诚怎么样了?是不是又想他了?"

文秀厌恶美伊这种毫无收敛的话。若不是出于美伊对自己帮扶之恩,她真不愿意在这个公司待下去。她无法接受这种畸形的文化、畸形的团队、畸形的价值观,还有高祥泰这样对家庭不忠、满身铜臭、没有一点高尚情怀的男人。

"八字还未写一撇,央州距离上海那么远,恋也恋不上。"文秀回过神来说。

"这次我是真想帮帮你,我打算申请咱部门骨干去上海参观学习,这样你就有机会见到承诚。"

"真的?"

美伊肯定地点点头,抱着双臂靠在桌子上接着说:"我要的男人一定是把我捧在手心里的。文秀,你应该好好打扮一下,让男人主动来追你。不是有句话叫作花若盛开,蝴蝶自来吗?"

这话显然刺中了文秀的伤心处,她明白美伊说的也不无道理,在她与承诚的感情中,自己始终处于弱势地位。承诚那么优秀,身边定会有很多漂亮优秀的女孩围着,他凭什么会单单爱上自己?

"我不是美女,只能靠自己奋斗,才能配上我喜欢的人!"文秀自卑地说。

"辛苦奋斗老得多快啊!"美伊摇摇头说,"如果两个人差距那么大,你奋斗成功后恐怕他已经娶上娇妻,你也老了。"

人要是倒霉了,喝凉水也会塞牙。高祥泰是批了销售部去上海参观学习春季房展会的请示,但是央州房管局也下了一道文件,要搞央州春季房展会，要求各个房企参加，仅有一周的时间筹备，工作自然又落在了能干的文秀身上。

"文秀，这事情还得你做，别人我不放心！等我从上海回来给你带一个大大的礼物吧！"美伊抱歉地说。

"没事。"文秀习惯了不顺心的日子。

"有什么话让我带给承诚吗？"美伊又问。

"什么都不用。他都很少跟我联系，说明心里就没有我。"文秀说。

美伊带着徐小雅去了上海。徐小雅善于拍马屁和察言观色，所以美伊喜欢带上她。除了文秀和部门男同事小贾留在展会现场盯展台搭建外，其他人在销售中心继续接待客户。

文秀与小贾在央州会展中心盯到深夜，困得靠着一根柱子坐了下来。小贾着急地看着安装师傅在展位上一点一点地搭建拼装，忍不住发起牢骚："这展台看来要搭到天亮了。本来部门人就少，钱经理这个节骨眼还带徐小雅去上海，累死我们了。咱公司向来不是能者多得，而是能者多劳，你说这种公司怎么就不倒闭呢？"

"才不会倒闭呢！市场这么好，你没看客户都是托关系才能买到房子吗？房价天天涨，老板们做梦都在笑。如果我们不努力，被扫地出门的只有我们。"文秀说。

"不公平。这几年地产商上胡润财富榜的越来越多，百亿资产不足为奇，其实制造火腿肠的企业家也很辛苦，一年总销售额才两个亿。我想过好多次，如果我学一门手艺，还可以创业，比如开个面包店，做个裁缝。但房地产行业起点高，即便是我对行业全懂了，也没有那么多资本去做房企老板！还是只能打工。"

"不一样，房地产融资量太大，预售之前没有进账，这压力多大呀！但是开饭店每天只要卖出一碗面，就可以收到钱的。"

"文秀姐，你倒懂得多！还是想办法尽快嫁出去吧。"

……

两个人手里端着盒饭,你一句我一句地聊着。

美伊在上海的几天里也很充实,自己去逛街,却打发徐小雅去上海展览中心的房展会上收集各个房企的楼盘资料,布置给她做参观学习考察报告。美伊把上海有名气的大商场都转了个遍,满满收获了一大堆的衣物,并打包快递到家。回央州的前夜,美伊摆出领导的风度,请徐小雅吃饭。

徐小雅央求美伊:"领导,你看过电视剧《一米阳光》吗?女主角川夏和调酒师的爱情故事就发生在酒吧,酒吧里帅哥肯定很多,我们到酒吧好不好?"

美伊拨了一下头发,穿上风衣说:"你说的对,走!"

两人走进一间静吧。这里人并不多,灯光氤氲,播放着舒缓的曲子。承诚和章丽媛坐在靠窗的位置谈话。章丽媛今天一身温婉得体的连衣裙,秀发垂在肩上,眼睛里含情脉脉,嘴唇上的红色唇膏像是灯光下开出来的鲜艳花朵。

徐小雅先看到承诚,机灵地贴耳小声提醒美伊:"那边靠窗的男人像是嘉林公司的少爷,我在电视新闻的地产栏目里见过他的采访。"

"他就是勾去文秀魂魄的那个小子?会会去!"美伊高傲地走过窗边的餐桌,顺手脱外套,故意用衣袖扫翻了桌上的红酒杯,酒水洒在了章丽媛的裙子上。

章丽媛立刻起身叫起来。

美伊倒退一步,假惺惺地道歉:"对不起,对不起!我赔你们一瓶酒吧。"

"酒不用赔,你赔我衣服!"

"不就一套衣服吗?你照照镜子,现在的模样一点都不淑女!"

章丽媛嘟着嘴,愠怒地瞪着美伊。

承诚拉起章丽媛的手，宽慰她说："丽媛，我再给你买一套好了。"

美伊佯装发现新大陆似的，惊讶地用手指向承诚："这不是嘉林的承总吗？今天实在对不起，搅了你们的雅兴！"

"你是谁？"承诚反感地问。

美伊嘲讽地说："我是谁你没必要知道，反正我知道承总是喜新不厌旧，多少女孩都为你魂飞魄散了呢！"

"我不喜欢这样的玩笑！"承诚不悦地说道。

还是徐小雅打破僵局："承总，我们是同行呀，我们是祥泰公司的，以后请多多指教！"

"哦，我有个好朋友在你们公司就职。"

美伊冷笑一声："你说的是文秀吧？你可把她害成花痴了！以后不要处处留情，这样会害死人的！"

徐小雅拉拉美伊的衣角，使了眼色，美伊这才作罢。承诚脸色白一阵红一阵，章丽媛用纸巾擦着裙子，狠狠地瞪着美伊，心里骂道："没教养的女人。"章丽媛生气地拎起包到服务台结了账，要与承诚 AA 制。接着她生气地走出酒吧，承诚也追了出去。

美伊拉徐小雅坐在承诚的位置上，毫不惭愧地对服务员说："点单！"

美伊出了气，沉醉在自豪感里，当她想起章丽媛紫色的裙子，喃喃自语道："她的裙子还是很漂亮的，不知道什么牌子，我逛的这些商场怎么没有见到？"

徐小雅留恋上海的夜生活，借机怂恿美伊："那我们就改签机票，晚走一天，我陪您好好逛逛，您穿上那裙子肯定比她好看百倍。反正现在销售形势大好，即使不回去，房子也不愁卖，省得那些投资客托着关系找您要手上的好房源，出差躲着正好名正言顺。"

美伊笑笑，立刻拿起手机拨了高祥泰的电话："高董，房展会结束了,但是我还想参观一下上海知名的楼盘,长长见识,回来也好给全员分享,迟两天回去好不好?"

高祥泰正对着手机翻看当日销售报表,这几天央州房展会上每天都有不少客户订房,销售数据令他十分满意。他开心地应着:"准了准了!别忘多拍些景观照片,祥泰花园三期照着他们的样子稍微提升一下,就可以再提高些售价!"

美伊挂掉电话,得意地翘起嘴角说:"高董准了!"

"我说嘛,他绝对会准的。反正销售部的考核都是结果导向,用业绩来衡量工作标准,现在签合同签到手软,我入房地产行业真是走运,干了两年就买了一套房。我得谢谢我的贵人——钱经理您,当初是您把我招进来的。"

"哈哈!你要真谢谢我,就别把东户卖成西户,让我给你收拾烂摊子!"

徐小雅立刻红了脸,把东户卖成西户就是她干的,如果不是一房难求,客户真得把她撕吃了。

第九章　宏观调控下的悲欢

一

　　山雨欲来风满楼。2008年，美国爆发经济危机，冲击全球。面对外部低迷的经济形势，中国为防范房价上涨过快产生房地产泡沫引发金融风险，不得不采取限购限贷、提高银行按揭利率等调控手段干预市场，尤其对房价涨势凶猛的北京、上海等大城市，政策更加严厉。

　　玉园这个受人瞩目的楼盘刚开售第一期就撞上了调控政策，销售艰难。数月前，各大城市房价飞速上涨，上海一家楼盘甚至达到每天3000元每平方米的涨幅，客户托种种关系还一房难求，各个开发商也是用尽各种融资渠道获取土地储备，全国各地地王频出。新政后的上海、北京等一线城市高端楼盘严重滞销。回笼资金就像挤牙膏一般，一点一点的，解决现金流平稳从根本上还需要销售"输血"。霎时间，全国的房产广告尽是购房促销信息，有的是明着打折，有的是通过赠送家电变相降价。客户的观望情绪更浓了，整个市场越来越低迷，部分开发商已经到了破产的地步。全国各地很多开发商挺不住进行降价，有的甚至打六折出售。几个国内一线品牌开发商都因为降价销售,被客户砸了售楼部。媒体又爆出重磅消息,号称 NO.1 的顺和集团资金链断裂倒闭,被大财团收购,消失于地产江湖。

承树生感受到了嘉林的巨大危机,召集各个项目高管齐聚在上海开会,试图找到方法突破冰冻的市场。会议通宵达旦开了一天一夜,会场上时而沉默,时而争执。

"今年是房地产行业的寒冬,5·12 四川汶川地震震惊全世界,嘉林顶着银根紧绷的压力,仍向汶川捐了 1000 万的赈灾款。难哪!房地产市场面临前所未有的低迷,上海房管局数据显示,8 月份成交量跌至近 6 个月以来的新低。"承树生闭上眼睛说,以免思绪被干扰。上个季度,他在南京刚拍了一块地王,要做出一件市场孤品来,如今短短数月,嘉林就陷入巨大的资金压力中。

为了"输血",会上几位高管提出应该暂时将房子降价销售,尽快回笼资金,保障现金流稳定循环。承树生持反对意见:"绝对不可以!在很多客户眼里,房子早已成为投资产品,嘉林的老业主推荐率和重复购买率都是同行中最高的,就是因为嘉林的房子始终在同地段中升值最多。限购不是永久性的,也许会很快放开,过了这个难关就好了,做企业哪有顺风顺水的!"

在承树生心里,降价促销是杀鸡取卵,有损公司品牌与声誉。信托借款、公司债、夹层融资、特定收益转让、关联方借款……公司基本上把能用的融资渠道都用尽了,但对于土地款、工程款、银行还贷、税费等要支付的巨额款项来说,简直是杯水车薪。负责财务的李书山已经累得筋疲力尽,住进了医院。

承树生狠狠地摁灭最后一个烟头,坚决地说:"我们每天支出的费用需要 20 个亿左右,还得想办法卖房子,我们的卖房对象是各行各业的明星业主,天空现在是黑暗的,晚上没有了月亮,还有星星,全集团开展寻找星星的计划。不要坐在售楼部等死,走出去寻找客户。每个项目的项目总都是销售的第一责任人,销售员卖不动的总经理要去卖,全员的绩效工资与销售业绩挂钩。"

承树生迅速调整岗位责权,加强集团营销管控,承诚调回总部任嘉林集团营销首席执行官,负责集团各项目的销售回款。

承诚从各个项目合同回款的逾期清单中审出了问题,逾期未转签额占总合同额的60%。多数项目总以"客户观望市场,客户耍赖,客户因为限购签不了购房合同"等理由为托词,解释回款逾期的原因。

"以前市场太好,养成了某些项目总和营销人员的官僚作风,客户不来签合同就不去上门服务,客户催缴不上的款项,难道不能拿着POS机去客户办公室和家里去刷卡吗?大家是坐在售楼部等死!"承诚向每个城市的项目总发出通牒,"公司绩效制度全面改革,各位的薪酬与回款速度、金额比例挂钩。"

承诚要求各项目之间相互联动,推荐客户,制定高额奖励的购房推荐政策,同时开展全民经纪人的营销政策,凡是能寻找到有资格购买的客户并成交的经纪人都给予奖励。这些举措在短时间内起到了立竿见影的效果,嘉林的销售业绩回升,一时间成为其他房企的学习对象。

再好的身体也不是铁打的,承诚连日拼命工作,发起了高烧,一个人跑去医院坐在大厅输液。他累了,还继续给各个项目总打电话,追踪最新销售进展。眼看快年尾了,银行的购房信贷收紧,年关是企业最需要钱的时候,除了支付各种庞大的费用,最要命的是工程款,民工要提前回家过年。承树生曾强调过,公司再难有两个费用不能拖,一个是民工的工资,一个是员工的工资与奖金。

不让降价,又要回款,各项目总颇有怨言。央州的嘉林·怡园项目率先申请在年末推出几套特价房源来,比平时价格优惠百分之三十。承诚迫于销售压力同意了,只是广告一打出去,几位敏感的老业主就不认账了,到售楼中心讨说法。

营销经理杨天磊堆着笑脸把三个客户请到贵宾室。其中一位是老太太,她激动地说:"当初买房子的时候,我是跟老伴儿吵了架的,我坚持买怡园的房子,贵一点就贵一点,将来升值潜力大。如果房价跌回去,他会跟我闹离婚的。"

"阿姨,您误会了,广告上说得清清楚楚,打折的这几套是特价房,在位置、楼层方面相对来说都是比较差的。就算是当初开盘时,这些户型也是小区里最便宜的,怎么能跟您房子的位置比呀!"杨天磊连连向老太太解释。

经过一番引导,几个情绪不满的客户算是被安抚下来,临走的时候还要求公司不能打折降价。这件事上了央州的报纸的头条:《品质地产代表嘉林企业首次降价》,引起圈内一阵骚动。房地产行业的专家纷纷开始发表演说,断定楼市的严冬来了,部分开发商联合起来开始呼吁地方政府救市。

二

高祥泰把报纸扔在办公桌上,靠在老板椅上幸灾乐祸地自言自语:"承树生把自己企业包装得那么有责任感,还说他们的客户都是高素质的行业精英。名声包装得再好,本质还是商人,不也扛不住了吗?"

无独有偶,高祥泰嘲笑了别人,自己也摊上了客户纠纷。

次日清晨,祥泰花园售楼部门口被二十几个人围了起来,他们个个精神抖擞地站着,扶着铁锹,一副理直气壮、天地不惧的样子,像要做一件惊世骇俗的大事。领头的是一个中年女人,双臂抱在胸前,恶狠狠地说:"五十万交了大半年,房子没选上,得有个说法,我告你们一房两卖,50万订金就是筹码。"

门岗的两个保安不敢跟他们冲撞,汇报给销售部请求指示。钱美伊先让徐小雅出面和解:"大姐,有什么问题,我们可以通过法律程序解决。"

那个女人一听更是火冒三丈:"法律?你们的购房合同里都是霸王条款,以为我是好欺负的吗!我堵门让你们卖不了房子,让你们脸丢尽。你做不了主,叫高祥泰过来!"

美伊心想:高祥泰岂是你能随便叫的!美伊实施了休战战术,销售部关门休业。下午局势升级,这个女人毫不示弱,造起了更大的声势,雇用了十个民工,在售楼部的围墙边上扯起白底黑字的条幅,赫然写着:"祥泰花园一房两卖,欺诈消费者!"路边停放着她的车,后备车厢打开着,里边放的都是条幅和小板凳。她甚至在门口放了一个音响,奏着哀乐。

一会儿,电视台和报社等各路媒体都来了,女人冲进院子里大喊:"你们出来呀!在媒体面前,你们得给个说法。"她准备拉开阵势与开发商斗智斗勇。

高祥泰安排公司的特聘律师赵一耿接受媒体的采访,并在电话里特别嘱咐道:"别让媒体受了那娘儿们的蛊,在报纸上乱吹一气!"

"董事长放心,我们不犯法!"赵律师拍着胸脯说。

赵律师很快查清闹事女人叫刘大芬,因为自己中意的房子被卖给了别人而索赔。他吩咐文秀:"你把采访的过程完整地录音,他们万一不客观写的话,我都说不清了。"

在售楼部贵宾室,赵律师做了充足的准备,慢条斯理地向记者讲:"我先把事情陈述一下。她交了五十万元订金,我们把订金称为诚意金,有了诚意才有资格来选房。去年10月28日有一批房源开售,销售员电话告知她来选房,也就是开盘当天按照排队顺序选房,刘大芬当天没有来,房子被别人选走并且签了合同。时间过去快一年了,她偏偏这个时候来闹,认为我们一房两卖。我们的协议上写得清清楚楚,交了订金,有资格按照顺序选房,开发商不承诺具体房源售给乙方。"

"按照我们的思维习惯来讲,消费者交了钱,物品就有归属给他的保障了。贵公司的协议是不是违背常理?"

"你不能这样讲,"赵律师双手比画着,极力辩解,"每个行业有每个行业的特点,房地产这个行业,人们买房都喜欢买三楼,我们排队交过钱的客户500多个有200个都想买三楼,有很多客户看中同一套房子,那我卖给谁?肯定是按照排号顺序来选。她当天没来,能怪我们吗?"

记者依然不依不饶:"法律规定预售证办理前是不能收钱的,这个您做何解释?"

摄像记者把摄像机对着赵律师的面孔,越来越近,要捕捉特写镜头。赵律师略带怒气地说:"你怎么知道我们没有预售证!开盘是去年10月28日,预售证是同年的9月1日办理的。刘大芬去年没有挑到房子,公司早就要给她退款,她不接受退款,要求我们把房子涨价的部分赔给她,或者在退款的基础上再赔给她一百万。这合理吗?"

"这套房子涨了多少钱?"

"开盘后优惠取消部分加上上涨的部分约一百万。"

"据媒体了解,现在全国各地的楼市一片萧条,你们还涨价?"

"开盘在去年啊!麻烦您听清楚。"

采访了一个上午,记者查阅了相关证件和协议条款,可能觉得没有什么新闻价值,客套一下走了。

赵律师晚上召集销售部、综管部、保安队长一起开了一个碰头会,决定第二天增加保安数量,以保证来看房的客户与员工的人身安全,由保安把闹事的场面进行拍照和摄像取证。

"看样子,刘大芬明天也不会善罢甘休!"美伊忧虑地想。

第二天清早,刘大芬把销售部的大门私自上了锁,不许人员办公。昨天她挂在销售部围墙外的条幅被城管人员剪掉了,因为影响市容。她愤怒地用广告漆直接喷在了干净漂亮的围墙上,要想把字去掉,得重新刷墙。她还在销售部大门口堆了一大堆的沙土,她带头往里铲土,说要埋葬销售部。保安惧怕她挥舞的铁锹,不敢近前。她得意地说:"保安兄弟,这个公司给你发几个钱,不如跟着我干吧,每天让你吃香的喝辣的!"

保安小新对着她摄像取证,刘大芬看见他就火了,抡起铁锹要打掉小新手中的摄像机,没想到摄像机却重重地砸在了小新的脸上,小新脸颊上迅速渗出了血。小新顺势倒地,叫唤着受伤了。保安队长也过来了,对着围观的人大喊:"快打110,这个女人把我们的员工打伤了。"

刘大芬先是怔了一下,接着也躺在地上,哭喊起来。

没有人听她在这里哭闹。小新被送去了医院,被鉴定为轻伤。警察来了之后,把刘大芬的队伍遣散。

天即将黑了,刘大芬才收工,命令随行人员把小板凳搬进车里。她依然不服输地喊:"高祥泰真是个胆小鬼!你们叫他出来跟我谈!"

闹到这个地步,高祥泰是不会跟她谈了,刘大芬也不会这么快就善罢甘休。美伊有些着急了,这个事件会影响正常销售,本身一天就来不了几个看房的客户,让她一闹腾,房子更不好卖了。

赵律师连日来快被各路媒体逼疯了。高祥泰出了馊主意:让保安深夜到刘大芬的住处骚扰。刘大芬在大型的商场也组织了一群人,打着"祥泰花园诈骗,一房两卖"的条幅来扩大社会舆论,售楼部门口每天都会发生一次冲突,每天警察都会过来调停,却解决不了根本问题。售楼部被迫关停,销售代表们放假,原来交过订金选过房的客户迟迟不敢转签合同。

高祥泰被推到了舆论的浪尖,网上的帖子层出不穷。刘大芬不依不饶,又组织了一批人,直接往销售部里闯,保安和销售员顿时惊慌起来。保安队长见状,不管三七二十一,拿起在门岗存放的灭火器往冲进来的人身上喷。场面失控,来人一阵乱叫,主干道上的司机都停车围观,销售部门口的那条宽敞的大路被堵得水泄不通。

巡警来了,人群慢慢疏散。刘大芬哭了,坐在地上,眼泪汪汪,嘴角干裂,对着巡警哭诉:"算了算了,五十万我不要了,让高祥泰给我准备一副棺材吧!"

美伊作为公司临时负责人被警察叫到了现场。刘大芬一看见美伊,立刻骨碌爬起来,激动地指挥七八个亲戚说:"快,快围住她,别让她走!"

"给我打!"刘大芬恶狠狠地嚷着,几乎歇斯底里,她要把这几天积累的所有不甘与委屈统统发泄出来。

"给我住手!警察在这里,谁敢打人?"带头的警察横眉立在美伊的前面,用手势警示着将要动手的刘大芬。

那些人听到警告后退开来,美伊被警察叫走询问事情经过并做案件记录。最终因为案件不能立案,无果。美伊给高祥泰打电话,委屈地抹着眼泪,高祥泰安慰她:"没事,不用担心,这个女人撑不了太久。"

美伊把财务人员叫过来,吩咐他:"尽快给她退钱吧!"

保安队长不乐意了。"不能退,我们的伤员医疗费用扣除后再退!小新脸上的伤口包扎还没拆下来呢!"

赵律师向美伊要近几日客户成交的数据,美伊刚受了委屈,没好气地说:"要这干什么,你没看现在公司乱成什么样子了!"

"这个女人认识不到事情的紧迫,永远只会按照自己的思维逻辑说话。蠢!"赵律师心里骂着,又叫来文秀,"我准备起诉刘大芬,这件事对我们影响恶劣,影响多组客户不能成交,损失需要统计一个数据,去法院立案。"

刘大芬听到这话有些怕了,告诉赵律师自己只要退回原来的五十万订金,不索赔了。

为了总结教训并引以为戒,高祥泰为此次投诉事件组织了一次全员会议。赵律师指出钱美伊工作失职,毫不留情地批评:"这个部门管理有很多问题,重点问题就是内务工作混乱,刘大芬事件从根本上说就是管理不善造成的。首先是销售员没有跟客户解释清楚,在客户交完认筹金开盘当天没有选房之前,销售员应该告知她错过时间等于自己放弃选房,房源是不保留的。原来跟刘大芬对接的销售员目前已经离职,与新销售员又没有做好客户资料交接。内务人员还把刘大芬的订房单给弄丢了,财务只有一个客户转账的记录和给客户开的收款收据存单,销售部连刘大芬订房时的身份证号都没有留。"

高祥泰恶狠狠地盯着美伊,当众免去了钱美伊的职务,任命文秀做临时的营销部经理。

美伊在会上没有发作,会后冲进高祥泰的办公室时,被团团烟雾呛得直咳嗽,本来要辩解的美伊,见高祥泰神情非常疲倦,双眉紧蹙,捂着脸哭着转身跑了。

三

美伊躲到了上海,挤在地铁的最后一班车上,没有目的地漫游。她是那样孤独与恐惧,这么多年,她花了高祥泰几百万元,买了很多昂贵的首饰与衣服。无论物质还是感情方面,她都离不开高祥泰。手机每响一下,她都期待着是高祥泰的关切,每一次都让她失落。

泪水花了她脸上的浓妆。美伊伸长了双臂拉住吊环倚在车厢,她身边一位矮矮胖胖的、鼻梁上架着一副黑色眼镜的男人起身小心翼翼地问她:"小姐,你是不是太累了,坐下来吧!"

美伊摇摇头,甚至不看他一眼。到终点站了,男人随着美伊出来,心怀善意地一直跟着她。美伊出了站口,开始恶心起来,扶着一棵行道树,呕吐不止。男人给她拍着背,等到她恢复平静,关切地问:"我送你去医院吧?"

美伊终于打量了他一下,眼前的男人并不像个坏人,笨笨傻傻的样子。

"我好饿!"美伊噙着泪花。

"好好,不要哭,我请你吃饭!"

附近一家快要打烊的西餐厅同意让他们两个人休息半小时。

这个好心的男人叫程晓阳,在上海一所大学毕业后回到家乡央州,就职于央州一家中型房地产公司,是一名土建工程师,这次过来是办理转移社保的。美伊耍了心机,把自己伪装成一个单纯的女孩,编撰了自己爱上一个事业有成的男人之后无辜被甩的故事,企图让晓阳同情她、无私地帮助她。

晓阳端详着美伊,赞美她:"其实你不化妆也挺好看的。"

美伊又开始一连串的恶心呕吐。晓阳莫名地问:"夸你,你还恶心啊!"

"难道是吃了不合适的东西?"程晓阳说完,在路边拦了一辆出租车把美伊送进医院。

美伊有些紧张,莫不是又怀孕了?她的心情真是坏到了极点。她给高祥泰打了一个电话,也许是太晚了,高祥泰没有接。她用最恶劣的情绪编辑了条短信发送给他:"我恨你!"几分钟之后,她收到了高祥泰的回复:"继续反省,反省好了回来!"

美伊抱着医院的柱子大哭起来。程晓阳以为她失恋了想不开,没敢离开她,一直在医院急诊门外的椅子上,陪她坐了一夜。第二天,美伊在血检时多填了一项雌激素检测,化验单结果证实了美伊的担心,血检中的雌激素数据明显升高,果真是怀孕了。美伊明白高祥泰目前是不会要孩子的,她再次承受了身心的疼痛,做了人流手术。住院的两天里,她哭哭啼啼地博取了晓阳的同情和怜悯。晓阳请了假,一直陪伴她。

程晓阳问了美伊很多自己想不通的问题。

"为什么不找他算账?"

"算账只能让自己更伤心,也不一定能得到什么!"

"放弃做妈妈的权利后悔吗?"

"不后悔,我没有能力养活孩子。"

出院的时候,美伊也问了程晓阳一个问题:"因为我,你损失了三天工资,后悔吗?"

程晓阳一本正经地说:"不后悔。每个女孩子都不愿遇到这样的事情,可能你觉得我傻,为什么给别的男人买单,而我认为是在帮助一个失意的女孩子。给你一些温暖,你不至于恨全世界的男人,也不会报复社会了!"

这个憨厚的男孩还真把美伊感动了。

她抱着程晓阳哭了起来:"你真的很高尚很伟大!"

程晓阳自我感动着,临走时还给美伊买了很多零食,嘱咐她今后要好好生活。美伊在上海租住在酒店,继续逗留,修补残破的心。

四

美伊不在的日子里,文秀的工作直接汇报给高祥泰。美伊平时在部门就是一副不做实质性工作的"官架子",少了她部门工作也丝毫没有影响。一天,高祥泰签批了文秀送过来的文件,对她说:"美伊这丫头负气走了,这么长时间也不给个信儿,你们是好姐妹,多关心关心她。"

文秀联系到美伊后,就去了上海。她一直想去上海,她想知道承诚过得是否安好。爱一个人就是这样:虽然你不喜欢我,我却谦卑地、默默地关心着你。

她悄悄来到玉园的营销接待中心，门口两排的八对风水狮，相互对望，口中喷吐着线状的水柱。她进入旋转门，来到大大的法式圆厅，十米挑高的圆顶中心垂落下来一盏富丽华美的水晶灯。地面中央下沉了半米，宝石蓝高档地毯上放置一架白色优雅的钢琴。圆厅的左侧是沙盘区，右侧是洽谈区和服务吧台。销售代表们穿着得体的职业服，身材妙曼，走起路来就像白天鹅一样优雅。

这是承诚在上海的团队吗？文秀尴尬得像是一只丑小鸭走错了家门。这时，一位漂亮的女孩子走过来接待她。

"我是央州来的同行，来参观学习的。现在上海房产销售市场怎么样？"文秀说。

"项目刚开盘就遇到了住宅限购，公司只能先卖小区主入口两侧的商铺，商业不限购可以回笼部分资金。目前销售非常艰难，如果你有优质客户，还请帮我推介一下。"女孩坦率地说。

文秀又环顾了一下大厅，她没想到销售冷成这样，大周末的没有看房客户，销售大厅显得富丽冷清。文秀称女孩为"小天鹅"，向她取了些宣传册，并记录了商铺的销售面积和价格，便早早回了美伊入住的酒店。服务员帮她打开房门，床上是一堆衣服和零食。文秀慢慢地整理好，等着美伊回来。美伊花钱如流水已成为习惯，每天出入高级餐厅，逛商场，做头发和美甲。对她来说，不断地变换外表，就是变换心情。可是没有高祥泰的原谅，最终她还是空虚，甚至担惊受怕。每天商场打烊了，就剩下她一个人拎着大包小包，坐在商场门口暗自伤心。今晚，她照例踩着商场打烊的时间回来，将大包小包扔在床上，脚甩掉高跟鞋，躺在床上，漠然地说："文秀，给我倒杯水吧，谢谢！"

文秀把茶水放在床头的矮柜上，拧开了所有的灯。两个女孩做了彻夜长谈。"你出来十多天了，也没有音讯，想着你已经从伤心中走出来了，高董让我接你回去，他担心你！"

"他让我永远依附于他,我不能原谅他,恨他!"美伊瞬间哽咽了,"这次你为什么改变了对他的态度,为什么不劝我重新开始?是不是因为他提拔你做了营销部经理,你转而对他有了好感?"

文秀平静地回答:"不!是因为他能给你自信,给你需要的一切,包括安全感。如果你离开他更糟糕的话,不如不离开。不像我,不现实地爱上一个不爱我的人,只有伤心,却又说服不了自己。"

美伊迅速坐起身,抓住文秀的手说:"你说错了,我毫无安全感,因为高祥泰不能给我稳定的婚姻,他的事业我又掌控不好,我担心他再爱上别的女人。我这次回去一定想办法得到些公司的股份。"

文秀看着美伊一脸心机的表情,叹了口气,对她充满了怜悯和同情。"美伊!你能不能有点出息!你把所有的心思都放在高祥泰身上,却忽视了自身的成长。你平台这么好,有钱有资本去开眼界,但你不努力,把方向走偏了。我知道你不喜欢听这些,就因为我们是好朋友,我才愿意这样得罪你。我有合适的机会也会离开公司的,这里不适合我,负能量太多了。我是没有办法,只能靠出卖劳动力安身立命!"

有些事情和伤疤,当事人虽然心里清楚,一旦被揭开,自尊心的防线就崩溃了。美伊号啕大哭起来:"你为什么还指责我!我已经很难过了!"

文秀抱着她安慰道:"不是指责你,是爱你的方式不同罢了!高祥泰对你一冷脸,简直可以要了你的命,你太依赖和在乎他了。坚强点,重新定位自己,把从他那里收获的金钱,转化为知识和能力,即使今后离开他,也能自立。"

美伊两眼惊诧地看着文秀:"文秀,你这几年成熟得好快!"

文秀苦笑着说:"自从毕业,我没有顺利过一天,只有工作和成长才会给我带来真正的安全感。遇到难关的时候,我都会想想'命运掌握在自己手里'这句话。一切困难都会过去的,只有你才能真正改变你自己!"

　　美伊低下头说:"我没打算离开高祥泰,我还没有得到我想要的。"

第十章　患难中的真情

一

美伊在文秀的陪伴下回来了。文秀识趣地把营销部经理的位置和职权还给了美伊,美伊哭得稀里哗啦的,向高祥泰发誓要痛改前非,用心对待工作。

夜幕降临的晚上,部门开完会同事们都散去了,文秀独自在贵宾室静静地等待一位颇具实力的神秘客户。即将出场的主角是麒麟药业董事长李麒麟。麒麟药业是央州市最大的民营医药企业,李麒麟是一位有担当的草根企业家,除了制药,他对房地产投资也有着浓厚的兴趣,尤其是对商铺的投资。

晚上的李麒麟看起来温和沉静,说话慢条斯理,走起路来闲庭信步。他有些谢顶,眼光非常挑剔:"集中性的百货商业我不感兴趣,一旦经营管理不善就会出问题。社区商业比较安全,最好是位于小区出入口两侧的现铺,能很快投入运营,也可以对外转租,收益最快。你们祥泰花园的商铺开间小,进深长,柱子多,空间结构我不太喜欢。"

"其实约李董来,是想推荐一个优势的项目,只不过是在上海。"

"这个无所谓,只要是优质商铺就行,前几年我还想在上海开办事处呢,但那时管理体系与生产线还不完善,现在还真有这个条件,麒麟药业每年的营业额都在稳定增长。"李麒麟说。

文秀冲泡的是李麒麟最钟情的大红袍,洗杯、落茶、洗茶,她娴熟恭敬地把茶盏呈到他的面前。李麒麟端起茶杯乘热细啜,翻开宣传册仔细研读后说:"项目在黄浦湾的江边,是稀缺宝地。你要是有时间陪我去看看。"

李麒麟带上文秀即刻飞往上海。"小天鹅"早早在沙盘区等候。

"现在的销售接待中心在房屋交付后,就是业主的回家大堂。项目共16幢高层,是上海稀缺的黄浦江江景住宅。立面全部天然石材干挂,建筑线条丰富优雅,中心景观水系蜿蜒贯穿每个组团景观,温馨大气。嘉林以开发精品房产著称,每个项目的业主都是当地的名流……""小天鹅"自信地向李麒麟讲解。

"不错,如果不是因为限购政策,我一定买一套。这里将来住的都是上海高知分子和富有人士,投资方向不会有错。"李麒麟心里盘算着,以这里的消费实力,就算将来转让,收入也相当可观。

他兴致勃勃地打电话邀请他的太太来看,太太的态度很温和:"你是一家之主,你定好了。"

他看了看施工现场,每一间商铺的面积区间都是他内心理想的。他们在工地上看了很久,李麒麟也累了,"小天鹅"将他和文秀带入贵宾室试探购买意向。李麒麟的眼睛里透露出商人的精明来,分明是中意的,嘴里却说:"哎呀,虽然是现铺,可是住宅全部交付需要时间,招商难度大,一大把钱付给你们却不能及时获得收益。如果我把资金放在信托里,收益回报就是笔不小的数目呢!我还要跟爱人商量一下,她是我们家的财务大臣,只要她看中一条街,我就买一条街。"

文秀知道他是要和太太打配合谈价格,顺水推舟道:"买不买没有关系,这趟来就当是度假。"

李麒麟上洗手间的功夫,"小天鹅"有些着急,对文秀说:"这个客户好不容易飞过来看一下,也有意向,让领导亲自跟他谈谈,也许今天就能下订单。"

文秀摇摇头,说:"等等,生意哪有这么快?"

"小天鹅"显得很沮丧:"我都两个月没开单了,这个月底再不出业绩,恐怕是要失业了,你一定要帮帮我。"

文秀拍拍她的肩,安慰着:"现在不是在帮你吗?"

"我想想,销售经理权力不够,不能拍板决定,现在的项目总又是工程出身,不擅长谈判,要是承总来肯定可以敲定。他现在分管整个集团的销售工作,不知他今天在不在上海,平时他工作太忙,上次集团开会说,他半年会务就飞了116次。"

两人见李麒麟走回来马上住了嘴。李麒麟不慌不忙地坐下来,端起杯子,继续浅啜细饮。"姑娘,给我计算一下大门口两侧位置最好的十间商铺总价。"

"小天鹅"激动地拿起价格单,手指敲着计算器,说大约3.5亿。

"如果价格合适,大门口两侧的十间铺子我就全买了,一次性付款。"作为一个精明的商人,如果没有较大的利润空间,他是不会下手的。在投资者眼里,市场低迷的时候恰恰是下手的好时机,他要的是价格绝对满意。"如果价格有商谈的余地我就下定金,让太太汇款,如果没有,也别浪费各自的时间,我要五折优惠。"

"小天鹅"吃惊地连连摆手。

"你自然做不到这么大的优惠幅度,当然要你的领导来决策。"李麒麟狡黠地笑着说。

"不是的,我们公司连八折都没有打过。领导肯定不会同意的。""小天鹅"继续解释。

"未必吧,现在的市场形势低迷,现金为王。"李麒麟自信地说。

"小天鹅"电话汇报给承诚,请求他来做主。承诚听完汇报迟疑了一下,同意傍晚见李麒麟。只要不低于成本价,他是能接受的,董事会也是能接受的,身处目前这个糟糕的市场,活着最重要。

他面色沉静地将李麒麟约在 VIP 室,与李麒麟客套地寒暄几句后进入谈判。

"李总,感谢您对我们项目的认可。这个地段寸土寸金,您愿意投资商铺,肯定也是看中了项目的各种优势。"承诚对产品的优越性十分自信。

"是呀!可惜你的住宅限购呀!我只能买商铺!"李麒麟不慌不忙地说。

"限购又不是一辈子的事情,现在不买,错失机会就可惜了!"承诚引导他说,"购买住宅可以一次性先付资金进来,限购政策解除了,您不是可以受益一把?这里的升值潜力是巨大的,三年价格翻倍都有可能!"

"隔夜的金不如今夜的铜!"李麒麟摇摇头继续说,"我不触碰调控政策,未来的事情说不准!还是说商铺吧,你也清楚现在的地产市场低迷,你的企业很缺钱吧?说最低多少钱吧!"

"李总,您只说我的痛处,找我的短处。企业都有成本的,市场再低迷也不可能赔钱卖,再说嘉林是名企,也有其他融资机构愿意给我们融资,咬咬牙困难就挺过去了,也不可能卖出跳楼价!"

"我两个亿的现金每年机会成本收益最低 10%,也就是一年 2000 万,三年就是 6000 万。你们住宅还没卖完,如果资金沉淀在你的商铺里,两年租不出去的话,机会成本就损失 4000 万。这个你应该懂得。"李麒麟狡猾地笑着说,"投资就是为了产生利润,除非你的价格足够优惠,才可以吸引我下单!"

承诚处于谈判劣势,他知道坐在对面的李麒麟是个极其精明的家伙。为了尽快回款,他做了一个爽快的手势说:"嘉林一般给予大客户九折优惠,就给李总八折好了!"

"不够诚意!我给你一天时间考虑,然后去别的楼盘看看,我不信别人把我这笔钱拒之门外!"

"李总,我们不图暴利,您保证我们的成本加管理费就行!七折如果您同意,我向董事会请示,这可是破天荒的折扣力度!"

李麒麟不买账,走出VIP室。"小天鹅"看形势是没谈拢,赶紧说:"李总,别慌着走呀!买卖不成朋友情意在!天也不早了,要不到会所餐厅休息一下,跟我们承总再谈谈!"

李麒麟有了台阶下,应了"小天鹅",去餐厅吃饭了。文秀看承诚心情不佳,走近前安慰他:"如果这单生意不划算,我再帮你找其他客户吧!"

"不,我一定把他拿下!像他这样一次性付款的土豪不多。钱早一点回,就少些资金成本。你告诉李麒麟,我向总部申请,会让他满意价格的!"

文秀点点头。一个小时后,双方重新谈判。开始各不让步,经过相互磨来磨去,最终达成六折优惠,李麒麟向嘉林公司一次性支付全款2.1亿元。

进账两亿多的资金,最开心的自然是"小天鹅"。送走李麒麟,她抱着文秀狠狠地亲了一口:"没想到央州这个省会城市有实力这么强的金主!我的饭碗是保住了!"

"你看承总脸上都没笑容,毕竟这单生意公司不赚钱。"文秀说。

"谢谢你雪中送炭!用一句谢谢来表达显得太浅薄,过几日我去央州看你,请等我!"承诚对文秀说。

文秀抹了一下湿润的眼角。"请等我!"这句话一语双关,她只有感动到自己,方能感动他。但这还不够,她还要继续给他时间,等着他的爱与自己同步。显然,文秀误会了承诚的意思,她并不知道承诚已经有了女朋友。

二

章丽媛也在想尽办法帮助承诚,带了一拨又一拨的实业家参观项目,但是实业家们最为重视现金流,即便有购房资格,一想到首付比例提高、银行利率上涨就望楼兴叹。连章丽媛自己也放弃购房了。

焦虑的承诚没有时间与女朋友约会,章丽媛理解了他,鼓励他振作起来。坏事接踵而至,承树生突发心梗住院了。

抢救成功后,医生告诫承诚:"承先生心脏主动脉堵塞60%,还好这次抢救及时!你找个时间跟他谈谈,劝他多休息,有必要进行一次手术,在心脏植入支架。不过也不要担心,这项手术在国内也已经成熟,安全性挺高的。"

企业家光鲜的外表下都蒙着一颗满怀忧虑的心,尤其在企业危难的时刻。一个企业,离开一个员工是可以正常运转的,但公司掌门人若不在,对于公司来说就是灾难。承树生比任何人都明白,他要是放弃公司了,嘉林也就真的要倒了。他想起有位商业名人说过的一段话:

你想过普通的生活,就会遇到普通的挫折,你想过最好的生活,就一定会遇上最强的伤害。这个世界很公平,你想要最好,就一定会给你最痛。能闯过去,就是赢家。闯不过去,那就乖乖退回做一个普通人吧。所谓成功,并不是你有多聪明,而是看你能否笑着渡过难关!听天命,尽人事!

承诚心情沉重起来,几日守护父亲让他显得更加憔悴。"爸爸,您休息一段时间吧,公司有别的董事,还有高管,还有我!"

"应该早些把我的股权变更到你的名下,现在你也好大胆地为公司做事……"承树生看到承诚承受巨大压力的样子,十分内疚,如果当初和妻子多生一个孩子就好了,还能骨肉共同分担。

"爸爸,您就是生病了,病好了您还可以继续执掌嘉林!"

"你李书山叔叔刚出医院就轮上我了,我们这些老家伙的身体真是不行了。当下是要放权的,目前杭州市政府拨了救助金,但公司要渡过难关,还需要卖掉几个项目,引入一些股权,才能稳妥地保住嘉林。我现在还不能做手术,等嘉林渡过难关再说,你也不要太拼了,注意休息。"

"我听爸爸的。"

承诚强撑镇定走出病房,一刹那间眼前几乎黑掉,多日来紧绷的心弦就这么松了下来。他躲在轿车里痛哭了一场,他多么希望压力、孤独、无助统统烟消云散!人最苦的不是身体之苦,是彷徨与不安的精神之苦!

他这个年纪的年轻人,本该快乐享受青春和恋爱,可是他经历了多少个不眠之夜,担负了多少辛酸,有谁心疼他呢?妈妈已故,爸爸健康亮起红灯,他至亲的人需要他,公司面临严重的危机,他却是没有依靠的。他想向女朋友倾诉心中的忧愁,可是一个男人向女人倾诉显得多么不理智,只能独自消化一切苦闷。最终,他抗不住拨了章丽媛的电话,告诉了她他的处境。

"丽媛,我想和你一起去陵园看看妈妈,我想跟她说说话。"

"亲爱的,真抱歉,省领导这两天考察我们企业,爸爸一个人忙不过来,我得陪着他,等过两天我再探望伯父。"章丽媛为难地说。

在女朋友的心里,企业利益大过对他的感情。承诚失落极了,独自去了陵园,碑上妈妈的遗容还是那样美丽安详,他把心里话说完,方如释重负。

承诚为了不让父亲受到打扰,除了李书山与常基铭这两位股东,他善意地拒绝了外界的其他探望者。承树生出院前一天,章丽媛来了,她手拿一捧鲜花,助理帮她把名贵的补养品放在病房。她把承诚拉到病房外的草坪上,搂着他的脖子,愧疚的向他道歉:"亲爱的,你埋怨我了吧!我那天的确非常忙。你说吧,现在让我怎么补偿?"

承诚经不起女人撒娇,原谅了她:"还好爸爸抢救及时,事情过去了,我们回病房吧。我需要准备一下,明天爸爸该出院了。"

章丽媛的手机响了,业务部打来的,说是公司的生产出了些问题。她紧张地告诉承诚得马上回宁波的厂房。章丽媛匆匆到病房看看承树生,老人在睡觉,章丽媛没说上话就走了。望着她的背影,承诚又一阵失落,不禁发愁将来和她结了婚、成了家怎么办?

承诚遵守承诺去央州看望文秀,在一家酒店的自助餐厅等她。他还有个愿望,就是要说服文秀到嘉林公司,将她培养成一名优秀的职业经理人,成为自己的左膀右臂。

文秀整理好办公桌走进黑夜时,发现天气已经冷了,是深秋即将步入初冬的季节。她进了温暖的酒店里,心慌得突突跳,担心承诚见到她的样子失望。她默默地走进酒店的自助餐厅,在承诚的面前坐下来,自卑地躲闪着承诚的目光,双手掩着嘴,不停地哈着热气,身体的余寒还在,冷得抖个不停。

承诚脱下西装外套披在她身上:"傻丫头,既然这么冷,怎么不告诉我,我好去接你!"

承诚向服务生要来一杯热茶,推到文秀的面前。文秀双手握住暖暖的杯子,心中升腾起一股暖流。她望着承诚深黑的眼圈说:"你看起来也憔悴了!"

承诚无奈地笑笑,很多人都说他显得少年老成,妈妈不在了,爸爸的心脏越来越不好,他只有一个人去面对眼前的艰难,这种状态不是他现在的年龄该有的。他淡淡地说了三个字:"我很累!"

"我是身累,你是心累,如果能帮到你就好了!"

"你已经很尽力帮我了,真的很谢谢你!"

文秀把西服外套紧紧地裹了一下:"我也已经习惯了艰难的日子,在这个城市里没有归属感。累我不怕,我怕孤单。"

"谁都想有个人能一起同行。"

"是我吗?"文秀巴巴地扬起那深情的眸子。

"文秀,来嘉林工作吧。这是我第二次邀请你。你善良、努力、有潜质,我想今后有机会带你成长起来,也算谢谢你对我的付出。反正你也不喜欢祥泰公司,何必还留在那里!"

"我想想将来的我是什么样子,不会是一个霸道女总裁吧?"文秀开起玩笑。

"如果你想成为,就能实现。"

"好,我辞职。"文秀下定决心说。

第十一章　新职场新江湖

一

"他挺难的,我想帮帮他!"文秀向美伊提出离职,期待着美伊的理解。

美伊知道早晚会有这一天的,但她觉得,文秀只是一个平凡的女孩,怎么可能帮承诚力挽狂澜?美伊还是祝福文秀:"虽然嘉林也传出来资金紧张,日子不好过,但毕竟是瘦死的骆驼比马大,是个好品牌。祝你顺利!"

"谢谢!"

2009年的元旦刚过,文秀胸口系着浅蓝色的丝巾,身上裹着深色的职业套服,披上大衣,到嘉林人资部报到。

"知道了,承总,接下来的手续交给我吧。"人资经理微笑着挂掉电话说,"承诚总给我交代,你的岗位暂定营销部经理助理,薪资按照高级员工五档。"

文秀按照人资经理的吩咐,填写了一堆入职资料,接着她被领到营销经理办公室,一个精干的年轻男人上下打量了她。

"文秀,这是你的部门领导杨天磊经理,祝你们合作顺利!"人资经理说。

"辛苦李经理。"杨天磊对人资经理客套地说。

杨天磊将打印好的工作职责递给文秀,让她先熟悉环境和工作职责,尽快融入团队,适应新的工作环境。销售员汪凯很快收集了信息,第一时间到杨天磊办公室汇报情报。

"领导,她可是承总找来的人,听说以前没有做过销售,就是一个做策划的,做了几年也没有升到部门经理,情商有问题吧?承总找她来不是监督咱们的吧?"

"做好你的本分工作,我会让这个部门只有一种声音的,就是我说了算。"杨天磊心生芥蒂。

文秀表现得格外努力,除了每天的本职工作之外,她还按照承诚的要求,利用剩余时间查阅客户服务投诉的资料和房地产法务知识,包括产品营造方法。她知道自身与承诚的要求差距还很大,所以作风低调,乐于团队配合。她最在乎的不是职位高低,而是不能让承诚对她失望。

文秀的入职途径,使她的日子过得充实而艰难。她发现杨天磊跟别的同事经常私下聚餐,很是亲近,唯独对她不够信任,说的全是场面上的官话。文秀有点不开心,承诚电话里安慰她说:"很正常,其他人都是他亲手带起来的,你是我强硬干预进到部门的。如果你想尽快成长,需要跟你的直接上级搞好关系。"

搞好关系?文秀沉默了。跟一个不信任自己的上级搞好关系,这个事情有点挑战性,而她只想好好工作。文秀下班收拾东西时,汪凯凑上来:"文助理,杨经理下班就爱喝酒,你可以请他吃饭喝酒,跟他好好沟通一下。"

文秀疑惑地看着汪凯。

"你不相信我算了,问别人吧。"汪凯一副无所谓的样子。

文秀犹豫了一下,决定试试。第二天下班后,她拎着准备好的酒水礼盒,敲开经理办公室的门说:"杨经理,晚上请您喝酒吧,工作上有些事情想和您沟通一下。"

杨天磊看到文秀,立刻起身,打了一个拒绝的手势,说:"工作可以在这里沟通,用酒跟我搞关系可不行！我们之间只有同事关系和工作关系,没有其他关系,如果下属都这样给我送送礼就搞好关系,工作就不用干了！"

文秀说:"杨经理,您太敏感了。您要是不接受,部门团建活动的时候喝也好,大家关系融洽了,更有利于推动工作。"

杨天磊毫不客气说:"团建活动是综管部的事情,你跟综管部联系就成了。下班了,我该走了。"

文秀没想到杨天磊没给她留一丁点儿情面,郁闷得直叹气。杨天磊刚出公司,就接到汪凯的电话:"领导,销售助理的职位原本该是我的,那丫头原来都没有做过销售,凭什么？干不好您得让她下来。"

杨天磊没好气地说:"干好你自己的工作。"

二

次日早会上有销售员提出部门储备的雨伞不够了,客户看房送雨伞是公司的工作管理规定,即将进入秋后雨季,需要补一批雨伞。杨天磊让文秀打个请示报告在晚会上审定。一般来说,部门负责人对部门的小事情和费用额度较小的业务是有权力敲定的。白天辛苦的工作结束了,到了部门晚会的时间,文秀在会议室准备投影,她把请示文件打开,字清晰地投射在洁白的幕布上。人到齐,杨天磊神情变得严肃,员工审时度势地看着他的表情,发现领导今天心情不佳,不敢作声。

"文秀,这是你亲自写的？没有偷懒吧?"杨天磊拉下脸,展开了要批评人的阵势。

文秀站起身来，用低低的声音说："是！"

"李笑楠，你来说说请示报告的标准。"杨天磊继续黑着脸。

"公司请示报告的标准是：大标题黑体，字号小二号；正文是宋体，字号四号。"李笑楠起身响亮地回答，稍后瞥了一下窘迫的文秀。

"文秀，学习材料不是发给你了吗？嘉林企业文化是认真和用心，如果连个请示报告都不规范，其他工作我怎么交给你做？"

"我错了，杨经理。"

"你们每个人都要认真复习材料，下周考试，成绩作为考核的标准。"杨天磊把目光转向文秀，继续说："在嘉林工作，向来是不轻松的，打着混日子的念头趁早离开。今天我还强调一件事情，我们的每个岗位竞争都是公平的，包括我自己在内，职位都不是稳定的。今天不努力，明天就有可能被淘汰。我们是一个团队，上下级之间和平级之间只有同事关系和工作关系，没有其他的关系。妄想巴结领导获得捷径的人就是本部门的害群之马，我绝不允许部门生长出不正之风！"

文秀闭上眼睛，屏住呼吸，这段刺耳的话分明是说给她听的。杨天磊强势地发完言后感觉非常过瘾，他就是要打击文秀的自信，让她知道，不要仗着承诚就不把他放眼里。目的达到了，把其他工作上的事情如蜻蜓点水一样通过，他大快人心地喊了声"散会"！

文秀短时间内是不能取得杨天磊的信任了。既然直属领导不愿接纳她，她就团结同事，融合于这个团体。她为了让销售员多点时间接待客户，帮销售员做了很多工作，比如整理文件、写客户分析。杨天磊看在眼里，并没有说什么，直到项目公司要开3月份月度会议。

承诚出差，专程到央州参会，与项目总一起听取公司各个部门的汇报。工程、成本、财务都有集团的专家把控，作为营销首席执行官，他最关心的仍然是销售回款。会场暂时中场休息时，文秀快活得跟小鹿撒欢似的,主动给承诚倒水。承诚问文秀在部门的情况,文秀不想给他添麻烦,点点头说好得很,接着给其他人添茶。

汪凯看到很是不满,对着杨天磊咬耳朵挑唆:"领导,你看那个蠢丫头多会在承总面前表现,这端茶倒水巴结的事儿,也轮不到她吧!"

杨天磊拉下脸低声说:"你少说两句,我没那么傻!"

轮到营销部汇报工作。杨天磊故意夸赞说:"感谢文助理昨天辛苦了一晚上帮我做这份汇报文件。"

汇报到部门员工月度业绩排名时,李笑楠激动得站起身来。"杨经理,你把业绩排名算错了,我不可能倒数第一。我本月业绩回款2500万,不是250万。"

杨天磊盯着文秀问:"文助理,怎么回事?"

承诚冷静地说:"不要急,文助理,你想想是不是写错了?"

文秀知道这次又被人挖了陷阱掉下去了,解释道:"对不起,李笑楠,的确是错了,部门都知道你是回款第一名,我记得写的是2500万,怎么就……"

"文助理,销售员都是靠业绩吃饭的,他们很在乎自己的排名,出这种错是对人家的侮辱。你一直很勤奋工作,帮销售员写客户分析,还要统计数据,干得多不一定是好事,干得多也不意味着干得好,你把别人的工作都抢着干了,别人还怎么成长?销售助理相当于主管岗位,除了帮助我分担一些具体事务,也带有部分管理性质。希望你今后把小公司的做法改掉,尽快适应嘉林的企业制度。"杨天磊得意于自己的完美口才,能把人批评挖苦得滴水不漏。

文秀觉得给承诚丢了脸,内心愧疚。承诚心里跟明镜似的,他再明白不过,这是杨天磊对文秀的变相打压,维护自身的权威。他巧妙地对文秀说:"文助理坐下吧,你是新人,杨经理经验丰富,你可以拜他做老师,他一定会尽力教你。越是拙笨的下属,成长了才越显出师傅的本事。"

杨天磊起身说:"承总说的是,我会尽力帮助下属成长的。"

"大家都辛苦了!我和陈珂总商量了一下,今晚散会后请大家吃大餐。文秀今晚就可以和杨经理喝一个拜师酒。"

大家欢呼起来。心中最不快的数杨天磊了,本想把文秀这个定时炸弹清理出局,没想到承诚将他一军,今后徒弟出错,他这个师傅也要挨板子了!

三

从此,文秀对杨天磊改了称呼,直接喊师傅了。文秀在嘉林也不觉得像祥泰公司那样累,毕竟企业的制度相对规范,人员分工职责明确。这种太平生活一直持续到来年的初夏,发生了一件糟糕的事情:承建方阿森汇报说,怡园最后一期交付有可能会延期半个月。

"不管用什么方法,一定要按时保质保量完成。"项目总陈珂巡视工地进度,怒不可遏。他强硬地给阿森施压:"违约交付不仅面临赔偿,还会出现群诉事件,不仅毁了嘉林的品牌,我的帽子也要被摘掉了!还有你的保证金也甭想要了!"

"外立面的施工工艺达到嘉林公司的标准要返工很多遍,如果赶工恐怕影响项目的品质。"阿森无奈地解释说。

"董事长说过,农民工是这个时代城市建设的主力军,功不可没,既要善待他们又要管理好他们。如果交付出问题,我真的没饭碗了!"陈珂转变了态度,语重心长地拍了一下阿森的肩膀说,"拜托兄弟!"

陈珂把营销部的员工召集在一起,特别强调:"前段时间项目现金流不足,工程款滞后影响了工程进度,如果延期交付就要赔付给客户违约金。目前工地正在抢工,大家近期尽量不要让客户来工地看房,尤其是已经签过合同即将交付的客户。如果真的有较真的客户问情况,大家做好引导工作。"

"陈总,不能把宝全部押在承建方,请求集团抽调其他项目公司的工程人员前来援助吧,加强现场施工管理。"杨天磊建议。

"能自力更生的话就不请外援,本来我们的销售业绩排名在整个集团都是尾巴,工期滞后更让人笑话。"陈珂说。

"农民工挣的是血汗钱,工费每年从九月份到过年时才结一次。他们是很辛苦的群体,但也是最不好管理的群体,他们不是专业学建筑出身,文化程度不高,很多活儿要干上几遍才能达到我们的精细化施工要求,有的效率还特别低。现在是关键时刻,我们的工程管理人员应该跟他们同吃同住,了解他们的生活与工作习性,现场指挥,提高现场施工的工作效率。"文秀建议说。

陈珂点头斩钉截铁地说:"所见略同!就这么办。"

杨天磊瞥了一眼文秀:"那就麻烦文助理本周在工地上班了,把工程如何从地基开始到交付的工作流程整理出来,作为销讲内容的一部分。每天早晚到销售部打卡。"

文秀心里"咯噔"一下,她发觉了杨天磊面色不悦,还是硬着头皮说:"是!"

第二天,文秀早早来到工地,看到个别民工拎着水杯和工具,穿着脏破的帆布鞋子,卷起高低不平的裤管,已经开始了劳作。她回想起做实习记者的时候,曾经了解过农民工的生活习性。农民工大多来自偏远的乡村,每日在工地上劳作,皮肤被晒得黑黑的,手上留有创伤与老茧。每一个工种都有带班的班长,负责给他们指定工作地点和工作内容,边干边说话是他们最开心的事情,如果遇到领导来检查时就沉默不语。他们晚上下班后的爱好就是聊些家常,打打牌,喝点酒,成群结队地去超市买点生活用品。

文秀扎进工程部这个繁忙的队伍,与工程各条线的人员交流,随他们到工地,了解基桩施工、土方开挖、垫层浇筑、防水施工、钢筋帮扎、内外墙粉刷、景观苗木种植……中午饭后,大家都没有午休,继续热火朝天地干。文秀看光线不错,去工地拍照,以便做工作汇报,与部门的同事分享。地面走完了,还要走地下。她沿着地下车库的入口向里走,因为还没有安装照明灯,越走光线越暗。她打开准备好的手电筒,光束从左到右,再从上到下,看到一个人卧倒在一面墙下,脑袋耷拉在胸前。她朝那人喊了几声,没有回音,身体丝毫不动,不像是睡觉。她不敢触摸他,拿起手机打电话,地下没有信号,她便惊慌地一口气跑到地面上,去找阿森。

阿森迅速去了地下,确认是农民工杨二宝死了。文秀的心一直扑通扑通地跳。当陈珂赶到现场时,现场已经被清理。阿森深深地向陈珂鞠了躬,充满歉意地解释说:"陈总,我向您汇报一下情况,死者杨二宝,今年52岁,单身,清瘦,在我们项目做水泥和墙砖搬运的杂工。他听说项目交付后要遣散部分民工,不愿意回家,哭着找施工班长说情要留下来。班长告诉他项目结束后不需要很多人,他年龄大没有办法。中午,大家吃饭时不见了杨二宝,班长怕出安全事故,派人去找都没有找到,是文秀发现他倒在地下储藏室的外墙下,储藏室还没有装门,现场也没有凶器,地面有些很浅的积水,是淹不死人的。经过检查,他没有外伤,平时脑子也算清醒,像是悲伤过度独自躲在地下,我怀疑他是心脏病突发死亡或者自杀。"

"有没有报警?"陈珂问。

"没有。杨二宝无儿无女,只有一个侄子。刚刚已经安排班长联系上了杨二宝的侄子,私下解决后事,不会给甲方的领导和您惹事情。"阿森小心地说。

"按照国家相关的劳动法赔偿制度去办,人既然已经不在了,对死者最大的安慰就是妥善处理好后事。"陈珂说。

"是,我会跟我们的领导转达您的意思。"阿森低下头说。

事情还未摆平,两天后的清早,销售部门口围了几个年轻体壮的汉子,其中有一个瘦瘦的中年男人称自己是杨二宝的侄子杨元。杨元浓眉大眼,矮矮的个子,穿着朴素,皮肤黝黑,看起来一副老实相。他话不多,只是要求找项目管事儿的人谈谈。杨元的老婆也来了,她黝黑矮胖,双手叉腰,说起话来恶狠狠:"今天这事儿不解决,大不了一命抵一命。"

杨天磊一看是找事情的,吩咐文秀:"把这几个大神请到会议室等待,别干扰销售部正常接待客户。你搞清楚事情的经过,再把阿森叫来处理这个事。"

阿森来了。他见到杨元就不耐烦地说:"你不是已经同意私了了吗?"

杨二宝这个老实巴交的侄子本来是同意拿到三万块赔偿金私了的,只需要把杨二宝的后事儿办了,白白落下几万块钱。从心理上,他是满足的,也觉得是捡了大便宜。但杨元的媳妇儿到村头的书记家里打听了一番,村书记肚子里有点墨水,告诉她杨元是杨二宝遗产唯一的合法继承人,承建方赔付得太低,完全可以再交涉,甚至可以扩大影响,让开发商向施工方施压。杨元的媳妇儿拍了杨元的秃脑门,生气地骂道:"三万块你就同意了?笨蛋!没有十万块就想了结了?况且,你这猪脑子想想,一条命只值三万块吗?听说承建方只是乙方,咱就找甲方开发商,比他们还大的头儿闹闹,怎么也得赔咱们十万块!"

阿森指着杨元的头骂道:"不要太得寸进尺,你只是杨二宝的侄子,平时对你叔也不怎么亲近,现在拿着他的尸体进行勒索!"

杨元媳妇嚣张地嚷嚷:"什么是得寸进尺?俺们是杨叔的唯一亲人,是要给杨叔养老送终的!虽然是侄儿,但能看着他生老病死不管吗?人死在你的地盘,你就得赔!要不就去打官司!"

"我还有事情忙,早些息事宁人吧,赔你们四万,签字画押,再多就不谈了!"阿森说。

杨元和媳妇相互对望交流眼神，另外几个民工起哄说道："不行，十万，少一个子都不行。"

阿森不耐烦了，恶狠狠地说："你劝劝你媳妇儿，别不识抬举！"

杨元怕了。他本身就是普通农民，这次完全是想来赌运气的，想着四万也可以了。他正想开口，媳妇儿抢先一步说："咱们各让一步，六万！"

阿森打电话请示了老板。他打着火机点了一根烟狠抽了一口说："我的老板不同意。"

文秀见双方僵持互不退让，争吵声越来越大，走出会议室向杨天磊汇报情况："杨总，这事儿今天像是解决不了了，杨元明天再来怎么办？"

杨天磊合上手中的文件，瞥了她一眼，自负地说："这是民工和承建方的事，让他们自己解决。"

文秀无奈地走进销售大厅，协助销售员接待客户。此时，两男一女有模有样地进了销售大厅，其中一个男子带着摄影机，没有招呼就径直走到沙发区坐了下来。

文秀立刻迎上前去。

"三位喝茶水还是饮料？有普洱、果汁和白开水。"

"我们是《央州法制报》的记者，有人举报，说你们工地死了民工。你们嘉林公司在施工过程中怎么管控的？"摄影记者说。另一个女人用手势暗示他不要说话，接着对文秀不耐烦地说："让你们领导过来。"

"对不起，领导在开会，你们稍等。"文秀机智地说。

汪凯也按捺不住，跑到会议室，慌张地向杨天磊汇报："不好了，销售部大厅来了两个法制报的记者，听说咱们工地死了民工，现在要来采访领导。"

天磊冷笑了两声："让他们等！"

媒体来了,就关乎公司的声誉,杨天磊居然躲进办公室对此事不管不问,文秀自作主张地迅速走到销售大厅外侧拐角处,从银联自助机提取了两万现金,放进手提袋里。她回销售部对同事悄悄说:"你对记者说领导快开完会了,稳住他们。"

文秀径直走到会议室,发现双方还是僵持不下,便拿着现金对着杨元的眼睛晃了晃说:"嘉林公司跟杨二宝没有直接的劳动合同关系,不可能给你一毛钱,如果你闹,影响了公司销售和名誉,我们就报警抓你。施工方老板不会多给你一毛钱了,打官司请律师还要很多诉讼费呢!你想多要的两万,我给你,但有个条件,永远不许对外宣扬这件事情。"

阿森吃惊地跳下凳子:"这个事跟你这丫头没关系呀!担当也轮不到你呢,快回去。"

文秀对阿森耳语道:"媒体在销售部里,撞见这事儿又要乱写了。"她还骂了杨元,"你生前是否对你的叔叔照顾过?人在做,天在看,凡事要对得起自己的良心!如果杨二宝真是自杀,那一定是他活得太孤独了。"

杨元媳妇儿与文秀达成协议。文秀把一万现金递给杨元,半个月后遵守承诺就付给他剩下的一万。

这时记者按捺不住了,女的走近汪凯很不耐烦地说:"都快一个小时了,领导会还没有开完?我们先到里边看看,刚才听到争吵声,一定有事。"

"你们不能打扰我们正常的工作啊!"汪凯阻止记者进会议室。

"汪凯,什么事情啊!"杨天磊终于出面了,装着刚开完会的样子,从里边的办公室走出来。

"这就是我们的领导,杨经理。"汪凯立即向记者介绍。

杨天磊热情地跟记者们握手,服务生重新上了热茶。这时杨元带着一帮民工们从会议室走出大厅,后面跟着文秀和阿森。男记者赶紧站起来拍照,女记者走上前去对杨元说:"你们是受害农民工的家属吗?我们是记者,有冤屈可以跟我们说。"

"我是承建方代表,民工死亡这事儿跟嘉林公司没有关系,我们承担全责。刚才有些误会,已经都澄清了,死亡的民工是心脏病突发,并不是工伤。不信你可以问死者家属。"阿森说。

阿森指了指杨元,杨元对着记者点点头:"对,我叔是病死的。"

"有死亡证明吗?民工入职时没有体检?"女记者惊讶地问。

"民工都是临时工,哪有体检,这倒是你们媒体应该呼吁的。"文秀说。

记者看事态已平息,与杨天磊寒暄几句就离开了。汪凯随杨天磊进了经理室,一会儿鬼鬼祟祟地出来,正好撞见文秀。

"杨经理让你去他办公室一趟。"汪凯心虚地说。

"小人,准是又告我状了。"文秀心里骂道。

果然,杨天磊见到文秀就怒发冲冠地瞪着她。

"你的级别能代表公司吗?自作主张花了两万。你居心何在?抢功劳吗?这事该阿森处理,所有后果也该他负责。"

"公司危机公关时你坐在办公室不管不问,有什么资格批评我!万一记者进到会议室拍下照片,我们挽回局面就被动了。既然杨经理不认同我的处理方式,钱我不会让公司报销一分的。但是我没有错!"文秀坚持说。她不服气杨天磊,对自己上级的格局表示质疑。

"我管不了你了,既然你这么爱做主,今后让承诚去管你吧!"杨天磊控制不住情绪,说话不分轻重,靠在椅子上生气。

第二天太阳照常升起,民工们依然在建筑工地上忙碌劳作,攒足了劲儿继续干活。他们在脚手架上挥汗劳作的身影被一个摄影家拍到了,在央州市摄影协会组织的评选中获得了摄影大赛二等奖,照片的名字是"央州城市最美丽的劳动者"。

承诚过来参会时,把两万现金塞进文秀的手里,文秀委屈地啜泣起来。

"你与杨天磊终究要一决高下！做好准备吧。"

"如果一个领导怕被下属超越,他早晚会被超越的。我在祥泰公司时憋屈,是因为当初是美伊把我带进公司的,我不能反了她！"

"人性里没有百分之百的高尚,你也一样。只是当时你处于学习积累阶段,钱美伊的心思也不在工作上,做事的权力给你放到了百分之百。但嘉林企业更加正规,人才也更出众,你将来的对手会越来越强。"

"是。"文秀低下头。

她真正的老师是承诚。她还需要很长的一段学习过程。

第十二章　夺地角逐

2010年8月的央州,不仅迎来夏季的高温,也迎来了高热的土地市场。央州新区湖心岛区域推出两宗土地走上拍卖席。消息一传开,整个央州地产圈兴奋了,来自省内外的众多知名房企前来"火拼"。

调控后的市场交易量大幅萎缩,不少地产企业现金流压力巨大,加上一些网络资本的崛起,商用物业逐渐衰退。央州地方政府放松限购政策,被挤压的刚性需求突然火山似的爆发,房价又开始飞涨。房产公司一片繁荣,销售中心的人潮川流不息,销售代表们抱怨着全年无休,最好的福利莫过于休假。凡遇到售楼部开盘,再差的房源也被一抢而光。二手市场也异常活跃,价格攀升,房东今天涨一个价,明天涨一个价,搞得买房人人心惶惶。

嘉林企业2008年还挣扎在死亡线上,在限购放松后的短短一年内就起死回生,2010年上半年的销售额杀进了全国前十强。承树生坚信中国城市化进程完成还早,房地产至少还可以再繁荣二十年,无视调控的"前车之鉴",又开始激进拿地。他把企业精品战略进行了升级,对产品品质的苛求到了疯狂的地步,就算是拿地,地块也必须符合"低容积率、景观绿化率35%以上"的控规,这样出精品的地块,不惜高价也要拍到手。

"嘉林对粗糙的产品零容忍,别的房产公司项目总经理在嘉林恐怕要跳楼 N 次。"承树生对媒体坦白地说,"嘉林的职业经理人晋升必须经过考试和实践的锤炼。产品出现一点瑕疵,就要敲掉重来,负责该项目的高管也会受到严厉的经济惩罚。"正因为这样的偏执,嘉林的项目受到无数精英的追捧。

顺和集团倒闭之后,老板陈海域用卖掉公司的资金,迅速在北京注册了"荣兴"二手房中介公司品牌,相继布局了二十多个城市,在上一年交易繁荣的二手房市场里收获颇多。从哪里跌倒,就从哪里爬起来,陈海域本来就是不服输的性子,在面对房地产市场巨大的红利时,他决定再次冲进地产界,这次的策略是"舍一线,进三线",毕竟三线城市地价成本略低,又处于上升期。央州,他卷土重来。

曾经是本土老大的万丰置业走出央州,到一线城市搞全国战略,资金实力与产品核心竞争力尚不足以支撑其战略扩张的野心,已在地产硝烟中灰飞烟灭。

高祥泰这几年相对保守,并没有激进扩张,通过途径置换些小地块,继祥泰花园之后做了几个低总价的青年公寓项目。他在宏观调控的日子里过得还算比较舒服,看着顺和倒闭、嘉林资金链紧绷、万丰崩塌,他开心至极。他的主战场就在省内,自从大大小小的地产公司在宏观调控下一个个倒下,他更加坚定了固守阵地的策略,才不去做异地扩张这种高风险的事情。

高祥泰想升级产品品质,走高端路线,对新推出的两块地早有预谋。他不惧怕陈海域,陈海域是个激进派,营造的产品堪称业界的"豆腐渣",业主口碑最差。自从顺和倒闭,最可怜的就是业主,楼房外墙皮脱落,顶层渗水都找不到人修。众多地产商最敬畏的是承树生,相信广告的那波儿购房客户已被广告的假大空宣传欺骗得越来越理性,现在他们只相信实景,嘉林·怡园才是央州的 NO.1。

高祥泰通过打点关系,得知本次土拍有十家地产开发商交了土地保证金,只有嘉林不惜一切代价要拿下临湖的 1 号地块。陈海域虽然也对 1 号地块垂涎三尺,但苦于资金不足。高祥泰知道陈海域的野心,有了第一次资金链断裂倒闭的前车之鉴,他肯定需要合作。他主动找陈海域进行"合作",嘉林既然不惜代价拿 1 号地块,他们俩就添把火把竞价抬高。他们俩把目标锁定在与 1 号相邻的 2 号地块,如果竞拍中任何一方取到土地,两家共同出资,以减少资金压力。两家很快达成一致。

土拍当天,10 家地产商聚在一起。主持人重申两宗新地块的优越性:湖心岛区域唯一的低密度住宅用地,其他都是金融办公用地,稀缺性毋庸置疑。

1 号地块先拍。

……

"6 亿 10 号。"

"6.5 亿 5 号。"

"6.8 亿 3 号。"

"8 亿 10 号。"

……

高祥泰密切观察几家有意向拿地的开发商的状态。有几个中小型的开发商实力不够,看着价格越喊越高,超出他们的心理预期,急得抓耳挠腮,不停地打电话向老板汇报价格,听取最新指示。承诚头上也冒了汗,但还算镇定,价格加到一定程度,接下来的加价空间逐渐缩小。8 亿以上,多数开发商已经停止举牌。剩下 3 号嘉林,5 号荣兴,10 号祥泰三家在热烈角逐,在荣兴和祥泰两家互不相让、互使眼色的抬价下,承诚举起了牌子。

"11 亿,3 号。"

一次,二次,三次。11亿,1100万/亩,嘉林拿下1号地块。

历经六个小时、近一百轮的竞拍,土地落入嘉林集团。在竞拍前,承树生交代承诚一定要拿下1号地块,湖景区域是稀缺产品,尤其富人喜欢临水而居,只要产品好,市场不缺客户。

在下一轮2号居住地块的竞拍中,多数开发商心里犯嘀咕,虽然这个位置比1号差了一点点,想必价格也不会低,当土地单亩价格超出700万/亩时,举牌的寥寥无几,许多人干脆做起了看客。陈海域显得冷静多了,竞拍过程中一次都没举牌,好像这事跟他无关。最后祥泰企业以800万/亩,9.2亿获得2号地块。

第二日,媒体便报道了本次拍地的新闻,除了恭贺嘉林喜摘新区湖心岛1号地块之外,还报道了本土优秀企业祥泰摘得新区2号地块,由祥泰与荣兴合作开发,各占51%与49%的股份。

承诚看到后,气得摔了报纸,心里骂道:"原来这两个混蛋勾结,故意抬高1号地价,让嘉林做了冤大头!"

对于承诚来说,顺和与祥泰的合作就是勾结的证明。两个地块相邻,嘉林地价高出他们近2亿!嘉林之所以被算计,还是被他们摸准了承树生的心理。

高祥泰正惬意地喝着茶水,心里打着如意算盘:"高地价必然推高房价,由嘉林这个邻居在隔壁撑着高房价,我就轻松多了!"

第十三章　职场对决

一

项目多，人才需求加大。嘉林上半年拿了不少新地块，在秋季组织了一次集团性规模的竞聘会。嘉林各项目公司的优秀职业经理人汇聚在上海，参加竞聘，时间持续一周，分专业分批次地进行。竞聘现场，一群高管与集团人力总监聚在高大上的办公室。文秀在演讲的过程中语塞，评委们面面相觑，承诚的脸色非常难看……

文秀的胸口喘不过气来，她从梦中惊醒，发现额头湿漉漉的满是汗。昨夜，承诚的鼓励响在她的耳边："职场一般经历潜龙在渊、飞龙在天两个阶段，你是时候搏一下了！相信自己，抓住机会！"在职场这么多年，她第一次感受到如此巨大的压力和挑战。一年多来，文秀除了学习房产的专业知识，还把承诚推荐给她的书单上的书全看了，比如《韦尔奇管理学》《哈佛管理全集》《优势谈判》等。她认识到自己今后的职业道路还很长，要提升的空间也非常大。

……

文秀积极紧张地备战这场年中挑战，顺利地通过了书面考试，到集团进行宣讲与答辩。竞岗者先要做二十分钟的岗位认知演讲，然后随机抽取考题现场答辩。杨天磊和文秀同时竞聘央州1号地块项目营销总监的岗位,两人一决高下的时刻到了。

杨天磊志在必得,他在公司三年,取得了不错的业绩,工作一直得到领导的认可,如今一个不知天高地厚的黄毛丫头,只做了一年他的助手,竟敢与他争锋!文秀知道经过杨二宝的事情,杨天磊基本容不下她了,团队里的人际关系早已形成固化的势力圈,与其委屈度日,不如破釜沉舟,背水一战。

按照抓阄顺序,杨天磊先进行演讲。文秀避开现场,紧张地在洗手间深呼吸,用冷水拍打着脸,稳定情绪。她认定杨天磊的思路还是老套路的管理思维,比如固化团队角色,强势的奖惩管理特色等。她只有以创新的思路与杨天磊对决,才能令评委们耳目一新。她看了一下腕表,时间差不多了,于是回到竞聘现场,承诚投向她的微笑,就是她自信的火种。

杨天磊演讲完毕,评委们进行打分。接着人力总监从题库里随机抽取答辩题:"如果下属不服你的管理,你将怎样处理?"

"要么我走,要么他走,一个团队只能有一个声音!"

"杨经理还有补充吗?"

"没有,回答完毕。"杨天磊果断地坐回座位。

"接下来欢迎文秀做演讲!"人力总监微笑着率先鼓掌。

杨天磊不屑地瞥了文秀一眼。文秀把深情的目光投向承诚,展开了她别开生面的演讲。"营销总监角色定位举足轻重,是区域或项目总的重要臂膀之一,是项目营销第一责任人,是营销任务的主要责任者。是项目立项时市场、产品研究的协同参与者,营销团队的组建者,营销目标的制订及组织实施者,营销部门专业及流程制度的制订者,公司企业文化的传承者,优秀团队氛围的营造者,营销费用的把控者。"文秀高度提炼了岗位的职责,简短清晰地阐述她的管理新思路,"公司都希望财务、工程、成本、人员稳定,对营销部门一向要求业绩末位淘汰制,以保证团队的新鲜活力。我认为营销部的管理重点应该是建设团队士气,尤其是团结的士气。遇到宏观调控市场低迷时,激发每一位营销人员成为一名坚强的战士最为重要,高奖低罚,在原有的绩效考核体系里创新一套共赢的绩效考核体制,让销售战士之间相互补台,而不再争抢客户。另外提升客户服务是促进销售和客户对公司忠诚度的根本,需要在原有的绩效考核体系里增加一项客户服务奖项。最后,每周展开客户服务与销售方面的演讲比赛,项目总和全体营销人员参与进行评优和奖励,既能相互分享成果,又能激励士气……"

"太棒了,我们就是需要时时创新,不仅营销部,其他部门也都要有这种创新管理意识,公司才能进步。"人力总监茅塞顿开似的,接着点开大屏幕,宣布答辩题,"请结合自身项目,提出产品及工作的合理化建议。"

随机答辩题文秀并没有准备过,她想应该实事求是。大部分人的眼光聚焦于她的身上,使她感到压力顿增。门"吱"的一声开了,承树生走进来,他环顾了一下四周,所有评委起立,异口同声道:"董事长好!"

承树生出院后,除了对拍地和产品定位等重大事情进行决策外,很少出席这样的场合,一般都由秘书代办。他拒绝做心脏搭桥手术,想起医生要在他身上动刀子,他精神上无法接受,出院后坚持以药养着,改善饮食,一直也没有复发。今天他身体状态好些了,来到公司,秘书告诉他大会议室正举行集团性规模的竞岗比赛,他就过来看看。他用手示意大家落座,对文秀说:"继续,接着说下去。"

文秀看了一下承诚,得到他的点头示意后说:"我们产品的标准化体系是在南方市场中形成的,有些对于北方的住房消费者来说不是很合理。比如南方城市干净,南北双阳台都是可以不封的。北方风沙大,很多南北阳台都是封的。建筑设计师要保持外立面的美观,拒绝封阳台,怡园交付后,业主自行封阳台,给物业管理造成很大麻烦,因此建议在我们的新项目里,建筑设计按照封阳台立面设计。另外,我们的主力户型同样也是受建筑设计美观度的制约,牺牲了一个卫生间成为暗卫,本土的房子主力户型双卫都是全明的。我们的优势是品牌好、整体景观优越、产品整体细节与物业服务好,但是户型设计有缺憾。希望公司能够对户型加以改进,不要固化产品体系标准。"

"公司需要这种真实的声音。"承树生对执行总裁强调,"小姑娘在一线,反映的都是客户的实际问题,你们要重视一下!怡园项目谁负责的?当初没有做市场研究吗?"

项目总陈珂恭敬地站起来承认错误:"报告董事长,这个当初做过市场调研,但是产品中心部门的意见是:如果封阳台就把房子室内与室外的景观视野链接面做了隔断。另外卫生间如果做全明户型需要调整整个产品的立面结构,而我们的各个产品体系已经形成了特定的标准体系。"

"你这样说,我们永无尊重市场进行创新的可能,产品中心的负责人免掉,换人来做。"承树生有些生气,表情严肃,示意文秀继续说下去。陈珂正瞪着她,承诚也对她摇摇头,她赶紧说:"没有了。"

"我们总要对真相负责,每到年终述职,一个个项目总的述职报告做得都很漂亮,照片漂亮,数据也漂亮,希望这些不是虚假繁荣。我们在产品上有自己的坚持,比如坚持不降成本来保证品质,但是当地市场最基本的居住习惯是应该尊重的。什么是好房子?消费者喜欢的房子才是好房子。总之,我们希望业主住进来,能看到他们更多的满意与微笑。"

陈珂连声说是。

"这个小丫头,现在是什么职位?"承树生问。

"营销部的经理助理,竞岗营销总监职位。"陈珂说。

"既然是陈总项目上的,我投她一票可以吗?"承树生说。

"我和董事长意见一致,也投文秀一票。文秀很优秀,也很有潜质,她的建议都是在工作中用心总结出来的。"

承树生听了陈珂一番顺从恭维的话后,对会场说:"你们继续吧。"

承树生走出竞聘会现场,人力总监宣布本轮竞聘工作结束,通知下一场竞聘时间和参加人员的名单。人们逐渐离开会场。

承诚走近文秀,抱着双臂,得意地祝贺文秀:"恭贺文总荣升!"

杨天磊此刻消失得无影无踪。

二

文秀旗开得胜,留在了上海接受管理内训。总经理陈珂留意到杨天磊已经丧失了工作积极性,除了每天按部就班打考勤卡之外,工作也不再向他汇报。管理的事儿令陈珂头疼,前期突破、财务融资、工程进度、销售回款,每个环节都不敢疏忽,下属不顶事儿,他就得亲力亲为。

陈珂把杨天磊叫到自己的办公室谈心,两个男人一会儿就把整个屋子弄得烟雾缭绕。"天磊,做男人得大气点儿!文秀的汇报的确比你做得用心。"陈珂看杨天磊依然耷拉着脑袋,毫无斗志,于是转了话锋,"不开心的话,我陪你喝两杯,你说个时间。"

"大气解决不了问题,我挺傻的,就没有想到承诚早就有意栽培文秀。"杨天磊丧气地说,"一个优秀的演讲就把我三年的苦劳和成绩比下去了,那今后公司都用心做汇报算了,不要工作了。"

"工作还要做下去,别让我失望,要像个男人!"陈珂拍拍杨天磊的肩膀。

"我的下属变成了我的上级,以前关系也不是很和睦,陈总,你要是我,该怎么做?"

陈珂答不上话来,当初团队都是杨天磊一手组建的,如果不是付出这么多,对团队还有感情,按照他的性格,肯定辞职了。如果辞职,又显得他格局太小,名声也不好,的确是骑虎难下。

文秀内训一回来,陈珂便把她叫到办公室,借势教训了几句:"你是央州公司的骄傲,不过当了领导以后就跟员工不一样了,在各个场合用词都要谨言慎行,否则会影响到同事的前途和命运。"

文秀红了脸,她明白陈珂的意思:因为她董事长罢免了产品中心的一位高管。几天来她的心情都非常抑郁。

竞聘会结束后,承诚到央州参加月度会议。他想给央州公司带来一个好消息:集团为了扩大规模,允许城市多项目发展,发展到三个项目,就可以成立城市区域公司。承诚也因此需要在央州多待上几天,与陈珂商议人才梯队建设的事,杨天磊与文秀的矛盾他打算亲自处理。

月度会议当天,杨天磊缺席,向公司递交了辞职报告。他带着两个部门员工去KTV买醉,借酒消愁。汪凯和李笑楠两个下属你一句我一句地为他打抱不平。

"杨经理,文秀论经验与资历都不如你,这几年的业绩都是您带团队的功劳。难道她凭一张嘴,做个演讲就升上去了?真是史无前例!"汪凯不服地说。

"不知道领导怎么想的!你们注意过吗?承诚看文秀的眼光似乎不太一样。"李笑楠附和着。

"不可能,承诚怎么会看上她!门不当户不对。听集团的人说,承总有女朋友了,也是个富二代。"汪凯头摇得像拨浪鼓。

"也是,不过我觉得他们的关系超越了正常的同事。"

"不要讲了,是哥们儿就痛快地喝酒。"杨天磊不开心地说。

天磊感到颜面扫地,无法在公司立足,他摔了酒瓶子,疯狂地嚷着刘德华《男人哭吧哭吧不是罪》这首歌,拼命地喝着啤酒,告诉汪凯和李笑楠,自己晚上就睡在KTV了。过了凌晨,汪凯给天磊的妻子小艾汇报了杨天磊的地点,和李笑楠分别回了家。小艾急匆匆地带着三岁的孩子赶来,强行把天磊拉出了包间。两人在KTV的门口厮打起来,争吵声吓哭了孩子。

天磊被小艾拖出来,倒在门口的台阶上,小艾抱着无助的孩子查找他手机上的通讯录,恰巧拨通了承诚的手机:"是承总吗?天磊不知道是受什么刺激了,在酒吧醉得一塌糊涂,我接他回家,他对我又打又骂,我都不知道怎么办了!"

承诚意识到问题的严重,在电话里镇定地说:"你把地址发给我,我现在就过去。"

承诚到酒吧门口拉起醉卧在台阶的天磊。"你连老婆都打,还是男人吗?看看你的出息,快跟小艾回家!"

天磊睁开眼睛,摇摆着身体,醉醺醺地一巴掌掴在小艾脸上:"你干吗叫承总过来!真是给我找麻烦!"

小艾捂着脸伤心地咆哮:"杨天磊,我跟你离婚!"

孩子发出一阵又一阵歇斯底里的哭声。

天磊醉得不省人事,承诚叫司机刘勋安顿他在酒店睡下,亲自把小艾和孩子送回家。

"我在家独自带孩子不上班,老公从来都是以工作为重,每天回来都很晚,因为这个我们两个经常吵架。"小艾哭哭啼啼。

"男人有不得已的苦衷,挣钱养家不容易,天磊在公司还是很有前途的,这次难过是因为竞岗失利,希望你能够包容和谅解他,明天睡一觉就好了。回去夫妻之间好好沟通,化解矛盾,和睦相处才好。"承诚劝慰着小艾,目送她抱着孩子上楼关灯后,他才放心返回。

承诚怨自己处理问题不及时,没早一点跟杨天磊沟通。等杨天磊清醒后,他邀请文秀和天磊一起吃浙江菜,并不提天磊辞职的事情,仿佛不知情似的。

"你们平日也都挺辛苦的,我也是太忙,没照顾好你们,今天表达一下谢意,也表达一下歉意。"承诚先自饮了一杯。

天磊不知道领导葫芦里卖的什么药,举起杯,寒暄地说:"领导谦虚了!"

"平日我们是上下级关系,工作之外,我们是朋友。今天就是请你们吃吃家常菜。"承诚指着桌上的清蒸刀鱼说,"这是朋友送的鱼,千岛湖的,刚空运过来,你们两个一起尝尝。"

他旋转着餐桌把鱼头的位置对着文秀与天磊之间,不偏不倚。这个细节令天磊的心里倍感安慰,这说明自己在承诚的心里还是有分量和地位的。

承诚知道天磊要的是晋升空间,文秀要的是成长。他认为,文秀有潜质,但在此刻,他必须留住杨天磊,公司需要人才储备。他边吃边说:"这人啊,遇到好的机遇是不容易的。文秀,努力和勤奋是你的优点,但是勤奋和优秀的人很多,机会是你的,能不能坐稳靠你自己。天磊虽然这次没有如愿,但是论经验,是你的老师。如果没有他的辅导,你现在也不会这么出色。"

文秀顺势起身给杨天磊添酒,敬他一杯。

"天磊,你以前是公司的左膀右臂,以后也是。央州要成立城市公司多项目发展,还要继续拿新地块的。我们老是拍地王成本也太高了,这几日陈珂总正跟本地的一家开发商洽谈,对方想跟我们合作开发,谈成的概率还是比较大的。怡园这支队伍你带得不错,今后相信会替公司分担更多。新项目需要人才,你和文秀将来各负责一个。不想做将军的士兵不是好士兵,有目标是对的,有的路是笔直的,有的路是弯的,努力团结的人终会到达终点的。来,这道菜你尝尝!"

承诚把蜜汁莲藕转到杨天磊的跟前。他在给杨天磊传递晋升的信号。杨天磊自然能领会这层意思,心里像点起了蜡烛,瞬间照亮了黑暗,他主动请缨说:"多谢领导的认可,新项目的产品定位报告我带头做。"

承诚松了一口气,私下命人资经理对杨天磊劝留,给足了他面子和台阶,天磊也顺水推舟地收回了辞呈。

管理是需要较高的情商的,此举避免了骨干的流失和团队的动荡,文秀对承诚的管理智慧佩服得五体投地。承诚鼓励她:"每上升一个台阶,都是一次蜕变的过程,这个过程其实是很痛苦的,只有成功的那一刻是喜悦的。我让人资了解过,你在部门的时间短,但你的工作态度与人缘还是不错的,虽然现在还不能服众,但他们还不至于造反。你放低姿态,尽最大可能让天磊支持你,以最短的时间把思路系统性提升上去。"

文秀感激地抱着承诚:"你对我太好了!"

承诚拍了一下她的后脑勺:"傻瓜,我们是战友,我要去忙了。"

第十四章　阴谋不如亮剑

一

自从湖心岛地块得手之后,高祥泰感到眼前一片曙光,没事儿了就跟几个大客户在自己的会所里搓麻将。他经常一边叼着烟卷一边抱怨:"真后悔把祥泰花园卖得那么快了,其他开发商都捂盘了,晚一个月卖就多赚几百万,你说我冤不冤?"

"哈哈,你应该做精品,湖心岛项目一定给弟兄几个每人留一套。"一个光头牌友建议他。

"那是自然。"高祥泰搓着麻将牌得意地说,"趁着经济形势大好,应该做点体面的事情。全国一流的企业我做不过,至少要做本土一流,我也是个有追求的人。"

高祥泰知道要跻身一线名流圈,文化标签是不可少的。一大清早,他就把骨干召集起来,兴奋地传达指令。

"综管部把我的办公室重新布置一下,老板椅的后墙上挂副名画,要有气势,再给我弄套书法桌,摆上文房四宝,没事我也练练字。人资部找几家好的猎头公司,我们要跟他们合作,引进些做过精品项目的人才,最好从嘉林公司里挖过来,我们亲自做这种事不体面,交给猎头公司做,凡嘉林的员工到我们祥泰公司来,工资翻倍。"

"营销部给我搞清楚嘉林新地块的产品定位,我们要跟它差异化定位!"高祥泰膨胀地说,"财务部以公司名义去购置几辆最新款的保时捷,我要送给远一点的亲戚,也享受一下被崇拜的感觉!"无论怎么包装自己,高祥泰一开口就暴露了自身教养。

一番"沙场秋点兵"后,高祥泰即刻动身,亲自带队去观摩、学习嘉林地产在全国的知名项目。他们到南京时,正值春季,嘉林的中式别墅区里,墨灰色的屋顶与淡雅的白墙和谐相映,屋顶的青瓦有层次地排布,加上屋角上挑的飞檐,并没有那种古老建筑的沧桑与陈旧,更显得清新又稳重。蜿蜒的景观之路显得曲径通幽,凉亭楼阁前的池水中锦鲤摆尾,生动宜人。高祥泰若有所思地停下来,指着屋顶的挑檐问自己的工程部经理:"我给你涨三倍的工资,能不能造出这么漂亮的房子?"

"现在还不能,我们……我们也想提高。"工程部经理低下头结结巴巴地说。

"不争气的东西!你只配拿低工资。"高祥泰拉下了脸,"专业素质跟人家差距这么大,回去赶紧制订学习计划。"

"是。"工程部经理唯唯诺诺地说。

"美伊,尽快组织个有奖征集活动,给咱湖心岛项目取个好名字,动员公司全员参与,创意被采用者,发奖金一万,我亲自给他颁奖。"高祥泰急迫地说。

"不如叫祥泰花园2号,您不是说'祥泰'这两个字吉祥吗?"美伊掩嘴笑道。

"你给我正经点儿,这个是高端楼盘,另当别论!名字要向高大上看齐,听起来有文化、有品位!"

公司上下沸腾起来,员工将百度、搜狗点击了无数遍,还有的抱着字典翻来翻去地查阅。在项目名征集大会上,高祥泰把员工提交上来的案名一个个排除，不禁叹气："真是又俗又酸又小气，一看这些名字就知道是网上摘抄的，没有一点创意。"

最终高祥泰还是定了自己的创意——"祥泰公馆"。员工心里发笑，不敢流露出来。

"公馆这个词是高端的、大气的、上档次的，祥泰公馆与祥泰花园一脉相承，又有所区分。看来这个公司里还是我最有品位。"高祥泰自恋地说。

"那一万奖金，怎么发？"财务经理站了起来。

高祥泰摸着头，为难地说："也是啊，总不能我给自己发奖金吧！"

"高董，大家都努力去想了，不如留给大家搞团建活动吧！"美伊提议。

"也好！营销部赶紧让广告公司设计标志，想好广告语，在市中心找一块位置最好的户外大牌，还有报纸广告的封底也赶紧给我谈下来，一切抢在嘉林公司的前面。"

二

承诚为新地块命名"颂园"，他希望将产品做成被人颂扬的经典之作。怡园交付后，嘉林赢得了市场的良好口碑，也成就了一支优秀的团队。陈珂每天跑土地局、规划局、建设局这些单位，为的是尽快让颂园的开发建设良性运转起来。文秀协助陈珂组织召开颂园的规划设计评审，承诚从南京乘飞机到央州参会。

会后，承诚见天气晴朗，叫上文秀围绕湖心岛转了两圈，将车停在岸边，垂柳已吐出绿芽，临近的写字楼还在如火如荼地建设，塔吊慢慢升起。

"不出五年，这里将是央州新的中心。"承诚意气风发地说。

"颂园的地价比祥泰公司的高，也就意味着颂园的售价起点也高,祥泰的合作伙伴荣兴又是二手房中介出身,营销比较强势。"文秀忧虑地说。

"那又怎样?"承诚笑着看着文秀。

"你还不知道呢!媒体的朋友跟我透风说,祥泰处处要占上风,在主流纸媒上已经预定了一年的封底广告版面,户外也拿下了商场周围最抢眼的广告位。他们还请来了澳大利亚的规划设计团队,要做国际范儿的产品。也就是处处要把我们的颂园比下去。"

"不要紧。他们是纸老虎的做法,正因为心虚,才要在面子和声势上处处占上风。我们只需要把产品做到极致,提前把样板体验区做到让客户震撼的效果,实景决高下!"承诚自信地戴上墨镜,驱车带文秀回了公司。

祥泰公馆与嘉林·颂园两个项目几乎同时建好售楼部,谁也不想慢半拍。高祥泰把办公室搬到了销售中心的二楼,亲自坐镇。他溜达着观察了颂园销售部,发现看房的人络绎不绝。一回到办公室,他就叫来钱美伊问:"你看过对面没?"

"看过。"

"他们每日看房客户的数量如何?"

"跟我们差不多。"

"妈的!我们打了那么多广告,还做了道路导视,他们闷声不响的,客户居然跟我们一样多。咋回事?"

"这个事儿开始我也不明白。文秀跟我说,两个项目相隔不远,他们在楼体上高高挂起条幅,来我们这里看房的人自然会发现对面也有一个新楼盘,就会到那里去看。"

"你的意思是我们花了那么大的力气,给嘉林做了嫁衣?"

"是这样的。"

"他们就那么低调?"

"也不是,文秀说他们要造样板体验区。还说了,我们干不过他们!"

"这个忘恩负义的小文!好赖也在咱这里待过,你问问她愿不愿意回来,我给她发双倍的工资。"

"难,文秀已经是营销总监了。她回来,我干什么?"

"我提拔你做副总经理呀!"

"那也难!"

"那你就挖她手底下的销冠、主管……"

高祥泰没好气地说。

三

猎头疯狂地给颂园的员工打电话挖人,文秀自己也接到了电话,她生了一肚子气,认为美伊做得太过分。恰好承诚到了销售部,文秀与他商议:"对面儿的用高薪大规模挖我们的人,要破坏我们的团队士气。"

"你认为下属都会叛离吗?"承诚反问她。

"杨天磊不好说。"

"天磊交给我,他是下一个新项目营销总监的不二人选。其他人呢?"

"其他人追求的职业发展是长线。我今天晚会上向团队释放一个消息,开盘后论功行赏,目前这个项目的主管、副经理岗位空缺着,根据业绩进行提拔,让大家有个目标。"

"嗯。有长进!"

接着,承诚与陈珂到现场查看样板体验区了。推开售楼部与园区连接的大门,建筑局部已经挂上高档石材,景观疏密有致、高低错落。

"经过一春的生长,夏天就可以在体验区做客户活动了。"承诚说。

"祥泰公馆的体验区我也看过,就是高档材料的堆砌,工艺工法比较粗糙,在产品上,我们占足够的优势。"陈珂自信地说。

"陈总辛苦！等客户积累得差不多了,放在金九银十开盘,再来一次热销,轰动全城,年底大家多发奖金！"承诚信心满满地拍了拍陈珂的肩膀。

"谢谢承总！大家一起努力。"陈珂开心地说。

"文秀怎么样?"

"有潜质！"陈珂顺水推舟地说。

承诚呵呵笑了一下,说:"那就多锻炼她,让她成为你的臂膀。"

颂园的样板区里,每天下午五点琴筝响起,开启休闲活动雅集,女客户们在美丽的景致里自拍。高祥泰坐不住了,自己的样板区工期滞后,留不住客户。陈海域对此非常重视,召集会议提议用明星效应,请知名女明星过来,搞一次全城轰动的活动。

"不行不行,大牌女明星出场费得几百万。我们轰动了,客户还会到颂园去看,不又给嘉林做嫁衣了！美伊去找个电视台的美女主持,来做咱祥泰公馆的形象代言人,拍一组样板间的写真,做做广告看看效果,这是美女效应。"高祥泰否了陈海域的方案。

活动公司向美伊推荐了央州电视台汽车栏目的美女主持,名叫高欢欢。高欢欢高挑丰满,时尚漂亮,不少当地人都很追捧她。她业余时间也经常出席一些企业活动,挣些外快。高祥泰一听高欢欢愿意来拍摄,心里乐开了花,他自己也是高欢欢的粉丝。

几天的拍摄后,推广公司把高欢欢在样板间拍的照片洗出来给高祥泰审定。

"拍我都比她好看,她不就是有点名气吗！"美伊看着照片撇着嘴巴。

"你看看你吧,什么本事,连颂园的一个销售员都给我挖不来！"

"挖挖挖,我又不是老鼠,不会挖墙脚！"

"你到底跟不跟我一条心呢?"

"我看你被高欢欢迷得鬼迷心窍了!"美伊醋意大发。

"出去!"高祥泰把美伊赶出了办公室。

高祥泰慎重地开了一个小型会议,将高欢欢的照片在幻灯片上一张一张地播放。

"今天征询大家的意见,一定要各抒己见。"高祥泰说。

部分善于迎合老板的员工说高祥泰眼光好。一位耿直的员工说了真话:"高欢欢是挺漂亮的,但是气质形象过于性感,在样板间的浴室里泡澡的那些照片根本不像房间的女主人,倒像被包养的二奶,降低了祥泰公馆的品位。"

高祥泰只得推翻重新拍摄。他的确迷上了高欢欢,他给美伊报了一个进修班,打发她到外地学习几天。高祥泰接着请高欢欢吃饭,饭后塞给她两万块钱随手礼,让她买些饰品。高欢欢坦然地接了钱,说了声"谢谢!"给高祥泰一个飞吻,大摇大摆地走出饭店。高祥泰连连摇头,心想,这女人胃口大,还是从长计议吧!

四

祥泰公馆折腾半个月,美女广告也没什么效果。颂园传来于2011年9月10日首次开盘的消息。高祥泰又生生出损主意,让美伊搞到颂园的客户电话。

"反正我们的地价和成本都比他们低。他们开的价格越高越好,我们就捡漏儿。不是有很多客户迷恋他们的房子吗?在颂园开盘前,给他们的客户打电话,说我们售价一平方米比他们低1000块,让客户都来我们这儿买。"

美伊观察了很久,汪凯对文秀有点意见,又最不得志,最适合当叛徒。美伊很快用钱俘虏了汪凯,得到了颂园的客户联系方式。就在颂园开盘前三天,美伊命销售员每天到颂园销售部门口500米之外的位置,轮流拦截看房客户。很多客户收到了祥泰公馆的电话,部分倒戈,打算放弃到颂园选房。

"美伊,能不能让高祥泰光明正大地过招!"文秀实在忍不下去,打电话给美伊。

"文秀,这个我也做不了主。"

文秀放下电话,召开紧急会议,把部门人员集中起来。

"祥泰公司第一次做高端住宅,是想跟我们争销售率。目前看来大家手中的意向客户量也不少,但我们的目标是开盘即清盘。客户购房就两类用途,自住和投资。对自住的客户,我们就讲品质讲服务,从大的规划理念到产品营造的细节,足足有 100 项,多邀请他们来,我们慢慢讲给客户听。对于投资的客户,我们拉出来一项清单,把以往交付楼盘的升值率列出来,用数据证明嘉林的房子在同区域、同路段里的升值潜力是最高的。"文秀给大家打气。

"我们能不能跟客户说说祥泰公馆的缺点?"李笑楠问。

"说同行竞品项目的坏话拉低了我们的形象,不过他们如此过分,我们也得给他们点颜色看看。"文秀说,"我手中有祥泰花园十几起投诉案件,不是电梯坏了,就是房子渗水。李笑楠,你负责整理这些投诉清单。多复印几份,送给他们。"

"我送?他们不会吃了我吧?"李笑楠为难地说。

"那汪凯送。"文秀转向汪凯。

"我?不合适,不合适!我就是一小兵,他们也不会重视这个事。"汪凯推托说。

"你不是跟对面那个钱美伊走得挺近的,你还不合适?"李笑楠冷笑了一下说,"反正我觉得咱部门里有叛徒,要不然祥泰公馆的人怎么知道我客户的电话,我总共有 8 个客户接到了他们的电话,难道是巧合?"

"李笑楠,你可不能乱说啊!"汪凯有些急了。

"我又没说是你!"

"好了,好了,别吵了！还没开始打仗,内部先乱阵脚。也没有什么可畏惧的,等现房实景出来,品质和服务才是制胜的王道。但是现在必须制止祥泰公司这种无耻的行为。"

"大家不要乱阵脚,邪不压正,李笑楠等下把祥泰花园的投诉事件理成清单,我明天去会会钱美伊,其他人先散会吧。"承诚镇定地走进会议室说。

"承总,您怎么来了?"李笑楠惊讶地问。

"新项目开盘是大事,我自然很重视。"他在会议室门口已经听了多时。

第二天早上,承诚独自去了祥泰公馆销售接待大厅。出了这事儿,他也很闹心,前脚迈进销售部,就看到钱美伊在洽谈区给销售员开早会。

美伊客气地亲自迎上去:"承总这是来看房子吗？您可是今天来的第一个客户,我亲自给您讲解。"

"不用,我说几句话就走。"承诚在洽谈区坐了下来,故意将祥泰花园的投诉清单放在桌上。

美伊热情地把水沏上,发现文件醒目的标题,惊讶地问:"您是从哪里弄到的祥泰花园的投诉案例?"

"钱美伊,请转告你们高董事长,上次土拍你们违规,与陈海域合计起来算计嘉林,我都记下了。君子报仇十年不晚,别以为君子不会亮剑!"

话很快转到高祥泰的耳朵里。高祥泰站在窗前摸摸下巴对钱美伊说:"算了,不跟他们斗了!"

"你怕了?"钱美伊问。

"你懂什么！一旦被对手盯上,是一件很危险的事。你送几提上好的茶叶给嘉林,就说都是你下属做的蠢事,以后我们要在一个区域里共荣发展。"高祥泰狡猾地说。谁没有把柄呢？做过多少违规的事他自己最清楚。

颂园营销团队通宵达旦地开会，对客户一一梳理，耐心解释，大部分客户经过反复对比，还是选择了品牌好服务好的颂园，颂园开盘大获成功。承诚来电祝贺："恭喜你的销售团队超额完成开盘指标，集团营销中心奖励给你们3万元奖金。你打算怎么花？"

"当然论功行赏啊！李笑楠业绩出众，提升主管，剩下的奖金合理发给每一个人。不过需要拿出来一部分感谢工程部、财务部的同事，他们都很支持我。"

"嗯！又长进了！你现在是领导了，不能只会埋头做事情，要学会整合资源，帮助你的下属成长。"

文秀出口气："是！没让领导失望就好！"

五

2012年1月，嘉林集团总部迁至上海。承树生认为承诚这几年锻炼得不错，可以在他身边做事了，经董事会决议，承诚卸任集团营销首席执行官的职务，任职嘉林集团助理总裁。

承诚在年初的会议上，将央州的发展战略提上日程。"我跑了全国很多城市，央州的发展潜力最大，每年有大量人口流入，加上地铁开始兴建，将为房地产带来巨大的发展机遇，与其他同级省会城市相比，土地成本还不算高，应该重点发展。"他将重心倾斜央州，央州很快又落一子，地块儿位于央州主城区的北郊，命名"锦园"。新的项目突破，也等于打开了大家的晋升通道，央州公司所有人为之鼓舞。

"按照集团文件规定，央州已经发展了三个项目，于2012年5月18日正式成立央州城市区域公司。陈珂由项目总晋升为央州城市执行总，文秀晋升为颂园副总经理，杨天磊晋升为锦园副总经理，一起协助陈珂总全面工作。"承诚专程到央州宣布这项重大决议。

杨天磊是众人中最开心的了。去年,祥泰公司以双倍的薪水挖他,他纠结过,最终留恋大企业的光环,选择坚持下来。没想到这次连跳两级,他暗暗佩服承诚管理上的平衡之术。

承诚忙了事业,无暇顾及感情。朝朝暮暮,你侬我侬,这些美好的词对承诚来说是奢侈的。这次,章丽媛从百忙之中挑出时间专程来央州看望承诚。两个人的感情走向她需要一个结果。上次与章丽媛见面是半年前,这次相见,章丽媛的脸上多了几许愁容和憔悴。两人吃了晚饭,承诚带她回到央州的酒店。

"承诚,服装制造业竞争越来越大了,消费也低迷,人工与材料成本攀高,企业成长空间被日益压缩,父亲的管理模式在市场竞争中已显出疲态。我与爸爸做了深度交谈,如果不能尽快在经营方向上有所突破,前面的路将越来越窄。他终于同意我对内部管理进行改革,正式接手家族生意。我打算把权力放得更宽,把优秀的管理干部拉进董事会,走现代化企业管理的路子。"章丽媛的上半身躺在承诚的腿上,忧虑地说,"我没有时间逛街,没有时间看书学习,没有时间参加同学聚会……生意一年比一年难做,说不清是别人进步了,还是自己做得不够好。也只能在产品设计与拓宽销售渠道方面下功夫,但投入又不能太大,否则库存是个问题。"

"困难都会过去的。"承诚安慰她。

"可是厂子是爸爸半生的心血,在他有生之年,他希望事业能够持续发展,我要是做砸了,就是败家女。"

"其实我也担心嘉林,公司负债达到70%,如果销售受到影响,就会很危险。"

承诚说完抱起女友深吻,表达他强烈的思念与爱意。

"你想过吗?我们之间是否合适?"章丽媛推开了他。

"你觉得呢?"承诚反问她。

"服装事业是爸爸半生的心血，我想你我一起扛起来。爸爸说这是他选女婿的条件。我希望将来企业能上市，早晚会的！"

"你让我放弃我目前的企业责任吗？现在是房地产独兴，实体衰退，城市化进程是百年不遇的好机会，你不如缩减服装生产规模，把资金投资到房产上，或者做理财也比目前的收益好，还不用那么辛苦。或者你也可以找一个接班人接替你，谁都会老。"

"都在说房地产泡沫严重，房地产企业早晚也会面临危机的。服装行业是常青的，自古以来人都离不开穿衣对不对！只是现在是经济低潮，服装业早晚会好起来。"

"那我们两个的感情，你怎么想？"

"随缘吧！我不想争执！"章丽嫒的眼神飘摇不定。

承诚明白，他心中的白玫瑰对这种聚少离多的感情不太坚定，可他没有权力干预章丽嫒的家族事务，也没有权力让她放弃家族生意。都是独生子女，他理解章丽嫒。他希望章丽嫒也能理解自己。

接连三天，承诚一直疲于应酬。他顾不上开导闷闷不乐的女友，留章丽嫒一个人待在酒店。这个晚上，承诚应酬结束后，蹒跚地走出酒店，在一辆车旁呕吐起来。

"今天怎么这么贪多？"刘勋猫腰用手拍打承诚的背。

"对方的领导带了个女经理，特别会劝酒，我真的招架不住。陪这些人太浪费时间，我还有很多事情要做，但又没法得罪他们。"承诚记得，那个女经理与他抢着结账的时候，还亲了他的脖子。

"这样铁打的身体也不行啊，今后承总应酬也要带一名帮手。"

刘勋把承诚送回了住处，屋子里很整洁，床头灯亮着，章丽嫒坐在沙发上，看得出她已经经历了漫长的等待。

承诚刚进门，又忍不住掩着嘴到洗手间去吐。章丽嫒无动于衷，依然坐在床上，满脸气呼呼的。刘勋只好去冲刷狼藉的地面，接着把承诚扶到床上歇息，又把脸盆放在床下，对章丽嫒说："章小姐别生气,承总的工作很不容易,您理解一下。估计承总还会再吐,一会儿就麻烦您照顾他了。我先走了。明天早上公司还有个重要会议,您别忘了叫醒他。"

刘勋刚走,承诚又一阵狂吐。章丽媛赶紧端起脸盆凑在他的嘴上。章丽媛掩着鼻子,把污秽物倒进马桶冲掉。她顾不上承诚会受凉,打开所有窗子通风,掩着鼻子,用杂志不断地在脸旁扇风,以消散难闻的气味。

"丽媛,怎么还不睡,快躺下——"承诚醉醺醺地呼喊她的名字,拉她的手臂。

刹那间,承诚脖子上的口红印映入章丽媛的眼帘。章丽媛推开了承诚,她走向衣架,脸凑近承诚方才进屋时脱下的外套,还能闻到隐约的香水味儿。

"我们之间结束了。"章丽媛伤心、厌恶地说。

承诚没听清她在说什么,迷迷糊糊地睡着了。

章丽媛用纸巾擦干泪水,开始收拾行李。她这三天来终于思考清楚了她与承诚的关系,两人都要各自继承自己的家族事业,都不能做背后支持对方的那个人。她来了三天,承诚每天都酩酊大醉,她是不会放弃自己的父业,来俯身伺候一个醉酒、容易招蜂引蝶的男人的。眼前的承诚和她在咖啡厅,在游艇上见过的儒雅公子大相径庭。眼前的一切才是最真实的生活,以后的日子一定俗不可耐。况且,承诚也不可能放弃嘉林,不是她父亲心中理想的上门女婿。

章丽媛果断地收拾完衣物,将一枚镶着钻石的天鹅胸针留在桌上,这是承诚送给她的。她写了一张纸条压在胸针下面,理智地离开了。

六

到了后半夜,承诚胃里一阵疼痛,恶心难受,甚至手都在发抖。

他呼唤着章丽媛的名字,没人答应。他艰难地打开床头的台灯,看到了那枚胸针,发现了字条:"我们都不能够做背后支持对方的那个人,就祝福彼此有个好未来吧。安!"

他伤心地掉下了床,狼狈地找到手机。他第一时间想起了文秀,但一个女孩子半夜过来不太好,他就打电话给刘勋。刘勋这小子睡得死死的,没有接电话。承诚又拨了文秀的电话。

"送我到医院,我难受!"承诚说。

文秀紧张地穿好衣服,叫了陈珂,从不同的方向赶往承诚所在的酒店。章丽媛无影无踪,承诚蜷缩在地上,面色苍白,口唇微微发紫。陈珂迅速背上承诚,文秀叫辆出租车把承诚送到附近医院的急救中心。经过一系列的急救,医生拿出诊断结果说:"是酒精中毒,胃出血。幸亏送来的还算及时,如果呼吸麻痹就有生命危险了。"

经过洗胃、排酒精,承诚受了大罪。病情稳定后,陈珂还要处理事务先回公司了,文秀留下来照顾承诚。承诚挂上了点滴瓶,文秀按照医生的吩咐陪护,喂了他些流食。

"不影响你的工作吧?"承诚显得很虚弱。

"没事,等你病情稳定了,我再回去。"文秀说。

"如果有紧急的事,你就先回去,让刘勋过来。"

"人间除了生和死,还有什么比这更紧急的事?刘勋笨手笨脚的,也不会照顾人。"

"我又没残,刘勋给我交交费,买买饭,跑跑腿儿就可以了。昨天夜里打电话他没接,我还得批评他呢!幸亏你和陈珂,不然我就一命呜呼了。"

"章小姐呢?她走了吗?"

"她再也不会来了。"承诚失望地说,"我失恋了。"

"怎么会?你们郎才女貌,门当户对。"

"她心里最重要的人不是我。"承诚伤感地说。

"别难过,我也失恋过,时间最终都会抚平伤口的。"

"希望吧！她可是我一见钟情的人。但是两个好的人不一定有好的婚姻,也不一定有好的合作。"承诚敞开心靠说,"还是朋友好,每次我最困难的时候,总是有你。"

自从知道承诚有了章丽媛,文秀就把对承诚的感情压在心底,把他当作一位好领导来看待,逐渐终结了自己单相思的恋情。

"你是我的伯乐,我想好好工作回报你的知遇之恩。"文秀把承诚的手放进被子里。"你累了,先睡吧,刘勋来了我再走。"

承诚微笑着闭上了眼睛,今天的文秀显得特别温柔和贴心。他也纳闷,昨晚最难受的时候,他第一时间想起的是文秀,可是他一直刻意拒绝的就是这个一心为他的姑娘。

第十五章　虐恋

一

承诚回上海之前的晚上，约了文秀在湖心岛岸边散步。初夏的垂柳在风中摇曳，文秀穿着修长的连衣裙陪他走在河边。

"我就是想跟你说说话。还记得吗？在泰国的时候，我吻过你，在医院照顾你，也惹得你掉眼泪，后来把你带进嘉林公司，你是我的成果。"承诚想牵起她的手，又怕唐突，便把手插进衣服口袋继续散步。想起章丽媛，他就惆怅，章丽媛就像一朵白玫瑰，现在却变成了粘在他衣袖上的饭粒。

"谢谢你。我刚毕业的时候，也有一位老师，他叫高宇。他是一位出色的记者，我很内疚没有好好回报他。"文秀想起陈年往事，感慨万千。

承诚才意识到自己是喜欢文秀的，之前他拒绝文秀是那样直率，如今想表白却惶恐地不敢开口了。他兴致勃勃地邀请文秀到自己入住的酒店吃大餐。

巴洛克式大吊灯，精致讲究的镏金餐具，彬彬有礼的服务生。顶级法国鹅肝，酱香牛排拼盘，鳕鱼子沙拉，西式糕点，各种鲜榨果汁……文秀第一次吃这么昂贵的大餐,有些拘谨,东西也没吃多少。

"吃不习惯?"承诚问。

"不是!"文秀撒谎说,"怕胖!"

承诚"扑哧"一声笑了:"我以为女孩子都喜欢吃！其实我的爱好也不多,除了打打台球,就是喜欢收集 zippo 打火机,在澳洲上大学时,我收集了上千个打火机。现在工作忙了,爱好就变成了工作。"

"我喜欢看电影,上学时经常跟同学一起去吃路边摊,喝酒!"

"领教过了,那次在媒体颁奖晚宴见你时,就发现你的酒量不一般。喜欢喝 XO、伏特加吗？我送给你。"

"不用了,谢谢!"

"等下我要上去整理东西,房间太乱了。"

"那我帮你一起整理。"

……

饭后,文秀随他进了房间。她从沙发上拎起承诚早上换下来的一件衬衣,打算洗一下。

"不要用手洗了,"承诚拉了文秀的手说,"送干洗店吧。"

文秀尴尬地抽回了手。承诚爱整洁,哪怕是在冷天,也坚持每天换一件衬衣。她打开他的行李箱一看,里边还有前两天换下来的脏衣服。

"你也挺累的,休息吧。我明天帮你送洗衣店,洗好后给你寄到上海去。"文秀把衣服塞进盥洗袋里。承诚从背后用双臂抱紧了她的腰,嘴巴贴近她的耳朵小声说:"别再收拾了,你要不要洗个澡?"

"我——"文秀羞红了脸,慢慢挣开他。

"是不是我嘴巴有烟味儿?"承诚窘迫地用手掩住嘴巴。

"我想问你,你想好了吗?"文秀低下头。

"你放弃我了吗?"承诚低声反问她。

"自从你有了章小姐,我不敢再想了。"

"你先去洗个澡。"承诚轻轻抱抱文秀的肩膀说。

"好。"文秀钻进了淋浴间,再出来时,她裹着白色的浴巾,裸露出雪白的小腿和肩膀,湿漉漉的头发散发着甜美的香波味儿。她不敢看他,红着脸走向床边,把腿钻进松软的被套里,背靠着靠枕。

昏暗朦胧的灯光显得更加暧昧。承诚亲了一下她的额头,温柔地低声说:"等我!"

听到淋浴室哗啦的水声,文秀的心跳加速。她变得忐忑不安,她怕承诚是一时冲动没有想好,毕竟他们之间是上下级关系。她觉得他们之间会受到太多的阻力,她将会很受伤。一系列的思想斗争使她的理性占了上风。她穿上衣服,轻掩上门,怯懦地离开了。

承诚从浴室出来,不见了文秀的影子。

"文秀,你在哪里?和我躲猫猫吗?"

看看床底下,瞧瞧衣柜里,确定没人。他失落地走到阳台,狠狠地抽了两口烟。

"她一定把我当作随便的人了。"承诚想。

这一刻,承诚生出了要征服文秀的欲望。怎么追?他想想还是送礼物比较好。送什么呢?送戒指表白太早,送玩具太廉价,文秀不是还没有买车吗?干脆就实际一点儿,送她一辆车。

二

承诚没着急回上海,到 4S 店提了一辆宝马 X7 回来,把车钥匙交到文秀的手里。

"明天开上它送我到机场,车就停在公司租用的地下车位。早上九点我在酒店门口等你!"承诚神秘地说。

"遵命!"文秀诙谐地说。她兴奋地预感到自己和承诚的故事要开始了,她有些担心,却又无法控制自己。

文秀换了个形象,清汤挂面式的马尾换成了具有曲度的公主卷儿,白衬衣的领口上系着蓝白相间的千鸟格小方巾,下身是藏蓝色紧身裤。她早上迎着清风,走入地下车库,欢快地打开车门,发现仪表盘上有一个档案袋,打开取出来一看,车辆的相关手续里夹着一张发票,发票上赫然写着她的名字。

"提车、上临时牌照,没想到他两天时间就搞定了。"文秀既开心又不安,她还没有收过这么贵重的礼物。

承诚早在酒店门口等她,文秀摇下车窗,打开后备厢,承诚放好行李箱坐上副驾驶。

"你今天真漂亮!像日本动漫里的美少女!是不是专门为我改变的?"承诚展开撩妹攻势。

"我只是意识到了漂亮对女人的重要性。"

"车喜欢吗?"

"喜欢,不过我会退掉它,把钱还给你。"

"为什么?"

"男人让女孩喜欢,是来自他本身的吸引力,又不是靠送车追来的!"

"我以为我们相处了这么久,进一步交往是水到渠成。你不是有心机的女孩,更不会玩什么欲擒故纵的游戏,到底是什么原因让你害怕与我近一步交往?"

"我觉得你没有想好,可能我只是你生命中的过客。如果只是一场没有结果的分手恋,我们还不如做一对温暖的朋友。"

"明白了。"

到了机场,文秀帮承诚办理了托运。承诚在安检区排了长长的队,过了一会儿,他回过头去,文秀还在原地目送着他。他便向她挥挥手,她也向他挥挥手。承诚回忆文秀对他点点滴滴的付出,心里还是暖暖的。他到了等候区时,忍不住拨了她的电话:"文秀,你喜欢什么？下次回央州我带给你。"

"我只要你我之间坦诚相待。"文秀说。

"我们恋爱吧！不试试怎么会知道结果？"

"……"

"我是认真的。要登机了，我先挂了。"

巨大的幸福感和不安在文秀的心中博弈着。这么多年，她相信靠自己努力换来财富，自己才会踏实。遇到了承诚，到了嘉林之后，她才有了归属感。白天努力工作的她，到了晚上仍会害怕孤独。如今，自己期待已久的爱突然来临，她却不敢接受了。

夜里，她失眠了。辗转反侧之间，她的手机铃声刚响了一声便断了。

是承诚打来的。文秀回拨过去："为什么响一声就挂了？"

"我已经在上海了，我估计你晚上是睡不着的，因为你在矛盾，明明喜欢我，还不敢接受我。我打电话是因为想你，别再熬夜了。"承诚语气温柔起来，"我不是一个随便的男人，也不是一个轻易决定的男人，但决定后也不会轻易做改变。你相信我。"

"我……"

"我让刘勋找一处房子吧，我出差到央州的话就跟你住一起，你以后也不会多心了。我对你的感情与别的女人不同，是从朋友关系开始，越走越近的。寻找了这么久的爱人，没想到就在我身边。"

承诚挂完电话，又觉得自己很无耻，他刚与章丽媛分手，不给文秀心理准备时间，是过于霸道了。他自信文秀会成为他的女人，他只需要向她证明自己对这份感情是坚定的，她终会属于他。

三

承诚与文秀秘密恋爱了。刘勋之前做过承诚的贴身司机，除了他，没别人知道了。文秀决定接下来的日子加倍努力，做个精致的女人，配得上承诚。

无论是在工作方面还是生活方面，文秀对承诚都产生了无限的依赖。承诚每次出差来央州，她会向他撒娇，或者像个猫儿抓他几下，她想让他像孩子一样开心。承诚是个安静爱思考的年轻人，从小生长在良好的生活环境中，也是一个不太会照顾自己的孩子。两个人一起工作的时候，饿了就叫附近的酒店来送餐，文秀随着承诚的饮食习惯慢慢喜欢上了吃海鲜。他们的二人世界里，充满奋斗的激情，却没有一点儿烟火味儿。

嘉林集团在二线城市又相继竞拍了两块土地，承树生要求各个城市总参加这两个项目的产品定位会，作为智囊团群策群力提出规划设计建议。

"每个城市竞拍都有央企竞争，其实好的城市中心没有多少好的土地储备了。"承诚说着翻开衣橱，他想到的能够穿出去的衣服几乎找不到了。两个衣橱全装满了文秀的衣服。他瞪眼看文秀的一刹那，文秀快速低下头，脸一下子红了。

"你呀，生活中一团糟，你的衣服能不能叠得整齐一点，给我留些空间？衣柜不够了，就再买一个。"承诚说。

文秀也是被父母宠大的，还真的不知道怎么去照顾男人。她自知理亏。承诚订了次日最早的一班航班，凌晨五点，刘勋已经在楼下等他了。

"我们会越来越好的。你能不能别像苦行僧一样，都没见你笑过。"文秀依恋地抱着他送别。

"你呀，还像个孩子，将来会不会跟自己的孩子争糖吃？"承诚叹了口气。

承诚向文秀说了声"再见"，车很快消失在宽阔的马路上。文秀失落极了，她不明白承诚想要自己成为什么样子的女人。她那么努力地跟上他的节拍，做一个合格的女朋友，他还是不满意。

几天后，承诚回到央州。他心事重重地走到阳台，推开窗子，坐在躺椅上抽烟，紧皱着眉头，烟一根接着一根，抽得很凶。集团负债率已经高达70%，偏执的父亲还在不停地扩张，他隐隐约约地感到危机，却又拿不出合适的理由去说服承树生。文秀没有觉察他焦虑的情绪，坐在他的大腿上，夺了他的烟，刚要用手臂勾上他的脖子，承诚烦躁地推开她："你应该学习一下怎么做个女人！"

"我不是女人吗？"文秀一头雾水。

"女人是有内涵的。"

"我既然不像女人，又没有内涵，你为什么跟我在一起？"文秀崩溃了。

"我就知道，你不爱听，不让说你的缺点。"

"都说情侣之间要包容，我从未指责过你，你说话却这么伤人！"文秀倚在门上默默垂泪。

"女人应该稳重，不光只会傻干、撒娇，还要把家收拾的有条理，你看柜子里的衣服这么乱。我说过几次了，你能不能别跟我的混在一起放，把自己一年四季的衣服分类整理好。"

"我哪有时间啊！我很忙的。"文秀搪塞说。

"犟嘴！"承诚沉默了一下转了话题，问，"颂园的销售进展怎么样了？"

"你想恶语侮辱我时就侮辱，想跟我说话就说话，太过分了！"文秀气呼呼地披上外套，开了门负气跑出去了。她的自尊荡然无存，她铁了心，只要承诚不打电话，不追她出来，就永远不回去。

出走不是文秀的本意，刚才情急之下，她忘了披上厚衣服，单元口的寒风呼呼地叫着，她只好躲在单元口的里边蹲下来，继续默默垂泪。她希望承诚不再挑剔她，不是说爱一个人就会爱对方的全部吗？他爱自己吗？她越想越伤心，五分钟之内她挂掉了承诚两个电话。第三次手机铃响时，她手指按了接通键，将手机放在左耳边，以为承诚会向她叫上一声"宝贝"再道歉,结果他还是继续责怪她:"文秀,我们都不是小孩子了,这样闹,你觉得有意思吗?快回来!"

"不回来!"她铁了心。

"你在哪里?告诉我。"

他的关心让她的心软下来,语气有所缓和。"在楼下。"

随着皮鞋踩踏的声音,承诚用手电照亮了她。他瞪着发抖的文秀问:"冷不冷?"

"冻死我算了!"

承诚没有说话,把文秀从冰凉的地上拉起来,不由分说地拦腰一举,将她驮上肩头,进了电梯。文秀挥起拳头狠狠地砸在他肩上,承诚一进门便把她撂在沙发上,继续责怪:"懂得关心男人的女人才叫女人。我没有侮辱你的意思,只是说你心性还不够成熟。我很累,睡吧。"

这是他们的第一次争吵。文秀生气极了:"你的要求太高了,我感到很累呀!"

承诚躺上床,闭上眼睛疲倦地说:"别闹了,快上来睡吧。"过了一会儿,他像是睡着了,传出轻微的鼾声,呼吸均匀。文秀认为自己报复的机会终于来了,指着他的脸抱怨:"你说我的衣服和你的衣服混在一起,可是你知道吗?你的工作和生活是混在一起的,可以说是没有生活的。每天都是为了事业目标活着,可是事业是人的全部幸福吗?"

承诚翻过身,嘟哝一句:"男人和女人要的不一样。"

看到承诚装睡,文秀气急败坏地推开他,背对着他躺下。

四

半年时间里,文秀目睹承诚由温文尔雅的性格变成了火爆脾气,她小心地跟他说话,生怕引爆他的火气。承诚由于工作繁忙,越来越忽视跟她的沟通,直到忽视了她整个心灵,以至于她的心在流浪和漂泊,甚至她病了,他也没陪过她去看医生。承诚把事业放到了人生第一位,他需要文秀从感情到事业各个方面的成熟辅助,文秀的小女人心智总是难以跟上他的步伐,这令他非常苦恼。

　　春节前夕,承诚又回了一次央州。文秀在租住的房子里等承诚回来。承诚爱整洁,看不得房间乱,文秀亲力亲为地打扫好每一个角落。文秀还专门给他买了一个大衣柜,把承诚春夏秋冬的衣服分类挂好,将搭配西服的各色领带也分开收纳。还把茶柜、红酒柜、香烟等都摆放得规规整整。文秀听到钥匙在锁孔旋转的声音,便知道是承诚回来了。承诚进门换了拖鞋,把外套抛在沙发上,躺在大床上。

　　文秀瞥了一眼承诚醉醺醺的模样,道出积攒很多天的心里话。"天下的女人有很多种,但心思有一点是相同的,无论是热爱生活的小女人,还是聪明能干的女强人,都渴望自己永远年轻漂亮,到老都拥有一个男人对她的浪漫情怀,哪怕她成为老太太,都希望自己的爱情还像少女一样灿烂。你真的已经忽视我太久了!"

　　承诚从床上跃起来,并不理会她,走进浴室,打开淋浴头。也许他在思索怎么回答她,一会儿,哗哗声突然停下来,他隔着浴室的玻璃解释说:"我在做自己该做的事情,请你不要多想好不好!"

　　他冲了一会儿,感到冷,只得裹着睡衣走出来,他困了,不想说话。他希望得到文秀的安慰、肯定或者鼓励。他也意识到和文秀之间出现了隔阂,关键是双方都认为对方不理解自己。

　　文秀委屈极了,说:"我觉得自己是跟男人一样活着的,承担的工作压力很大。"

　　这是真的,她并不在乎承诚是不是富二代,她只在乎自己在承诚心中是否有不可缺少的位置。自从升职后,她尽情投入工作中,收入也增加了不少,给自己买了很多名牌的衣服,这也不是贪图虚荣,是想证明给承诚看她有多自立,不想辜负他的期望。除了刘勋,他们向公司所有人隐瞒着恋爱关系,怕同事说闲话。现在的她并没有感到多荣耀,反而有一种做女人很失败的酸楚。

也许是家庭观念的影响,文秀的父母靠工资吃饭,一辈子恩爱,没多少存款,也没有太多的忙碌,日子倒甜蜜;承诚继承了父亲对事业执着的基因,他们彼此都认为自己是对的,结果就形成了她不满于他对她的忽视,他不平于她的无理取闹的局面。两个人的思考模式与行为越来越不一致,彼此开始默默无话。

文秀很少去找美伊,但是她压抑得快窒息了,在与男人相处方面,她向经验丰富的美伊求教。

"他以前不是这个样子的,他现在缺少了阳光和快乐。我很少见到像他一样忧郁的人,他已经不欣赏我了,钻进一个执拗的死胡同里走不出来。我们认为彼此不再适合了,也许我们的路不能够走到头了。"文秀垂泪道。

美伊在电话里叹口气,以无可奈何、无法挽救的语气劝诫她:"你一开始就相信王子与灰姑娘的童话是真的,那就走到底吧!你可以跟他去旅游一下,忘记苦恼,好好交流也许就好了。"

五

文秀被美伊点拨之后,报了旅行团,春节去丽江旅行。承诚在临行前一天还在开会,她无怨无悔地独自准备着一切手续、衣物和零食。坐出租车启程时,承诚情绪还算稳定,驰骋在高速公路上的时候,他默默说了句:"其实我想回杭州的。"

"我想着你是累了,想跟你一起放松一下。"文秀说。

"心里轻松,在哪里都轻松。心里不轻松了,在哪里都不轻松。原来我也去过灵隐寺和普陀山,祈求清静,可一出寺院还是心累,后来自己笑自己,寄托于佛祖并不需要去寺院,只要心中有佛祖,在哪里都一样。"

"承诚,既然我们出来了,就开开心心吧。"

"是啊!你报旅行团之前也没有跟我商量就定了,这不是逼着我去吗?"

文秀有些生气。"你想回杭州,也事先没有跟我说啊!"

"你天天沉醉在自己的思想小天地里。就算是回了杭州,跟我家里的朋友和亲戚怎么相处,想好了吗?"承诚平静地说。

他又一次刺痛了文秀,她不想吵架,又隐忍了,眼泪却还是忍不住溢出来了。承诚发现了她委屈的表情,立刻换了一副温和的面孔,解释说:"我没有责怪你的意思。我的意思是说我们生活环境不一样,我们之间还没有达成默契,我想等我们一起出现在亲人面前时,就是一副合拍融洽的样子。"

"承诚,现在分手还来得及,我不会缠你的。"文秀的眼泪如洪水一样涌出来。

"我发现你怎么天天想入非非的?没有啦!媳妇儿!媳妇儿听起来是不是很亲切,你们央州的称呼。"承诚把她揽在自己的臂弯里,文秀的情绪稍稍安定了一些。

到了昆明,他们随旅行团吃到了正宗的云南米线,看到了美丽的石林,并在那里穿了苗家服饰合了影。承诚为文秀拍了很多漂亮的照片,背着她叫着小媳妇儿。同行的旅友偷偷给他们拍合影,开玩笑地问:"度蜜月的吧?"当夜,他们被导游叫起来乘坐大巴去新的景点,承诚疲惫地拖起身子,不假思索地责怪文秀:"为什么不报个人数少一点的团?我们来是放松的,折腾得这么累旅行还有什么意义!生活要有品质!"

文秀继续忍着他的抱怨。他们换了新的酒店,承诚接到一个电话后,眉头就皱成一团,很严肃地说大年初六集团高管在上海开会,他要返回上海。文秀的眼睛里终于生出了怒火,并斩钉截铁地告诉他:"我是不会回去的!"

她盘算好了,如果承诚真的执意回去,她就与他和平分手。承诚让酒店的服务生订航班,文秀坐在床上的角落,双臂抱着膝,看着他收拾行李。

"你在这里好好玩儿。缺钱了跟我说,我给你转银行卡上。"承诚匆忙地拉上行李箱就走了。

游客集合完毕,导游发现少了一个人,才知道承诚走了。他疑惑地问文秀:"他不能请两天假吗?真是工作狂。今天上午参观完景点后购纪念品,晚上暂时还住这个酒店。你是继续跟我们走还是跟男朋友回去?但是提前说明,已经发生的机票和相关费用我们是不退的。"

文秀哪里都没有去,一个人待在酒店酝酿着糟糕透顶的情绪。她看看表,是上午十点钟,承诚走了一个小时了,她一个人也无心继续旅行,打算先洗个澡,乘坐下午的航班回央州。

不一会儿,文秀的手机铃声响了。

"你在哪里?"承诚急切地问。

"在酒店!"文秀说。

"我在返回酒店的路上,你赶快收拾一下行李,我们一起回上海。"

承诚挂掉了电话,半个小时的功夫,他出现在酒店,拉着文秀坐进出租车返回机场。文秀甩开他的手问:"你干吗这样?"

"我担心你一个人在这里上当受骗,放心不下,我们一起回去参会。"

文秀心中泛起温暖,拳头落在他的肩上:"你这个霸道的人,能不能不要再折磨我了!"

六

文秀的父母理解不了女儿春节假期还要到上海开会的工作模

式,抱怨未来的女婿太傲慢。女儿的青春是拖不起的,若不是怕春节说出来不吉利,他们一定让文秀与承诚分手。文母还是忍不住在电话里唠叨:"你都已经三十岁出头了,错过了生孩子的年纪,会遗憾的!婚姻大事不能再拖了!"

文秀后悔向父母坦白了与承诚的关系,她只有在电话里一直解释:"现在医学那么发达,女人四十岁也能生的。现在年代不同了,我身边的同事结婚生孩子都很晚的!"

大年初六,文秀和承诚开了一天的年度经营会议,两人疲乏地回到酒店。承诚在沐浴,文秀伸手去取桌上的茶杯,打算续些热水。桌上手提电脑屏幕右下角闪烁的QQ头像暴露了承诚的秘密。

"我一直想见你,想得疯狂!"之前的聊天记录已经被删除。

文秀心里一震,其实她不想知道这些,宁愿被蒙在鼓里,做一个开心的小傻瓜。她打算找个时机与承诚谈明白这件事,如果承诚不爱她,闹也没用,当然她是不会委曲求全的。

承诚沐浴完,换好衣服坐在沙发上,喝着茶水。他见文秀身上还穿着职业装,眉宇间透出自信和干练,是他让文秀成长为一名优秀的职场精英,这一切使承诚感到非常有成就感。

"希望明年嘉林突破1000亿,进军全国地产界前三强!看来公司上市是正确的,董事长的战略也是正确的。"承诚说。

"我们这种劳碌的日子,何时才到头?"文秀迷茫地问。

"因为我们所处的时代,是中国的房地产行业最繁荣的时代,连很多家电、汽车销售的龙头企业都已经进军房地产行业,到处跑马圈地了,企业并购、赚钱、冲顶,以谋求最高的利润。我们是一个有追求的企业,只能一个项目接着一个项目地做,还要比别人更注重品质和服务。这么繁荣的时期如果不冲进千亿阵营,今后就很难了,所以注定我们一定是繁忙和辛劳的。"

承诚沉醉在喜悦里。这时他的手机铃声响了,他拿起电话走到阳台隐蔽的角落去接听。一分钟的工夫,他放下手机,打开衣柜取出一件呢大衣穿在身上,告诉文秀:"我出去一下,有急事!"

"我也要去!"文秀意识到与电脑里的人有关。

"是男人的事,你在家等我。"承诚企图打消她的疑虑,快速地下了楼。

文秀拦了一辆出租车跟随承诚。深夜的车辆非常少,所以很好尾随。女出租车司机担心地问:"前面这辆车像要跑出市区,要是到偏僻的地方我们还跟不跟?""跟!"文秀斩钉截铁地说。到了郊外一个离收费站不远的地方,文秀摇下车窗,只见承诚在路边跟一个女人说话。昏暗的路灯下,女人像遭受了惊吓,指着路边停放的红色跑车,不停地耸肩抹眼泪。承诚两手扶着她的肩膀,像在安慰她。女人一下子勾住承诚的脖子开始吻起来,承诚紧紧地抱住了女人柔软的细腰。

他没有拒绝女人的诱惑,文秀失望极了。这一幕激起女司机的愤慨:"这个男人是你丈夫?太可恶了!"她迅速启动发动机,飞速开向红色跑车并踩了紧急刹车,摁响车喇叭,发出阵阵刺耳的"嘀嘀"声。承诚被车灯晃了眼,又被喇叭声聒噪,自然没有了吻下去的兴致。

"我们走吧!"文秀情绪低落地说。

"就这样算了?你太软弱了吧!"女司机似有不甘,最后还是听了文秀的建议掉转车头跑了。文秀听到了承诚在背后的喊叫声:"文秀,是你吗?"

文秀没有回应。她先返回酒店,屋子里的一切都令她憎恶,她摔了装着他们合影的相框,打翻了他刚送给她的新年礼物——一个令她快乐入眠的音乐盒。

门"咔嚓"响了,面对房间里的一片狼藉,承诚沉默着,像犯了错的孩子,轻轻走到文秀的身边抱住了她。

"如果你觉得我不合适，也可以重拾旧爱，没有必要这样对我。"文秀变得冷静起来，挣脱承诚的手臂，"不要耽搁我好吗？我们分手吧！"

她从柜子里拿出行李箱，整理衣物，忍着眼泪不要掉下来，在承诚面前，她一定要做个坚强的女人。她整理得非常快，以尽快离开这个令她窒息的地方。她站起身，手握住箱子的手柄，终于可以离开了。

"站住！"承诚显得有些激动，"说分就分了？你就是太敏感！"

"敏感？如果我不出现，你和她还不知道会怎样！"文秀恼怒得说不下去了。

"她说她的车子坏了，在一个很远的地方，她很害怕。她说得特别夸张，其实就是车胎被人弄进去一个钉子。我是个男人，一个女人有事求我，我不能不管吧！"承诚无辜地澄清这件事的前因后果，委屈地摊开双手。

"我说过，我希望我们之间坦诚相待。你对我不满意，我可以改正，但是你不坦诚，触及了我的底线。"

"我要是说了她是我的前女友，你还会让我出去吗？"

"我真的很伤心，你这么低看我！"

"那好，我现在坦诚！她叫林菲，是我在澳洲留学时的恋人。我被她忧郁的气质所吸引。后来我去过她家里，偌大的别墅就住了六口人：她的姥姥、妈妈、姑姑、她和两位女用人。我才知道她生长在单亲家庭，她的妈妈忙于挣钱，没有时间管她。林菲花钱如流水，奢侈品天天换，性情与她忧郁的外表大相径庭。她从不委屈自己，什么话都敢说，什么事都敢做，绯闻特别多，所以我最终与她分手了。因此，我更相信一份细水长流、从朋友关系建立起的爱情，对女友的选择更为慎重。她现在刚回国，在上海做证券，人脉不熟，想让我帮帮她。我坦白清楚了！"

"你坦白晚了！"文秀决绝地说。

这个倔强的女子，也许真的不会回到他身边了。承诚垂头丧气地坐在沙发上，后悔不小心掉进林菲给他设置的陷阱里。

七

正月初八，公司正常上班日。央州公司已经传开文秀与承诚的流言蜚语。在茶歇间通往部门的拐角处，汪凯和同事正悄悄议论文秀，被文秀撞个正着。

"领导，我不敢造你的谣！是刘勋说出来的。"汪凯出卖了刘勋，"他说你们早在一起了，春节期间我值班，刘勋非拉着我到承总房间里打扫卫生，我看到衣架上挂着一条丝巾，他说那个特别的花色是你的。"

"滚吧！别让我再听见。"文秀无奈地闭上眼睛，汪凯一溜烟似的消失了。

流言一旦散开就像洪水猛兽，甚至成了公司保洁员大妈们的谈资："两个人的关系一直不公开，承总还不是怕自己的董事长父亲反对？毕竟不是门当户对嘛！"

汪凯为了将功赎罪，将听见的细节一一汇报给文秀。"文总，有人说你虽然有能力，但本质上还是靠色上位。"汪凯添油加醋地说。

文秀的脸色瞬间转为愤怒，她不喜欢搬弄是非的员工。"你去杨天磊团队吧，颂园这里没有多少套房子卖了，而锦园正处在销售期，你还可以多挣点提成。"

自作聪明毁了汪凯，杨天磊以他工作动力不足、业绩不好为由拒绝接纳他。这个不知反省、品行败坏的年轻人辞职后，把承诚与文秀的事捅到了集团董事会，描述成一桩恶劣的权色交易。高管们不忍打扰身体不好的董事长，只有承树生对此事蒙在鼓里。

这些恶意的流言伤了文秀的自尊，加上她与承诚感情破裂，她认为该离开嘉林了。

丑闻的脏水同时泼向了承诚,文秀要离职,他不得已回到央州。他在临时办公室里,烦躁地将桌上的文件揉成一团,狠狠地砸在窗子上,接着拨通了刘勋的电话,脸贴近手机无比严肃地说:"你来找我一趟!"

刘勋气喘吁吁地跑上来,胆怯地叫了声:"承总!"

"我跟文秀的事是不是你说出去的?是不是不想干了?"承诚脸上的愤怒一览无余。

"我值班那天中午没出车任务,喝了些二锅头,叫汪凯一起打扫您房间时不小心说出去的,但是大肆传播的是汪凯!"刘勋压低了头,不敢直视承诚。

"汪凯是个小人!"承诚凶巴巴地说,"用肮脏的言论把文秀逼辞职了!你出去吧!叫人资经理把文秀请过来。"

文秀来了,不悲不喜地坐在他的对面。

"很对不起,让你伤心了。"承诚尽量将道歉的语气说得很诚恳。

文秀把脸转向一侧,努力不被他打动,她不想原谅他,但她还是控制不住泪水从眼角溢出来。

"我和林菲早就结束关系了,无论你信与不信,那天的事是她设计的。你的前男友我从未问过,也没有翻过你的私人电脑和手机。"

"但是你特别会欺负我。"

"你认为我指责你,我的真实用意是想让你进步,跟上我的步伐。我承认,没有一个人是完美的,包括我在内。我爸爸心脏不好,不能再受什么刺激,我希望我唯一的至亲能够水到渠成地接受我们的事,这个目标从未变过。我按照我的标准和方式改造你,也等我成为一个真正能抗起责任的男人之后,再娶你!我希望你能够懂我!"

这番情真意切的表白一气呵成,自然流畅。文秀泪如泉涌:"不用了,我们两个人的家境差距太大,相处起来会非常累的,你为了让董事长满意已经很累了,我不想过这样的生活。谢谢你这么多年的栽培!辞职的事我已经决定了。办公区是神圣的地方,不该谈论男女的事情,我走了。"

　　承诚沮丧地靠在椅背上。

第十六章　一场空梦

一

伤心的文秀想念美伊了。这次相见,美伊显得沉静了许多,脸稍稍胖了些,穿着宽松的罩衣,步子平稳缓慢。凤姨小心翼翼地送她到茶餐厅的台阶上,递给她一包点心,嘱咐她小心,然后回到停靠在路边的轿车里等她。

两杯清茶,一盘水果。美伊点餐很简单。

"我怀孕两个月了。"在安静的茶餐厅里,美伊抚摸着小腹,一副洗尽铅华又期待未来的样子。

"你什么打算?"

"凤姨暂时照顾我,高祥泰对陌生人不放心,凤姨是个孤独的单身女人,知根知底。你知道,我不想跟我爸来往,身边总得有个靠谱的人。"美伊接着问文秀,"你和承诚分手,他是不是送给你房子了?"

"没有,我们的财政是分开的。"文秀低下头,她知道美伊又要嘲笑她傻了。

"不是我说你,男人能有房子可靠吗?"美伊果然这么说她。

"我只是不想他看不起我。他不像我的男朋友,更像战友、老师,我们只有工作的时候才有共同话题。做朋友很好,做恋人我们不适合。"

"分手也好!省得耽搁时间!这几年地产市场这么好,会赚钱的人都懂得投资房子保值升值。"

"调控政策频繁地出,还是控制不住房价上涨。房子改变了很多人的命运,何止富了炒房客?"

"美伊,我总觉得炒房有些罪恶感,我是不是思想太不接地气?"

美伊晃晃手中的茶杯说:"你坚持你的,我坚持我的。你理想,我现实。相互祝福吧!如果你结婚的话,一定要把自己风光的嫁了。我是没有机会了,高祥泰的老婆准会吃了我,能把孩子平安的生下来,我就满足了,有了孩子,高祥泰就得养我。"

"高祥泰早就赚足了钱,应该不会缺你的。"文秀说。

"谁知道呢?他只给我买了两套房子和一辆宝马车。高祥泰现在正忙着拆迁,没心情管我的事情。他在去年看中一块地,位置很好,就在将来城市扩张的版图上,他算准了将来的溢价空间比较大,唯一棘手的是首期80亩土地里还住着几十户村民,去年拆了大半年也没有突破。"

"没事,美伊,他总会顾你肚子里的孩子。"文秀宽慰她说。

"要是还有别的女人怎么办?等他这次拆迁下来,我就跟他要股权。"美伊说。

二

这是2013年的春天。高祥泰还真没心思搓麻将,整天待在屋里与负责拆迁的老关寻求突破的方法。

"村里人认定了咱就是肥猫,不宰就可惜极了!现在他们要求项目的土石方工程由他们来做,水泥大沙由他们来供应,否则就捣乱,让我们三五年也别想开工!"

"如果强硬,必然会发生冲突,以前发生的斗殴就是例子。"高祥泰抽了几口烟,眼神显得深不可测,"别着急,我们手续合规,所以不怕,你让人先去筑围墙,如果发生冲突,一定要做好取证,司法机关只相信证据。"

"他们能做出来什么精品工程!明着要犯法,只有与我们合作才能获得利益。要不由他们提供水泥大沙这些基础的辅料,给他们利润,核心的工程建设不准他们碰。拳头迂回打,变通个方式,如果跟他们斗来斗去,他们耗得起我们耗不起,影响的还是咱们自个儿的工期,越拖损失越大。"

"让我妥协,做梦!我把他们送进号子里蹲着去!"高祥泰暴躁地跳起来,"这种人欲壑难填,让利也未必能满足对方的胃口,后边的工程还可能随时发生冲突。庙堂有庙堂的规矩,江湖有江湖的手段。你继续谈判,用录音收集他们勒索我们的证据,再告他们索贿,判他们十年八年的。"

村民看高祥泰是个硬骨头,最终服了软,不再阻挠高祥泰的拆迁进展。高祥泰见工地放起鞭炮,施工队伍进场,春风得意地回到家,打开珍藏多年的五粮液。美伊趁着高祥泰高兴,提出来要入伙公司股权的事情。高祥泰看似醉了,却不糊涂,推却说缓缓。

"我已经不是早年的大学生了,你要玩弄我到什么时候?李虹有很多资产,我有什么呢!"

高祥泰叹了口气,烦躁地抽起烟:"我会对你们母子负责任,最好是个儿子,我还发愁将来的家业不够继承呢!"

"什么叫负责任?跟我结婚,风光迎娶我?"

"风光迎娶、给你赡养费我都能做到,但是结婚证我领不了,我不想犯重婚罪。"

"婚不能结,股权没有,你能给我多少钱?"

"美美,即使现在给你两个亿,如果你不会打理财富,不懂投资,放在你手里还是在贬值。你不如先学习着。"

高祥泰要的是听话的女人。但女人也是人,是醋意的动物,有着复杂的情绪,没有完全的百依百顺。如今美伊怀孕了,高祥泰撇开了她。高祥泰的几个密友从外地过来,他安排了一个上好的KTV包房,为高欢欢过26岁的生日。高欢欢唱歌、喝啤酒、玩骰子游刃有余,不仅漂亮,说话更得体,这些人被她哄得开开心心的。

正在大家都醉得面红耳赤、玩笑飞天的时候,高祥泰端起切好的蛋糕,用勺子挖了一块奶油亲自送进高欢欢娇小的嘴巴里:"欢欢小姐不如辞去主持人工作,来我公司做公关部经理,你天生具有高情商,我特别欣赏!"

高祥泰的脸都快凑到高欢欢的粉腮了,不承想此刻来了一场河东狮吼,只听得一支酒杯撞击墙壁的响声,破碎了一地。钱美伊不请自来,怒气冲冲地站在众人面前。大家窒息了一分钟,高祥泰在钱美伊身影闪去的同时也把杯子狠狠地砸在了门框上,高声骂道:"出去,敢管我的事!"

酒杯破碎的声音,高祥泰的骂声,让钱美伊的内心充满了痛苦与羞辱。她既无法超脱痛苦,也无法离开高祥泰这个令她又爱又恨的男人。这次她没有选择出走,第二天,她低头找高祥泰乖乖认错。高祥泰淡淡地说:"你要成熟!你砸了酒杯,砸了场子,也砸了我的面子!"

接下来的日子,美伊消停了,她颓废地认为,这辈子就这样命中注定了。她坐在梳妆镜前自怨自艾,她的面容还算姣好,可眼角已经出现细纹。几年来,高祥泰钱越挣越多,身边的美女如云,她变得越来越不自信。她原来是要一个爱人,一个归属,现在让她安心的只剩下钱了。

高祥泰决定把美伊送去香港生孩子,为了不让她借着大肚子胡闹,便托心腹伪造了一个与李虹的假离婚证。美伊心里终于踏实了,她唯一期盼的就是将来生个儿子,能在高祥泰的子女中继承部分财产。美伊去香港养胎,起居由凤姨照料。

三

高祥泰还想在市场大好的环境里多挣些票子,人对金钱的欲望总是永无止境。他约见他的市长朋友泡澡,他想通过与市长申长庚的利益捆绑继续扩大土地储备。高祥泰的会所隐藏在一个郊区的庄园里,装配着完善的监控系统,私密而安静,前花园建造了小桥流水与亭台楼阁,后院的草坪上停放着两辆全球限量版的劳斯莱斯。天气好的时候,供高祥泰隐秘的朋友来消遣。申长庚在他的私家会所里享受一番疏通经络的按摩之后,躺下身打起了盹儿,高祥泰随手在报架上拿起一本财经杂志,本来他没有心去看,是封面上承树生的专访照片吸引了他。

高祥泰翻开内页,浏览承树生的访谈内容。"中国每年有几百万的大学毕业生,他们毕业买不起房子,只能靠租房,工资杯水车薪,在一线城市生存得步履维艰。另外流入城市的务工人员,以农民工为代表,劳动强度大,他们承载着国家经济生活中最重要和最繁重的工作,却还在漂泊。一个国家是否有前途,主要看它对底层、低收入群体的关注与理解,他们生活得不安宁、动荡,社会也会如此。所以嘉林企业想做一件事,就是与政府合作,为低收入人群提供廉租房和保障房建设。"

高祥泰合上杂志,调侃自语道:"有情怀,总会比别人累的。社会各有分工,政客谋政,建设国家是知识分子的事情,我是商人,只赚钱。"

申长庚听到笑笑说:"你算是活得明白。这几年除了开发,炒地也赚了不少钱,该满足了。"

"我开始还想做好的产品,发现付出的心血太大,投入太多,还不如炒地皮轻松赚钱。我对自己的前半生很满意,抓住了国家经济发展的大好时机。凡是抓住这次机遇翻身挣大钱的人,家族的命运都有可能改变,不是每个人都有挣快钱的机遇,所以情怀还是留给别人发扬光大吧!"

"现在风声紧,一切都要小心行事。以后我们不能经常见面了,所有的贪心收一收。"申长庚面色严肃地说。

"兄弟明白。"

……

的确,这个世界没有什么是一成不变的,2013年,很多官员开始走向忐忑的日子,国家全面展开反腐,几乎每天都有大老虎被打下水或贪官落马的新闻,一时间,官场人心惶惶。

2013年的夏季,深夜11时,大批警力包围央州国际娱乐会所,十多辆警用大巴停在会所马路边,身穿反光背心的民警排成人墙站在会所门口。会所涉嫌组织卖淫,130人被警方移送司法机关,经过对10多名高管的严加审理和系列顺藤摸瓜,幕后的黑恶势力保护伞也浮出水面。

一个明媚的上午,市长申长庚正在会上发表着实施报告,解读政府对房地产调控的新"国五条"及相关细则的宏观调控政策,坚决抑制房价的上涨。半个小时后,主持人宣布休会十分钟,申长庚被请到贵宾室休息,中纪委执法人员早已在此布下局,向他宣读有关决定,申长庚措手不及地被扣下,带离会场,之后再也没有出现。

申长庚因利用职权涉嫌贪腐和保护掩盖卖淫而落马,特大新闻在媒体上广泛传播。高祥泰听说上面对这次反腐扫黄是毫不手软的,老虎苍蝇一起严打。他整天焦虑地踱着步子,生怕牵连自己。他开始变得极其低调,不敢乘坐飞机与高铁出行,并杜绝跟外界联系。他心知肚明,这几年,申长庚通过暗箱操作给了他两块地,他用股权代持的方式向申长庚行贿了两千万现金。他安慰自己:行贿的还有其他开发商,不仅只有他,如果真的暴露被纪委叫去就死不承认。他又觉得这种想法就是掩耳盗铃,还好他已经安排好家室,李虹和孩子拿到了加拿大的绿卡,如果他真的出事,孩子也不受牵连,在国外好好享受生活。钱美伊如果能在香港顺利产子,他再给她买些好铺子,产生稳定收益,保证她们母子的生活。

紧接着,曾向申长庚贿赂房产的两个小地产商被有关部门叫去问话。高祥泰如坐针毡,不寒而栗。他正酝酿着怎么逃跑,财务经理慌张地向他打电话:"税务部门来了,有人匿名举报咱们公司逃税,要展开调查!"高祥泰的脑袋开始撕裂,是谁举报的?他得罪的人太多了,到底是哪一个?他闭上眼睛像过电影一样,把他怀疑的人一一在脑中过了一遍。想归想,却没有答案。

"你把账面都做平了吗?"高祥泰心焦地问。

"税务要查,哪个公司都会有小问题。会不会是前两年,我们将房子以团购的名义低价卖给华能酒店的事情?价格当时的确是低得太明显了。"

高祥泰镇定地嘱咐说:"你先应付好税务,必要的时候,该花点小钱就花点儿!"

"是!"财务经理匆匆地挂掉电话。

高祥泰从此夜不能寐,他让老关去查匿名举报这件事,还真查出来了名堂。"我去查了,确实是华能酒店的事情。当初我们团购给华能酒店的那批员工房,发票开的价格与实际的购买价格不一样。"

"补交罚款就行了。怕的是有人盯上我们了,对手在暗处,我们在明处。"

税务局的盘查加速了高祥泰逃跑的时间。他吩咐司机小马悄悄准备一辆普通低调的小轿车,赶往机场,去加拿大与老婆孩子团聚,他才不要蹲监狱受那份洋罪。他告诉身边几个重要的人要出去几天,就上了路。

天空阴阴沉沉的像要下雨,高速公路上的车比较多,年轻的小马正值血气方刚的年纪,油门蹬得十足,车飞驰般地行驶。高祥泰在后排坐着有点睡意的时候,一阵响雷激起了他的愤怒:"你能不能慢点开!"

小马放慢了行驶速度,雨越来越大,雨刷运行不动,前后方的玻璃被雨水冲得模糊起来。高祥泰多日失眠,脾气焦躁,对小马愤怒地吼叫:"不是让你保养好吗?为什么雨刷坏了?车轮也不听使唤?"

小马平静地说:"我在路边维修店里换的轮胎和雨刷,他们一定是为了挣黑心钱,偷梁换柱了。"

高祥泰有点慌了,让小马找个地方停下来检查一下车子。此时,后视镜里一辆尾随的大货车跟上来了,离得很近,即将撞上他们。小马两眼生出仇恨的光,瞅准机会,狠踩刹车,瞬间的功夫,伴随一道闪电和"咔"的响声,他和高祥泰乘坐的小轿车后半身被压在大货车的车头下。高祥泰坐在车厢的后排,他就这样永远地睡下了。小马头部受到激烈的撞击,头部的血顺着脸颊淌进他的脖颈里,他翘起快意的嘴角,用尽最后一点力气给凤姨打了个电话:"凤姨,高祥泰死了!"

警车来了,救护车来了。高祥泰当场身亡,小马被送去医院,因伤势过重,抢救无效死亡。

四

香港。钱美伊得知噩耗的时候平静地笑笑,用手摸着凸起的肚子,对凤姨说:"公司的人真会开玩笑,说高祥泰和小马出车祸死了,怎么可能呢?高祥泰还说我们的孩子出生后,就在香港给我开个首饰店,没事了我还可以炒炒港股。"

凤姨悲痛得不加掩饰："可怜的小马，傻孩子……"

"凤姨，你怎么了？"

"小马是个苦孩子！十二年前，他的妈妈患了乳腺癌，86岁的奶奶还瘫痪在床，他的爹也没什么文化，为了挣钱，和我老公一起到高祥泰的私矿上打工。没想到……没想到当天煤矿井下坍塌，小马他爹和我老公一起被埋在下边。有几个活着的矿工出来说，当时小马的爹头上血淋淋的，后脑有几处凹陷。但是高祥泰就是不救治，两条人命啊……他终于偿命了！"凤姨用手掩面，泣不成声。

凤姨说的没错，那时的高祥泰一心只想挣钱，并不关心自己身体里到底流淌着多少道德的血液，为了隐瞒死亡矿工，他没有上报死者名单，也没有及时将伤者送去医院救治。当时高祥泰用两万多块钱就草草打发了两家的家属。那段时间里，高祥泰使出浑身解数，上下打点，终于平息了这件事儿，接着他经过几年的摸爬滚打，又吞并多个小煤矿，成为身价过亿的煤老板。他从此离开发迹之地桑山，到央州改行做了体面的房地产生意。

"小马为报复他，同归于尽？天下哪有这么傻的人？我不信！"美伊继续笑笑说。

"高祥泰背了两条人命，为求心安，也为了控制，就把我和小马接到自己的会所后院，做一些清洁、除草的活儿，还在小马面前以活菩萨自居，送他上了技校，说要管他一辈子的吃喝拉撒。我就一个人，到哪里不是过？只是心疼小马这个苦命的孩子，就留下来照顾他，待他如亲生孩子，今后也能相依为命。这些真相我从来没敢告诉他，可是有一年清明节，小马回了趟桑山老家，无意中从一个做过煤矿工的老村民口中得知了他爹当年死亡的真相，回来之后就变得郁郁寡欢。他跪在我的面前求证，我不得已说了实情。他说杀父之仇，不共戴天，不能认贼作父！如果当初高祥泰及时救治他爹，他的奶奶和妈妈也不会伤心去世，他也许会是另外一番命运。接下来他一直寻求复仇机会。直到高祥泰的司机年龄大了要退休,举荐了小马。高祥泰起初顾忌小马,但是小马口碑人缘都很好,试着用用,戒备心也就松了。没想到这次车祸,小马他……"

"太荒诞了,我消化不了这个悲怆的故事!"美伊厌恶地用双手掩住了耳朵。

"我为什么要骗你?这件事在我心里压了十二年,我是个孤苦的老婆子,在哪里不是讨生活?看着你现在无依无靠,我这个老婆子才没离开。我早想回乡下了!"

"凤姨,我需要你……"美伊从凤姨悲痛的语气中相信了事情的真实性,放声哭了出来。

美伊顾不上伤心,擦干眼泪,慌忙从钱包里取出银行卡,电话查到里边还有高祥泰几个月前汇给她的三百万。她的手有些颤抖:"孩子还有三个多月就要出生了,按照孕妇乘坐飞机的规定,我还可以乘坐飞机。为了咱们和孩子的前途,得回央州生孩子。"

美伊回到央州,第一时间就挺着凸起的肚子去高祥泰的住处。打开门的时候,客厅端坐着一个中年强势的富态女人,脚下放了很多打包的箱子,还有几个人忙着打包、搬运。美伊从她那副强势的面孔就认得出来,这个女人便是高祥泰的老婆李虹。

"你没有权利动我丈夫的东西。"美伊一手扶着酸软的腰,一手指向李虹。

李虹打量着眼前的漂亮孕妇,不屑地问道:"你是谁?"

"高祥泰已经跟你离了婚,你没有权利处理他的后事。"美伊理直气壮,不容侵犯。

"你胡说什么!"李虹"啪"地拍响桌子,她看到美伊隆起的肚子时更是怒不可遏,两眼露出恶狠狠的凶光,恨不得活剥了眼前的美伊。她继续恶狠狠地说:"你和你肚子里的孩子甭想获得一分钱的财产。"

一个干练清瘦的中年男子拦住了李虹,并把她按在了凳子上。他礼貌地亮起了律师证件,走向美伊说:"我叫常威,是高祥泰合法妻子李虹委托的律师。据我了解,高祥泰并未离婚,你可以到桑山市民政局去查,有什么事也可以直接跟我谈。"

美伊差点晕倒,凤姨怕发生意外,强把她拉出门外,嘱咐她腹中的孩子要紧。美伊用手捂着肚子,她能感受到胎儿在腹中不安的躁动。凤姨惊恐地拦了一辆出租车,把她送到附近的中医院急救中心。美伊平静下来之后,医生嘱咐美伊:"好好喝安胎药。你不能大喜大悲,孩子已经6个多月了,是没有办法流产的,你的子宫有血管畸形瘤,孩子只有生下来。"

"什么?"美伊挣扎着身子,抬起头。

"你之前流过产吧?否则很少会出现这样的情况。好好想办法保住你和孩子。"

美伊克制着情绪,保持镇静,孩子是她最后的救命稻草。凤姨为她擦了眼角的泪水,安慰着:"一切都让它过去吧,眼前的最重要,保住眼前的,以后才有指望。"

美伊承受着被欺骗的耻辱和巨大悲痛。"高祥泰骗我!"她恨恨地说。她咬破了嘴唇,强忍着眼泪不要掉下来,未出世的孩子逼着她必须坚强面对眼前的暴风雨。

五

美伊躺了一天就急着出院,挺着肚子去找文秀。"文秀,帮帮我!我想见高祥泰。我有他的孩子,就算他没有跟李虹离婚,我和他的孩子也有继承财产的权利。等到他被火化了,就什么都晚了。"美伊哽咽地说。

"凤姨都告诉我了,你安心养胎,剩下的事情交给我吧。"

这件事的难度超出了文秀的想象。"私生子是有继承高祥泰财产的权利,但是胎儿还需要三个月才能出生,即使做胎儿亲子鉴定,也需要高祥泰出面,李虹肯定不允许美伊动高祥泰的遗体,死无对证!还有一种方法就是剪掉死者的头发,将来孩子出生之后再鉴定。但要先立案,否则没有人证明这根头发是死者的。"律师对文秀说。

高祥泰的遗体还在太平间,法律上只有死者家属才有权利探望遗体,钱美伊在法律上根本没有探望资格。李虹已经找律师先强势介入事情调查和盘点高祥泰在国内的资产,如果打官司,钱美伊的不利因素太多。文秀找到李虹的法律委托人常律师,恳求他通融法医,能够让钱美伊看一下高祥泰的遗体。常律师拒绝了。

"美伊虽然在法律上不是高祥泰的合法妻子,但是毕竟有了他的孩子。现在她一个人无依无靠,她根本不相信高祥泰已经死了。情人之间也是有感情的,她现在已经精神崩溃了,从人道主义方面来讲,你没有理由拒绝她!"文秀苦求常律师。

常律师动了恻隐之心,破例答应让钱美伊探望死者遗体。美伊在文秀的搀扶下,战战兢兢地走进太平间,文秀嘱咐她千万不要太悲伤。高祥泰安安静静地躺在那里,像在沉睡着,身上罩着一袭白布,头上还有瘀血。他之前生机勃勃的容颜面如死灰,傲慢有神的双眼永久地闭上了。美伊脸色逐渐变得苍白,两腿发软,晕倒在文秀的脚下。文秀恳求法医:"法医,你看到了,我的朋友有多无助,她需要死者的一根头发,将来为胎儿做亲子鉴定。高祥泰的遗体马上就要火化了,她的后半生全靠这几根头发了。求求你剪几根吧。"

法医不为所动,用严肃的职业态度驱赶她们:"只有法律承认的至亲委托,我们法医才可以剪下死者的头发,你们回去吧!"

美伊缓缓地站起身,尝试着伸手去碰触高祥泰的头发,还没触到就胆怯地缩了回来,她真的害怕。她再一次求法医:"求求你,我们只要一根,一根就够了。我给你跪下来好不好!"

法医拦住她,长叹一口气,态度坚决:"不行,我没有这个权利,请你依照法律途径解决。再说了,如果法院不立案,取头发的意义不大。"

文秀扶着失魂落魄的美伊缓缓走出太平间。美伊哽咽着说:"我恨高祥泰,我本来要问他为什么骗我,可是看到他,看到他,我就什么都恨不起来了——"

"别怕,咱请律师立案。"文秀安慰她。

文秀继续奔波找律师,要求起诉,维护美伊胎儿继承财产的合法权益。而几个律师都是一致的答复:因为高祥泰已经死亡,证明钱美伊与其之间的关系比较困难,等到立案,尸体也早已火化了。文秀垂头丧气,渐渐变得无望,决心照顾好美伊,唤醒她好好活下去的勇气。

李虹在尸体火化那天得知钱美伊来过太平间,勃然大怒,与常律师几乎翻了脸。她甚至要常律师起诉钱美伊:"难道你不知道她没有资格看我丈夫的遗体吗?虽然我丈夫身亡的时候她不在场,但是十有八九跟她有关系。我恨不得杀了她,居然还妄想继承财产。我要起诉她!她怀了孕,不知道高祥泰给了她多少钱,她一个子儿都休想得到!"

常律师冷静地劝她:"通融她去太平间看人是出于人道主义,她取头发也没有成功,就算取到,也需要证明这根头发是高祥泰的。你是家属至亲,有处理这件事的合法权益,你不同意,法院立案难度非常大。城里好多律师都是我的朋友,我已经跟他们打过招呼,告知这个案子的难度和复杂,他们都没有接受钱美伊的委托。通过调查,她之前三个月一直在香港,高祥泰的死亡跟她没关系。现在最关键的是把您的继承事宜先确定下来,再考虑她的事儿。从目前的资产盘点和财务人员陈述状况看,钱美伊并没有参与公司的核心经营和财务方面的事宜,高祥泰也就给她买了两套房子和给了一些闲钱花销。如果真的要起诉她,反而证明了她与高祥泰的情人关系,她可以顺理成章地跟你打官司,为她未出世的孩子要财产,这些对你来说是不利的!"

"那将来她生出来孩子再问我要钱怎么办?"李虹担忧地问。

"公司注销或者股权变卖了,她很难要到股权!大钱都在您这里,就算让您出赡养费,一个孩子18年的赡养费对您来说也不是难题,躲远了让她找不到就是了。"

税务刚刚对祥泰公司逃税的案子罚了款。李虹听从常律师的建议,趁申长庚的案子还没有牵连到高祥泰,赶紧变卖公司股权,处理了高祥泰的后事,套现带着孩子去国外了。她把噩耗通知了高祥泰的老母亲,老人心脏一时接受不了,心脏病突发,遗憾地随儿子去了。

美伊不甘心,她顶着大肚子在房间里焦虑地走来走去,对凤姨说:"我的未来指望不能这么快就破灭了。"她伪造了一份高祥泰的遗书,要替未出世的孩子代持祥泰公司10%的股权。她央求文秀再找律师帮忙立案。文秀求了承诚,承诚一听是钱美伊的事,摇头说:"钱美伊?这样的朋友,你早该放弃她了。"

"可她以后怎么办啊!"文秀忧愁地连连叹气。

承诚无奈地给文秀抄了一个电话:"我朋友,你找他问问,叫他李律师就好了。"

李律师向文秀了解了一下案情,为难地摊开两手说:"公民可以依照法规立遗嘱处分个人财产,并可以指定遗嘱执行人,但是高祥泰并未离婚,与美伊同居违反了《婚姻法》,所以高祥泰立遗嘱赠予美伊股权,在法律上视为无效遗嘱。听说李虹低价变卖了高祥泰的几处房产和公司,早早回加拿大了。人家已经是外国国籍了。"

美伊彻底灰心了,她的生活随着高祥泰的生命终结沉寂了下来,她逐渐接受现实并变得平静,等待把孩子平安生下来。

第十七章　嘉林不复

一

同年的秋天,江南依然是很多游客流连忘返、放松身心的地方。承树生没有如此闲暇的心境,独自坐在自己开发的别墅院子中央的草坪上,晒着太阳,一动不动,身躯消瘦,白发凌乱,显得格外孤独和凄凉。

承树生陷入了前所未有的困局。房价下跌、奢侈品萧条、官员落马成为热点话题。全国各大房产开发商狠抓促销,以快速回款。嘉林公司上次转危为安之后,又一次挣扎在生死线上,面对政府对房地产行业新一轮严厉的调控,嘉林传出资金链断裂、破产和被收购的流言。承树生正遭受着媒体的指责,背负高房价黑心的恶名。

他在努力寻求大财团,以股权出让或者合作获得融资。他的企业如果钱不到位就要出大问题。他刚刚把嘉林拥有 51% 股权的无锡项目出售给中恒集团,从中获得救命资金,还了银行要的 5 个亿债务。这一举动,引起媒体的更多猜测,对他越写越黑。他终于忍耐不住,出现在一所豪华酒店。

承树生在秘书的搀扶下走出来,喧哗声戛然而止,他对媒体公开抱怨:"我愿意传递自己的声音,我不希望诸位对嘉林肆意抹黑。"

"您怎样看待本次宏观调控?嘉林在三年前脱险后继续激进拿地,利润低负债高,如今又重新陷入困局,面对破产风波,您有何感言?"一位记者尖刻地问。

这一问戳痛了承树生的心,他毫不掩饰地表达对宏观调控的不满:"房地产商是宏观调控的受害者,调控不属于正常的市场经济范畴,所以房地产企业才会陷入抽风的状态。高房价是由土地的上涨推动的,媒体和老百姓把罪魁祸首指向房产商是错误的。你们为什么不把房地产商当作城市建设的参与者?不能只看它赚钱的部分。哪个企业不赚钱?高速公路也赚钱,卖酒也赚钱,企业赚钱是不能够被歧视的。没有比房产商更希望社会稳定的人了。只有社会稳定,才能让很多人安居乐业,安居乐业才会有很多人来买我们的房子,对不对?我们希望社会里的人相安无事,好好生活,创造价值,实现了价值之后用一部分钱来购买嘉林的产品与服务。如果没有这一轮的宏观调控,媒体岂不是又要赞扬嘉林的战略眼光和进取精神吗?"

媒体会散后,承树生让生活秘书将几个核心的高管叫来,在自己的别墅内开了一个简短的会议。他自责了面对宏观调控判断和准备不足,才导致公司现在处于被动和困顿的局面。他缓缓地说道:"国家正经历着前所未有的变革,一日千里。面对城市化建设过程中的纷繁复杂的难点和社会转型期,政府此时对房地产进行深度调控也在情理之中。遗憾的是我们没有预料到,调控的影响是如此深远。现在必须认清形势,调整自我,将这一年的首要目标锁定在力求生存上,哪怕再卖掉几个好项目。"

高管们表示会一起与公司渡过难关,其中一个从创业之初就跟随承树生的高管低头垂泪。承树生的神经再次受到触动:"如果我们尽人事,听天命之后,嘉林真的不在了,希望我们几个老头子还能经常往来和走动。嘉林就是不在,精神也不会死,嘉林的员工会前赴后继!"

会议结束,高管们陪承树生围在圆桌上吃简餐。老搭档李书山的太太哭着打来电话,第一次向承树生表达了抽身而退的愿望:"老李不能继续做了,他的肝又疼了,现在在医院……"

承树生急切站起身,脸色难看,顿时呼吸急促,手捂住胸口,大汗淋漓,手机从手中脱落,栽倒了下去。理想,在悲怆的现实中显得格外脆弱!

二

阴郁的天气笼罩在上海的天空,嘉林集团的月度计划会议正在进行,一名职员神色匆匆地闯进会议室,对着承诚悄悄说了几句话,承诚的神色顿时变得十分紧张,迅速离开会议室。

"这几天接连应付媒体,董事长很累,情绪很不好。今天中午他在别墅区与高管们一起吃饭,接到电话后发生不适,突然倒地,一直说着好冷好冷……幸亏发现得及时,医生会尽快给他安排心脏搭桥手术。"承树生的秘书见到承诚,显得倍感安慰,"幸亏您在上海,能很快回到杭州。"

承诚脸颊消瘦,眼窝发青。为了企业能够生存下去,他一边紧盯销售回款,一边陪着律师与法务洽谈嘉林要出售的项目股权事宜。嘉林的项目数量已经出让了近三分之一。他每天疯狂地工作,没有时间儿女情长,父亲的手术对他沉重的心事来说,简直是雪上加霜,他不敢停下来去想,一种窒息的感觉笼罩了他。父亲是公司的"大家长",是公司的决策者,而今已苍老,面对这一劫显得力不从心。虽然自己的成长是迅速的,但是与父亲的期望还有差距。好在他并不是一意孤行,认识到自己是一个需要学习和提高的工作者,在一些事情的决策上,时常与几个核心高管一起商议。

承树生躺在病床上,面无表情地睡着,氧气软管插在他的鼻孔,胸膛随着不均匀的呼吸微微起伏。承诚想哭,却极力掩着嘴不敢哭出来。手术安排在一个明媚的上午,承树生被医护人员推进手术室时,还安详地宽慰儿子和几个亲人:"不要紧,我一点都不害怕,你们也不用担心,现在医学技术都很成熟了。"

冰冷的手术室大门关闭的那一刻,承诚的心就突突地跳起来,他不安地在走廊上走来走去。身着白色褂子的小护士看到他说:"承先生,手术还要一段时间,您可以在外边走动一下。"医院的门诊楼与住院楼之间有一小块儿草坪,承诚坐在长凳上,心中依然紧张不停。他取出烟,大拇指滑动着点烟器,有风,划了几次烟也没有点着,便气急败坏地把烟掷在草地上。这种焦虑大约经历了漫长的八小时,直到医生通知承诚手术成功,他悬着的心才落了下来。这是他有史以来度过的最漫长和难熬的一天。

承树生术后转到了单独的病房,承诚终于可以进去看看父亲。承树生面色发白,在麻醉中尚未苏醒,承诚忍不住垂泪。公司挣扎在死亡线上,现在还有几个项目要出售股权,他一想到不能时刻陪在父亲身边尽孝,便泪如泉涌。

承诚清理了从父亲腹部软管中排泄出的废物。此时医生走进来,严肃地对他说:"心脏手术复杂,麻醉和体外循环会给大脑带来一定的负担,病人苏醒较慢,需要一至三天。我看你父亲的兄妹年龄也大了,不适合在此照顾,如果照看人更换频繁,会搞不清楚术后的注意事项,这样对病人不利。你还是尽快安排两个固定的护理人。"

"爸爸苏醒前,我都会在。"承诚说。目前承树生的生活秘书在,如果承诚有事离开,还需要一个看护人。他不假思索地拨通了文秀的电话,几乎哽咽:"文秀,我想你来杭州一趟,董事长刚做完手术,我的叔伯年龄也大了,不能照看他了。有你在,我更安心!"

文秀听得出,承诚已经不堪重负,她立刻买了机票飞到杭州。

文秀到医院的时候,已是深夜。承诚的情绪压抑到了极点,他拜托生活秘书继续照看父亲,带着文秀出去透透气。

承诚踩着保时捷的油门,飞快地驶出医院。他一路沉默寡言,连闯了几个红灯。

"你疯了！不要命了吗！"文秀惊恐地掩着胸口,心跳得要飞出来,胃里感到一阵翻江倒海。

"你说对了,我真的想死！"承诚说着怨毒的狠话。他踩了急刹车,熄了火,眉头紧锁,痛苦地把头埋在方向盘上。

"有什么过不去的坎儿？非要把自己压垮吗？"文秀语气中略带责怪。

"你不是我！"承诚发疯了一样用拳头砸着方向盘,大声吼着,"那些人都在算计我,算计嘉林！你没有亲眼看见,每次谈合作、卖股权,对方都想吃掉我们,嘉林就像是他们口中的一块肉,他们是狼,凶残又狠毒！资本充满了血腥！"

承诚泪水滚滚而下,发出一阵又一阵痛苦的抽泣声,像负伤的猛兽一样。文秀震惊了,她从未真正理解过他的痛楚,内疚地抱紧承诚,哽咽着说:"对不起！对不起……"

现金流压得嘉林的高管们愁眉不展,苦不堪言。三天后,承诚顶着巨大压力,继续寻找财团。文秀按时把承树生的身体状况说给他。承诚每次电话里都一阵长吁短叹,将她带入压抑的阴霾中。

三

承树生经医生的允许,可以进行短时间的走动。这天窗外下起了雨,连去草坪走几步的机会都没有了。人一直待在病房里,难免感到烦闷。生活秘书为承树生打开电视,新闻里的各种时政新闻又勾起他对房地产行业的担忧。他跟年轻人说话,又觉得与年轻人有代沟,不是谁都愿意听他唠叨的。他躺在病床上,眼神尽是孤独与落寞!

生活秘书是个年轻的男人,性格内向,话不多,每日照顾承树生的起居,文秀辅助他去打打午饭,办理缴纳医疗费等相关手续。文秀见承树生沉默不语,拿着一本书,轻轻靠近病床,试探地问他:"我来给您读读林清玄的散文,好不好?"

承树生脸上展开笑颜:"从哪买来的这本散文?"

"我坐飞机来的时候带的。"

"你喜欢林清玄?"

"嗯。林清玄的散文自然、明静、充满哲思,没有矫揉造作,没有故作呻吟。身体康复期的人最适合听《清玄说》了!"

"好,你读来听听。"承树生坐起来,上半身倚靠在床头,表现出专心聆听的样子。他必须放下所有烦扰,才能好好康复。承树生听着慢慢闭上了眼睛。生活秘书向文秀轻轻"嘘"了一声,示意她停下来。

承树生并未睡着,只是养神。生活秘书去了洗漱间盥洗衣物,文秀在窗下看杂志。一会儿,承树生睁开眼睛,看到文秀安静的看书模样,不仅羡慕起年轻人来。他也曾青春年少,有无限的激情和梦想,如今的身体状况令他力不从心。他翻动了一下身体,文秀听到响动立刻起身,问他是不是想下床走走。承树生摇摇头说:"如果当年我不经商,去做个老师,也许现在也桃李遍布了。"

"董事长目前在业界也是楷模。"文秀尊敬地说。

"楷模?这个得过20年后再说,一个人的成就只有放在历史中评价才是客观的,况且我只是沧海一粟。"承树生感叹地说,"真是谢谢你们的照顾!现在公司是困难时期,你们的收入没有提高,也是委屈了。"

"不委屈！我很感激您！"文秀说。她并没有告诉承树生自己已经从嘉林离职了。

　　承树生露出惊讶的神色。文秀解释说："原来我对企业家的生活很感兴趣，就去了解王均瑶，他有一次带病去欧洲考察，下属劝阻，但他说因为自己是会长，理应带队。他经常忍着病痛去出席各种活动，也经常忙得顾不上吃饭，天天吃方便面。企业里的员工习惯了仰视王均瑶，习惯了被他安排和照顾，他们不会想到，他们心中的领袖有一天也会倒下。所有人都忽视了他的健康问题。我明白，企业家的病都是累出来的，您也一样，有公司决策之累，企业快速扩张与经济下行的压力之累，有各种社会关系和荣誉带来的应对之累。但企业危急的时刻，很少有人会伸出援手，怀着真诚的心去理解、去帮助！甚至有媒体不怀好意地去抹黑，说我们是抬高房价的元凶。五年里，嘉林集团为贫困地区与灾区累计捐了一个亿的款项，担负了企业应尽的责任。现在整个经济形势都不好，很多企业都在裁员，您却留下了员工，继续发着薪水，我们有什么理由感到委屈？所以，是感激。"

　　这番话让承树生深受感动，每个员工如果都能够用感恩的心去理解他，他的嘉林就不会落幕。他忽然想起这个女子，在竞聘的现场，是自己独具慧眼提拔了她。"我记得你了，你在竞聘会上反映了建筑设计的问题，我裁掉了一个高管！"

　　"是我不够成熟！"文秀红了脸，想起被裁掉的高管，她依然内疚。

　　文秀没有刻意去讨好承树生，时刻保持对他的敬畏与尊重。老人家心中明白，既然是儿子让她留在医院，说明了这个女子将来跟自己会发生某种关联，承诚一定向他隐瞒了一些事情。他虽然了然于胸，却没有挑明这一切，而是温和地询问文秀的家庭情况。他还问了她兴趣爱好，大学学的什么专业，喜欢哪个历史人物。文秀兴致地告诉承树生:"我欣赏李清照,她个性豪放、诗词婉约,灵魂自由!"承树生笑笑,他判定文秀是个单纯的女孩儿。

承树生聊了会儿累了,继续休息。生活秘书回到病房,文秀到门外的走廊里打电话。一团紫色由远及近地进入她的视野,一位性感忧郁的美女身着紫色的长款风衣,挎着精致的女包,手捧一束鲜花走过来。美女经过她的身边,敲响承树生病房的门。

"我是林菲,是承诚总的女朋友,来探望伯伯的。"

"医院要求无菌的环境,除了陪护,不允许客人在病房逗留。董事长刚睡着,等他醒了,我会把您今天来探望他的事情告诉他,林小姐先回去吧!"生活秘书探出头说,不让她进病房。

"好,好,好!希望承伯伯尽早康复。"

紫色像烟雾一样从文秀的视线里飘走了,走廊里飘散着香水甜美的味道。文秀情绪低落到极致,醋意涌上心头。

四

日复一日,承树生出院了。他回到杭州的别墅区,心生悲痛,嘉林暂时度过了危险期,却是断臂换来的,卖掉了一多半项目的股权。李书山、常基铭两位老搭档都想撤退,出售全部股权,不愿再坚持了。创业近20年来,承树生的商业帝国梦在高歌猛进的经济发展大潮中大起大落,从大幕开启到意兴阑珊,现在曲终人散。

敲门声响起。经过他的允许,律师走进来,交给他一份绝密档案袋。这是承树生之前委托律师立的遗嘱,自从他上次提出转让个人名下嘉林股权的事被承诚拒绝后,他就悄悄立下了这份遗嘱,万一他这次手术发生不幸,律师就把这份遗嘱交给儿子,股权能够顺利地变更到儿子名下。

律师向承树生转达了收购方中恒集团的意见,这家实力雄厚的央企,即将成为嘉林的大股东。前几个项目,嘉林出售股权时,中恒的领导班子内部就开会讨论，认为承树生在嘉林的影响力虽大，但是性格偏执激进，两次让嘉林陷入窒息境地，再掌权不排除将来使嘉林陷入万劫不复的处境。承诚历练不够，尚不具备成熟的前瞻性视野和管理思维领域高度。既然嘉林李、常两位股东都有退出的意愿，不如把股权完整地收购。

承树生迫不得已将股权全部出让，曾经销售规模逾千亿的优秀房企，除去债务后，如今中恒集团仅用200亿就将他的商业帝国易了主。今后的嘉林只是一个牌子，不会再有他的声音。他悲哀地想，以后的日子，也许就是与老朋友走动走动，看看足球，或者就像在医院里那样每天听听戏曲。这就是他的晚年。

他召唤回自己的儿子，谈谈未来。晚上，桌上摆了鲍鱼与牛排。父子两人在一起总结嘉林的失败教训。

"我们不能只怨宏观调控，嘉林的错误在于没有把握住政策方向，贪规模，步子迈得快，部门繁多，企业架构臃肿，人浮于事，加上您强势，企业文化变得唯唯诺诺、一团和气。"承诚说，"爸爸，我想把您出让股权的资金一部分放信托理财养老用，另一部分支持我创业，重点发展轻资产与股权合作，步步为营，稳中求胜。"

承树生拍拍儿子的肩膀说："那我做你的创业助手。我明白你心里憋了一股劲儿，但是创业的路上并不是一帆风顺的，如果出现什么困难，我还可以及时救救火，或者做点帮衬。"

"爸爸，您难道不放心我？我是不想让您太劳心，去澳洲住上一年吧，回来看我的成绩就好！"承诚有着强烈的自尊心，不愿父亲插手自己的事。

"你小时候我陪得就很少，你长大了又出国学习了，这几年也不怎么跟我住在一起，本来打算公司卖掉后能跟你一起散步、一起开会、一起健身，享天伦之乐，没想到我的儿子竟不需要我这个老头子了。"

"我是想让爸爸没有烦事干扰,好好康复身体。"

"也好,我去澳洲。嘉林这么多年来的心血培养了一批优秀的人,既然你有创业的打算,就尽快整合旧部吧。"承树生说。

"爸爸,您还记得文秀吧?您认为她怎么样?"承诚试探地问,"我培养了她很多年,可以做我的创业助手。"

承树生以长辈的口气批评了儿子:"如果喜欢人家姑娘就不要跟我兜圈子。你跟我说女朋友是章丽媛,又让文秀在医院照顾我,还有个叫林菲的女孩儿到医院来探望过我,到底哪个是真的?你可不能玩什么三角恋爱。"

"没有,这里边有误会!"承诚解释说。烧钱的女孩、矫揉造作的女孩,他都不喜欢。

"文秀很普通,但是她善良、勤奋、可塑性好,我虽然谈不上特别喜爱她,却也生不出厌来。我问过她的家庭,她的妈妈是老师,爸爸是个会计。我尊重你的选择,我只有一个要求,你选择的女孩家风要正,我的儿媳妇不能是个妖精,如果今后不合适,离婚大战能把整个家庭耗尽拖垮!"

"爸爸放心!您也该找位伴侣,将来有人照顾,我也安心了。"

承树生惊讶地看着儿子,转而又变得平静。"凡是虚荣的、爱钱的、找刺激的,不用招呼,美女扎堆过来。我年龄大了,逢场作戏对我这个60岁的老头子来说又有什么意义呢?我打算先和你李书山伯伯到澳洲黄金海岸疗养个一年半载再回来。其实自打我从医院出来,就对女人不抱什么幻想了。"

"那是因为您放不下妈妈!"

"创办嘉林前我还穷,我会把最好的吃的、穿的留给你妈妈。物资匮乏的年代里,没有玫瑰花的浪漫表达,对一个人好就是把有的给予对方。再后来,我为了事业没有时间照顾家庭,你妈妈又给了我最大的支持。也有部分男人在外边有红颜,又与老婆遵守婚约,只有我曾经沧海难为水,除却巫山不是云,可能是我亏欠你妈妈的太多,她为我做出的牺牲太大了!"

承树生陷入悲伤的情绪,当他见承诚难过地垂下眼睑,又鼓励他说:"每个人对爱的理解都不一样,普通夫妻彼此相濡以沫是爱,相互成就也是爱。现在不是物资匮乏的年代,人的精神生活也很丰富,两个人如果都追求成长和进步,互相支持也不错。人最大的快乐是从家庭里寻找到的,早知今日,我应该早点回归家庭陪伴你们!"

五

承树生出院后,文秀便回了央州。辞职的大半年里,除了为美伊与承诚的事帮帮忙之外,她几乎每天都泡在市图书馆,在她看来,安安静静的思考更有质量。她没有搬离与承诚在央州的同居屋子,这大半年,嘉林遭受重创,承诚几乎没回来过。

天逐渐冷了,这一日,她离开图书馆早一些,回来推开房门的时候,吓了她一跳。承诚垂着湿漉漉的头发,裸露着脊背,腰间裹着一条浅色的浴巾坐在沙发上,正翻着手机看新闻。

"你怎么来了?"

"经常出差住酒店,已经烦了。你不想我吗?"

"不穿衣服,冷吗?"

"有暖气开着,不冷。"

"你忘了吗? 我们已经分手了。"

"你只是在生气、吃醋,哪里舍得跟我分手! 否则早就搬离我们这间屋子了。"

承诚说着打开了一个精致的包装盒,他在香港出差时,特意为文秀买了一条漂亮的丝巾。

"又来哄我。"文秀心中一暖,把丝巾放在桌上。

承诚温柔地抱着文秀,抵着她的额头低声说:"别生气了吧!别那么小气!我有事跟你商量,不过首先谢谢你替我照顾爸爸!"

接着承诚从酒柜里拿出一瓶红酒,试探地问她:"好久没有陪你了,要不要喝点酒?"

"还是不要了吧。"文秀说,"你的黑眼圈好严重,累了就好好休息。"

"你还生我的气?真是醋坛子!我爸爸对你印象挺好的,他亲口说的。"

"高攀不起。"

承诚搂了文秀的腰,脸贴在她的脖颈,小声问:"你真不想我啊?"

"林菲、章丽媛是不是也跟你联系着?"文秀推开他。

"很少,逢节日的时候,相互祝福一下。"承诚用力捏了她一下,"不谈她们了,你到底想不想我啊?"

文秀叫了一声跳起来,俏皮地笑着说:"你等着。"

她去卧室快速换了睡衣,跑过来抱着承诚亲了两口,两个人重归于好。

这一夜,文秀彻底忘记了承诚的不好。她与他相处很多年了,虽然有隔阂,有矛盾,但承诚影响了她,精神上她已经很坚强了。她完全熟悉和习惯了承诚的陪伴。

清晨,承诚在穿衣镜前梳头打领带,若有所思地说:"我不经常在,你工作之外也找点乐趣,附近有电影院、商场,你去逛逛。"

"嗯!知道了。"文秀说。

"我爸爸支持我们之间的关系,他在医院住院的时候就猜出了你是我女朋友。"

"哦!他在医院时间过我的家庭情况。"文秀惊讶地问,"我原以为他会让你找一个门当户对的女人,比如章丽媛那样漂亮的高才生?"

"我跟爸爸说,你最好欺负,他就同意了!"

"你!真是太坏了!"

"哈哈!开玩笑呢!他是看透不说透!小时候他很少在家,心情不好时在家也是冷着脸的,妈妈一直迁就他,我有几年都不愿意跟他说话。回国后,我才慢慢地理解他。现在也只有工作方面沟通多一点,感情上的事我希望自己做主。没想到这方面他是一位开明的老人。"承诚仔细地用手正了正领带,认真地看着文秀,"也许夫妻之间的缘分是命中注定的。我们相识这么多年,你一直包容我,你是爱我的!爸爸经历了这次手术之后,很多事情都不那么较真了,也不爱发火了,性情和蔼了很多。他亲口告诉我,不希望我像他一样累,一家民营企业,不是靠一腔热血就能在世界里游刃有余的,这个世界是属于强者的,民营企业在夹缝中生存得太辛苦。"

承诚收拾好公文包,又坐下来,补充说:"中恒集团强势收购嘉林,爸爸这20年的心血让他们吃了。其他董事会成员也全部出售了股份,计划安心养老。虽然他们不甘心,但是资本是无情的。事业是男人的兴奋剂,我打算下个月辞职,创立一个品牌,重组团队,重新开始。新公司的名字就叫'嘉禾',你愿意跟我一起吗?"他的眼睛里又重新生出火焰,热切期待文秀的支持。

"好,我是你永远的战友。"文秀说。

"房产调控,北、上、广、深特大城市受影响最大,嘉林的失败,与重点布局一线城市战略定位有很大关系。接下来的时间,三线、四线的省会城市将会是一拨儿机会。央州即将迎来地铁时代,土地的获取成本又不是很高,我决定将嘉禾的起步锁定央州。"承诚继续说,"等我做出一番成绩来,再为我们举办一场盛大的婚礼。"

两人紧紧地抱在一起。

第十八章　分离

一

嘉林公司被收购的事情人人皆知,猎头趁机展开抢人大战,凡是在嘉林做过三年以上的员工,到了别的公司,同岗位薪水翻倍。嘉林的很多老员工不适应新文化,趁着2014年的伊始跳槽,离职的人多了起来。

承诚辞去嘉林集团助理总裁的职务,到央州寻找机会。刘勋继续跟随了他,但他还需要大将加入,才能实现自己的宏图。承诚听说杨天磊刚刚辞职,特意约了他吃饭。

"今后怎么打算?"承诚试探杨天磊的想法。

"先去一家名不见经传的地产公司,老板任命我做副总裁。地产行业工作强度这么大,我们普通人的职业生命周期做到四十五岁就差不多了,就算是想继续做,身体也不允许。今年我都四十岁了,所以还是现实一点,平台高了多挣一些钱养老。"杨天磊坦诚地说,"我没有承总您那样的鸿鹄之志,再说我们的起点也不一样。"

"理解。"承诚心中滋生些许悲凉,见杨天磊有了新的去处,也不好说什么,毕竟自己刚起步。

"像嘉林这样专注做产品的企业今后就少了。一个企业里,老板好,大家才能好!承总您也多注意身体!"杨天磊很怀念在嘉林的工作经历。

"谢谢,也祝你顺利。"

送走杨天磊,承诚感受到了压力。他暗暗发誓,一定要在四十岁之前有所成就。他一阵心悸,到洗手间洗漱,发现鼻腔渗出了鲜血。他洗掉血迹,下楼走进暗淡的夜色。

"回住处。"承诚钻进车,着急地对刘勋说。

刘勋载着他驶进小区车道,停在楼下。承诚下车后,匆忙的脚步在台阶上发出沉重的声音。他拍门喊道:"文秀,开开门!"

门露出缝儿。文秀揉着疲倦的眼睛问:"怎么这么急?"

"顾不上说这些,"承诚说,"把我的蓝色硬盘找出来。"

承诚坐在皮沙发上,两只手不停地比画着,像是在陈述什么观点。他自己跟自己说话。

"我忘记放在哪里了!"文秀翻了半天,抱歉地说。这几天,她帮承诚注册公司,寻找新公司的办公地点,忙糊涂了。

"你怎么不把自己丢了!"承诚暴躁地说,"硬盘里有嘉禾的筹备方案,还有团队组建的拟用人员名单、费用预算、公司未来发展规划……从嘉林失败的教训来看,每个企业发展、每个人的生命都有周期,当达到巅峰之后,有的逐渐走下坡路,有的是保持着巅峰的高度一直向前。我要吸取教训,不能够失败!"

文秀的心瞬间凉了,前两天他还好好的,今天就像变了一个人。他变成了一个自我摧残、伤害爱人的疯子!她倒了一杯水递给他,忍气吞声地说:"我再找找!"

承诚看到杯子皱起眉头:"你看!杯口有口红印!连个杯子都刷不干净!"

"好吧!"文秀委屈地忍着眼泪,去厨房重新刷杯子。承诚连连叹气,嘉林的失败成为他内心的阴影,时刻警示着自己不能放松。他焦虑地拿起枕头在床上不停地摔,接着又摔了书本,发出刺耳的响声。最后他双臂抱着头,蜷缩在沙发上,发出痛苦的呻吟。文秀看着他发狂的样子,恐惧地蹲在墙角。

夜里,两人无话,文秀睡在床上,承诚睡在沙发上,各自躺到天亮。清早,文秀带着哭红的眼睛,麻木地做了简餐:两个煮蛋,两杯牛奶麦片。她吃完开始对着镜子化妆,试图用香粉掩盖夜不能寐的憔悴肤色。承诚穿戴好,瞥一眼早餐,走到门口疲惫地说:"我不吃了,先去公司。"

这就是他表示和解的方式。文秀见承诚眼圈发黑,不忍心与他吵架,沉默了几秒钟说:"我出去买些日用品,你顺路送我一程吧。"

"也好。"承诚说。

刚到楼下,承诚皱起眉头问:"我刚才锁门了吗?"

"我先出来的,你得问自己。"文秀说。

"我上去看看。"承诚上楼看看门是锁着的,走下来又觉得好像没上锁,又跑上去看一趟,这样反复了两趟才上了车。车子启动驶出小区。

"你活得累不累?"文秀对于昨晚的事,还有些生气。

"累,因为我太较真了!"承诚叹口气继续责怪她,"你连个硬盘都保管不好,我真不放心你将来管账务。还有,男人在外边冲,女人要守,这方面我妈妈做得特别好。将来我即使有再多资产,你如果不够智慧,不懂资本运作,或者被别人骗光,也是败家。"

"刘勋,停车,让我下来——"文秀被奚落得毫无自尊,脸憋得通红。

"好的,过了这个红绿灯,我停到路边。"刘勋说。

"让她下去吧,不能接受批评和建议的人,怎么会有进步!"承诚也生气了。

文秀下了车,眼泪哗哗地流着。她受不了这种挑剔。

文秀走了一会儿,心情逐渐平静。路过一家中银自助取款机,一个男人在取现钞,因为接了一个电话,刚取出的现钞没捏牢,几十张人民币撒了一地。文秀连忙弯腰捡了十几张回来递给他:"先生,你数数少不少?"

男人魁梧的身材,一身深蓝色职业服,腋下夹着公文包,脚上踩着一双锃亮的黑皮鞋,虽然面色多了些许岁月的沧桑,但是目光依然犀利有神。他连忙向文秀致谢。文秀盯着男人停顿了片刻,接着惊喜地叫出声:"高宇,高老师!"

久别重逢!高宇瞳孔中的文秀脱去了稚气,干练漂亮。

"还崇拜我吗?"高宇开玩笑说,显得一点都不生分,或许偶然相见,本是他期望已久的。自从离开了央州这个令他伤心的地方,他去深圳改行做了律师,重新开始生活。这么多年,他是第一次回央州,刚踏进央州高铁站的时候,他的脑海不经意间浮现出文秀单纯稚气的脸,那是一张崇拜他的脸。

"当然,你永远是我的引路人,你的那封信,支持我走了很多年!"文秀说。

"我这样的人就是落叶,在城市里没有根,与社会格格不入,做记者差点丧命,现在改行做律师帮人打官司,每天面对的都是人性最贪婪丑陋的一面。我钱挣得也不多,除了一套房子,没有别的存款……"高宇并没有改掉他那先前直率的性子。

文秀听完显得有些忧伤。

"文秀,你敏感的性格是不是又受什么伤害了?"高宇关心地说,"你虽然更漂亮了,但是也变得忧郁了,看来目前的生活和感情并没有滋养到你!"

"别说了,高老师,如果你有时间,我请你到附近吃点饭,或者喝点什么!"

"太遗憾了,我已经买了今晚回深圳的机票,只能回头再联系了!"高宇叹口气。

文秀从衣袋里摸出离职前的名片,递给高宇:"以后再联系吧!"

文秀转身离去,高宇端详着手中的名片,陷入遐想:光鲜的职业,靓丽的着装,忧郁的眼神……从稚气的女大学生到名企的女副总经理,这个女人在十多年里都经历了什么?

二

高宇回到深圳家中,刚入门就听到婴儿嗷嗷待哺的哭声。老婆不能生育,与高宇感情一直不好,高宇多次提出离婚,老婆不同意。这几年,她一直想领养个孩子,将来好有一个依靠。但孤儿院身体健全又聪明的孩子早就被别人抢先一步收养了。从此之后,老婆就一直在寻找弃婴。

"你回来啦!"老婆跟他打完招呼,抱起婴儿,笨拙地将奶瓶塞进孩子的小嘴巴。婴儿的哭声停止了,津津有味地享受着奶水的甘甜。

"哪来的孩子?"高宇大步走过去,急切地探看老婆怀中的婴儿。干瘦的小脸,眼角黏糊糊地沾满眼屎。

"是弃婴,前天刚从孤儿院抱来的!"老婆坐下来,继续喂婴儿奶水喝。

"怎么不跟我商量?"

"商量商量,等不到你回来就会被别人抱走了。你声音小点儿,别吓着孩子!夜里孩子哭会吵着你,要不你到另一间房子去睡吧。"

老婆拍拍孩子,将入睡的孩子放进卧室的小床上。在高宇出差的这几天,她整天围着小床转悠,夜里起身喂奶,换尿布,寸步不离。

高宇刚挪开几步,听到老婆在背后发牢骚,"男人不可靠,这孩子就是我的未来。"

"既然我不可靠,我们还是离了吧。"高宇回过头气愤地说,"这么多年,我自认为对得起你!"

"好!"老婆冷静地说,"你把房子过户到我名下,另外给我一百万孩子的抚养费。我就跟你离婚!"

"看来你都筹划好了。"高宇气得七窍生烟,"我奋斗这么多年,血汗钱就买了这一套房子,存款也被你败光了,你还有没有良心!"

"可是我青春给了你,已经不年轻了,你扔下我,让我今后怎么生活?看来你是外边真的有女人了!"

"你再闹,我就去宾馆睡,以后也不回来了!"

老婆收敛了脾气,乖乖关掉灯。半夜时分,她悄悄跑去高宇的房间,见高宇熟睡着,便拿了丈夫的手机偷偷查看。屏保设了密码,她试来试去,用高宇的生日日期数字解开了密码。她紧张地翻看着里边的短消息,已经删得不留痕迹。她心想,越是删除干净,越是有鬼!她的心事沉重起来,担心和嫉妒折磨得她一夜未眠。

当清晨的亮光透过窗帘折射出微弱的光芒,高宇醒来了,他坐起身穿上衬衫,要下床穿鞋,这时老婆赶紧跑过来,俯下身往他的脚上套袜子,小心翼翼地问:"这个月发过工资了吧?"

"别!"高宇把脚缩回被窝,"你一提钱我就生气!你把我半生的积蓄都存在你的银行账户上,投到担保公司被骗得一干二净,到现在还打我工资的主意。我供你美容,供你花销,你却把我当作驴子一样,套牢我的脖子,让我永远歇不下来。我也不年轻了,还能供你榨几年?"

老婆惭愧地不说话了。在高宇初到深圳时,她是耍了不少心机才如愿以偿与高宇结了婚。婚后便辞职在家清闲起来。她认为男人养女人是天经地义的事,常常脸上贴一张黏乎乎的面膜,跟楼下的几个全职太太打麻将,输钱是经常的事儿,还抱怨高宇只会工作不陪她。高宇对这场婚姻肠子都悔青了,当初他太草率,摊上一个虚荣贪婪又懒惰的女人。高宇每次出差回家稍晚点儿,老婆就已经爬上床睡了,只见客厅的牌桌一片狼藉,厨房的锅里连一粒米都没有。他觉得老天好不公平,自己天天活得像狗一样累,老婆不关心自己,还生不出个孩子来,一提离婚就演戏自杀,天天像查户口似的盯着自己,把他折磨到快要崩溃的边缘。

高宇在这种煎熬的日子里,经常不想回家。他怕疑神疑鬼的老婆找同事的麻烦,回家前都会删除手机里的短信内容和通话记录。他宁愿出差,也不想回家。这次他又去上海,一走出家门心情就轻松不少。他透过高铁车窗一路看沿途的风景,总不自觉地想起文秀忧郁的眼神,让他产生想探知的欲望。现实中有很多人,都活成了孤独的灵魂,需要温暖。他手里捏着文秀的名片,正想着找个什么理由给文秀打电话,列车已经到站了。

高宇穿过熙熙攘攘的出站口,老婆打来电话,哭哭啼啼道:"我现在在医院,孩子受凉发烧了,婴儿患有营养不良,哭声急促,脸色发紫,被诊断为先天性心脏病,没抢救过来。我特后悔当初没跟你商量,不了解情况就急匆匆地把孩子抱回家……"

高宇挂掉电话,心情沉重地穿过人流。他戴上墨镜,遮住淌泪不止的双眼。他沮丧地坐在路边的公共座椅上发呆。两天后,他回到深圳家中已经深夜了。老婆坐在客厅等他,眼睛红红的,还没有从伤心中恢复。

"累了吧!浴缸里放了热水,等会儿去洗洗澡。"老婆像一个做错事的小孩子,对他十分殷勤,乞求原谅。

"我想知道那个可怜的孩子你怎么处理的?"

"别问了,我不想说,伤心!"老婆眼睛又红了。

"你怎么样才愿意跟我离婚?"

"一日夫妻百日恩,你忍心扔下我?"

"你怎么不想想我!十多年里,你对家庭有贡献吗?如今钱也都败光了,我连辞职都没有勇气,我真的累了!"

老婆能感觉到高宇到了忍耐她的极限,怯怯地说:"我改正不行吗?"

"你知道什么是中年危机吗?我的身体已经开始走下坡路,经常感到精气神大不如从前,高强度的工作最多能承受三五年时间。"高宇说完颓废地拿出钱包,把十几张百元现钞和零钱撒了一地,无望地说,"都给你!都给你行吧!求求你,别再折磨我了!再继续下去,我真的想自杀!如果你不愿意离婚,我就把房子还有以后挣的钱全捐出去!"

"那我要同意离呢?"

高宇坐在沙发上,垂下头,他多么希望逃离这个没有感情的家。"如果你愿意离,我就把什么都给你,除了我的生命和自由!"

老婆抱着高宇的腿哭起来:"这么多年,是我不对。我同意离婚,希望你不要再怨恨我了!"

第二天,高宇与老婆到民政局办理了离婚手续。高宇净身出户,恢复了单身。

三

央州。2014 年的初夏。央州大厦 1703 室,开阔雅致,干净整洁。承诚的嘉禾公司正式开业了。

承诚把几名骨干成员聚在会议室,简短做了几句讲话:"房地产行业的前景大家都清楚,即使多轮宏观调控,短时期内也很难改变它作为国家经济支柱的地位。我们不炒地,不投机倒把,坚持走正道,努力在这个领域里做出良心产品。我不是单枪匹马杀入央州房地产市场,是和大家一起荣辱与共。不追求规模,只求卓越,嘉禾公司将是大家展示才华的舞台。100 个亿也好,300 个亿也好,都没大家的成长重要!"

接着他给每位员工发了千元红包,团队的士气得到鼓舞,兴奋地欢呼起来。对于承诚来说,嘉林的输赢已成为过去式,他更在乎嘉禾的未来。这里的每一位员工都是他的战士,他相信任何有团队精神的企业都是不可摧毁的。

部署完工作,员工各司其职。承诚心情大好地走进自己的办公室,室内摆放着大大的实木书架,雅致的办公桌上放着高品格的兰花,墙上挂有承树生的瘦金体书法牌匾。靠窗最明亮的位置是一张能容纳6个人的茶台。

"等下杨天磊前来祝贺嘉禾开业,你帮我泡茶。"承诚对文秀说。

"好的。我有件事想跟你说。"文秀顿了一下说,"嘉禾公司刚成立,员工不多,我如果这时进来,仿佛是在替你盯着他们,员工会有压力的。"

"有道理!希望过两年,我们的办公区域能再扩大一倍,现在先把团队、业务各项建设做扎实。"

一会儿,杨天磊便到了1703室。

"承总,17层的视野好啊!能俯瞰央州新区的全景了。"杨天磊走到窗边环顾城市的建筑群。

"七上八下,我喜欢七这个数字,吉利!天磊,等嘉禾的项目规模做上去,你回来吧!待遇的事情好说,我一直看好你!"

"谢谢承总信任,到合适的阶段,我会考虑的。职业经理人做得是否开心顺畅,取决于老板的信任度。"

"对呀,对呀!现在公司都不缺人,是缺合适又优秀的人才,嘉禾现在规模还小,很多事情都是我亲力亲为,将来规模做起来,我会把你们这些大将都请回来!听说陈珂还在嘉林,他还好吗?"

"陈珂总还好,听说中恒的领导对他十分器重,又高升了。"

……

办公室里茶水沸腾,烟雾袅袅,承诚正跟杨天磊说话,一个女人的高音传了过来。

"把花篮放到门口处,你们可以走了!"女人指点两个帮她抬花篮的年轻人说。花篮的绸带上写着"恭贺嘉禾开业"的字样。

林菲不请自来。前几日,她看到承诚的微博上晒出要开业的消息就来了。承诚客气地迎上去,把她引至办公区,参观环视了一圈儿。

"我记得在澳洲上学时,你说如果将来回国创业的话,公司就参照国外敞开式的办公环境去设计,这样方便员工之间的交流。还会在下午开设下午茶时间,准备精致丰富的小点心,让秘书替你给每位员工送上奶茶,叫'总经理奶茶特供日'。"

"没有,回到国内又按照国内的办公风格去设计了,总经理奶茶特供倒可以实施。"承诚笑着说。

"如今是你说了算了。我今天从上海特意赶过来的,你怎么招待我?"

"文秀,给林菲女士倒杯茶。"承诚回到茶台,拍拍文秀的肩膀向林菲介绍,"这是文秀,未来的承太太。"

"我们俩恋爱时,都是你给我拎包儿,现在你行啊,都是承太太给你服务倒茶!看来男人对婚姻真是实际得很!"

林菲开着玩笑,完全没发现文秀的脸色已经变得难看了,承诚赶紧朝林菲使了个眼色。

"林小姐喝什么茶?"文秀忍着气问。

林菲没有吭声,傲慢地看着文秀。

"我们喝的是红茶,也给林小姐来一杯吧。"承诚说。

"好的呀!承诚,我好怀念在澳洲时的下午茶时光,轻松又休闲。如今的工作压力真大,都说压力大的女人老得快呢!我是不是老了?"林菲撒娇说。

"没有没有!你还美着呢!"承诚打趣地说。

林菲将目光又转向杨天磊："你也觉得我美吗？"

杨天磊眼珠子迅速转了一下，立刻恭维地说："林小姐气质高贵，非常美！"

"承诚，我不想游戏人间了，想结婚了。想来想去还是你最好。你要是觉得我哪点儿不好，我为你改！"林菲放肆地说着，毫不顾忌文秀的感受。

"你们聊吧，我先处理一些事情。"文秀实在忍不下去了，要离开。

"林菲，好好喝你的茶！"承诚瞪了一眼林菲，赶紧拉住文秀，"你别误会！"

"已经误会过一次了，如果你很坚决地断了跟她的来往，她会这样吗？"文秀生气地扭头跑出去。

"时间不早了，我该回去了。祝承总前程似锦，蒸蒸日上啊！"杨天磊觉察出这将是一场三角恋关系，便客气地告辞离去。

"林菲，你我之间已经结束了，我不想耽搁你的青春！今天公司开业，被你搞得鸡犬不宁！"承诚对林菲下了逐客令。

林菲被无情拒绝，嘟着嘴气冲冲地走了。

四

文秀心情不好，暂时回到了父母身边，父母一番铺张，摆了一桌子菜。晚饭时，文秀极力掩盖心事，若无其事地吃菜。文母不吃饭，慈爱地看着女儿，像在仔细端详一幅画。文秀的感情与婚姻一直是父母头疼的事儿。

"丫头，你今年多大啦？"文父问。

"爸，我多大了您还不知道吗？明知故问。"文秀知道父亲是在含蓄地催婚了。

"又过了一年了。"文父说，意在提醒女儿，婚姻大事不能再拖了。

"你说的那个承诚,如果一直拖着不肯结婚,是没想好,别再为他浪费时间了。到现在也没有来看过我和你爸,明摆着是瞧不起我们家嘛!"文母不满地说。

"嫁给普通人也没什么不好,只要有勤劳的双手,还怕饿肚子?咱的家境虽然不富裕,但你一样是我和你妈的掌上明珠。"

"爸,我不嫌贫爱富,是缘分才和他走在一起的。"文秀难过地放下筷子,"我饱了!"

文母看一桌子菜没动几下筷子,抱怨丈夫:"孩子吃饭,你干吗多嘴问年龄!"

"丫头!要是心里闷,就去和朋友散散心吧。"文父叹气说。

文秀没有出去,憋在家住了几天。恰好宏业地产向文秀抛出橄榄枝:"顺和、嘉林这些一线品牌企业在江湖的声音都比我大,但都没有我稳。你来我这里,我给你嘉林原先同岗位两倍的工资,来做我们的总经理吧。"

薪水、职位都很诱人,文秀毫不犹豫地答应了。她需要一份工作,转移感情焦虑,再说老待在家,父母看着她这个大龄剩女也发愁。她迅速返回央州,轻装上阵,入职宏业。

文秀没想到,入职这天高宇会来央州看她。高宇就在她的办公区楼下的大堂,从中午等到下午,直到她加班至深夜。

"对不起,新工作有点棘手,前任总经理留下一堆烂摊子。"文秀对高宇歉意地说。

"嗯。慢慢来!"高宇宽慰她。

"今年楼市不景气,明天还要陪几个大客户喝酒。客户要团购,现有的折扣他们不满意。"

"女人还喝酒?总经理亲自卖房子?"

"你以为呢!高薪不是好拿的,人家愿意给我开一百多万的年薪,是要我为公司多创造一个亿的价值。"

高宇倒吸口凉气,没想到自己喜欢的女人比他收入高多了。

两人到一家日本料理吃夜宵。文秀打开清酒,向高宇干杯。在高宇面前,她仍然是当年那个毫不拘谨的丫头。

"多优惠就能搞定大客户吗?"高宇好奇地问。

"不好说。最大折扣只有我们董事长才有权力批的,我只是一名职业经理人,权力再大,也大不过董事长。"文秀说,"客户都是这个社会里的精英,情商和智慧都很高,不能跟他们玩心眼,也不能乱承诺。销售这一行,无论你怎样真诚,客户还会认为彼此之间是一场生意,只有通过服务他们才会把你当朋友。"

"总经理还干哪些工作?"

"人越往上走,工作内容越离不开人场、酒场和会场,目标分解、企业融资、把控施工进度与质量、制定员工绩效体制、销售回款……如果月度销售指标完成不了,我还要亲自做销售。"

"看来你很忙,以后我要是再来看你,要根据你的时间排队了。"

"我们之间还客气什么!你打电话、写信、QQ 聊天,我有时间就会回复你的。"

"还记得你最初到报社应聘吗?那天下了大雨,我请你吃面,然后解决了你的悲伤!"

"当然记得!如果不是那场雨,我就不会在楼下躲,你见不到我,我们也不会有一段单纯美好的时光。"

……

高宇探知着文秀的世界。他今天带来了一个信封送给文秀,是他在深圳采集的美丽树叶。

"我怎么没有发现高老师还这么文艺!其实我一直相信男女之间有真正的友情,我送句诗给高老师。"文秀像是捡回了少女心,手指捏着银杏叶片旋转着笑起来。她沉思片刻,在餐厅的订餐卡片上抒写了诗句:"我们的情谊,就像四季遮天叶,无花也芬芳。"

他们互诉衷肠,相互鼓励,友谊升到了最高的浓度。在高宇眼里,原来的文秀是一个善良单纯的丫头,现在已是个经济独立、善解人意的女人。高宇遇到她就像遇到了宝藏,他狂热地爱上了她。

接下来的日子,高宇每天都会给文秀送上关心,令她如沐春风般的愉快。承诚还是每天踩着很晚的步子回到住处,这时的文秀已经甜甜地睡了,两人几乎没有了语言沟通。高宇每天都想得到心爱人的消息,他甚至担心别人会追求文秀,会是她的老板?男同事?还是别的男人?这些担心,他迫不及待地告诉了文秀,试探她的反应。

文秀心如鹿撞,但一想到自己还有承诚,就理智地回复他:"也许你是短暂的迷恋我,这都是梦,将来都会变的。"

高宇不服气地回复:"变?我原来就喜欢你,只会变得越来越爱你。如果真有一天变了,只有一种可能,就是让你不开心了,如果我成了你的负担,我就要消失了。就像你原来爱着那个幼稚的田飞飞,我怯懦地躲开了你们。我已经失去一次机会了,现在不会了。"

文秀狠心不再回应。高宇每天坚持给她汇报自己的行踪:"报告一下,我到了上海了。""再报告一下,我去吃了云吞,我想你跟我一起吃云吞。""报告一下,我想你想得睡不着,我已堕入情网!"

"你这样会害得我和男朋友分手的。万一我失业,谁养我?"

"我养你!我最后悔的事就是当初离开报社,没有好好地去争取你。你现在没有谈婚论嫁,你的男朋友又不珍惜你,我有追求的权利!"

面对高宇炙热强势的感情攻势,文秀不知所措。

五

周末,承诚与文秀又因为生活上的事情发生了争执。承诚尤其对文秀到宏业上班的事没跟他商量而非常生气。文秀伤心地跑去公司加班。晚上,屋子外边飘着小雨,街灯、树木、大街小巷充满了明亮的光彩。文秀泪眼婆娑地走出办公楼,见高宇撑着伞站在她的车旁,雨伞上滴着水珠,溅湿了脚下的鞋子。

"你是不是站了好久了?高宇,能不能让我安静两天?"文秀低下头难过地说。

"我正热烈的爱你,你却让我停下来!知道吗?这几天你不理睬我,我就像掉进了深渊,黑不见底!"高宇轻柔地拉起文秀一只手,放在自己的胸口,"你不要难过,你难过我也会难过的。"

"你是不是想找一个人,然后把自己放在她的心里?"文秀问。

"我是想把你放到我的心里。我是真的爱你,也会好好爱你!"

"怎么爱?"

"一个男人对爱的表达在于行动,比如我想见你,说来就来了。跟你在一起,我的生活就像染上春天般的色彩,你激发了我对美好生活的梦想。我相信我们之间会很合拍,很幸福的。我知道你现在心里有承诫,我等着你!"高宇看着她的眼睛,不容文秀怀疑他的痴心。

"还记得在报社的时候,我天天蹭你的饭吃。你忍着委屈离开报社也是为了给我留一个编制,结果我还是没能留下来。我一直没能够回报你。"

"我把心放在你这里,你温柔对待就算是对我的回报。"高宇说,"我是个普通的男人,一生最喜欢两样东西,一个是钱,另一个是自己喜欢的女人。房子和车都能花钱买到,喜欢的女人就未必。我对漂亮肤浅的女人没有兴趣。善良、有内涵、忠于爱情、甘于奉献的女人是难以得到的。我不是花言巧语,我想表达的是,我不会放弃你。"

"我们会有结果吗?"

"不要患得患失。"

……

文秀垂下眼睑。在承诚面前,文秀是灰姑娘。跟高宇在一起,文秀感受到了被爱与平等。高宇带文秀看了一场唯美的爱情电影——那种模糊的感觉令高宇愉悦、眩晕,像梦。分别的时候,高宇恋恋不舍地说:"我没有吻够你。"

"你就像一个冒失的小孩子希望拿到渴求的糖果一样。"文秀说完,情绪又陷入低落,"爱上一个人不容易,忘记一个人也不太容易。"

"我懂!我尽快申请工作调动,到你这边来。"高宇理解地说,"调动不了,我就辞掉工作,反正深圳已经没有家了。爱人在哪里,家就在哪里。我希望每天都能见到你。"

"别这样,我心里会有压力。"

"好!听你的!"

也许是高宇的热情,文秀想独自一人待上一段时间,理性地思考一下自己的婚姻。她回到租居的房子,环顾四周,承诚不在,陈设还是那样规矩,整洁又干净。她恍惚中能看到,承诚疲惫的身影和他躺在阳台上燃起的缕缕青烟。她曾经憧憬和承诚有个家,但实现起来有心无力。人人认为家是避风港,却也是一个容易产生摩擦和伤害的地方,虽然两个人在一起,但仍会有感到孤单的时候。文秀在这场爱情长跑里已经疲惫了。她整理、打包好衣物,给承诚留了字条,把钥匙挂在床头的衣架上,"砰"的一声关上门离开了。

几天过去了,文秀都没有回来。承诚忙完一天的工作,疲惫地倒在床上。工作就是战场,一刻不得闲,只有夜里这一刻,他才真正安静下来。手机响了,是承树生打来的。老头子对儿子叮咛说:"每个人的能力有大小,努力到无愧于心就好。身边要有个人好好照顾,你和文秀如果觉得合适,就把证先领了,别让人家父母有意见。"

老头子的一番嘘寒问暖,勾起承诚的无限伤感。他拿起手机想给文秀打电话,看看墙上的挂钟时针慢慢指向凌晨十二点,又不忍在凌晨打扰她,便放下了手机。

他失眠了,下床到卫生间打开水阀,泡在注满水的浴缸里解乏。他感到鼻孔黏黏的,垂下头来用手一抹,又是鼻血。这几日,夜里失眠症越来越厉害了,到了早上一梳头,就掉下来很多头发。他太想成功,太想证明自己。他总觉得团队里的人对公司不够投入,不能像他一样对公司奉献生命的热忱。

第二天,他抽空去了医院,内科医生推荐他到精神科,接着他经过一系列的测试,被确诊为中度抑郁症,还伴随着焦虑症。

"消瘦、情绪失控、失眠、焦虑等等,这些都是抑郁症的症状。越是优秀的人,越容易得抑郁症,因为这类人对自己要求太高了。抑郁症如果严重的话,伤害自己,伤害家人,更严重的会有自杀倾向,明星患抑郁症自杀的例子也不少见。"医生强调了抑郁症的危害,接着安慰他,"不过抑郁症是近几年常见的病,年轻人也很多,基本都是精神压力过大,无法排解情绪造成的,是可以治愈的。不管你是董事长,还是普通人,在医院都是病人,没有什么特殊。你要暂时放下工作,学会做一个平凡的人。记得以后每天按时服药。"

承诚接受了事实。医生的忠告让他清醒。他内疚地想,不该把文秀也带入他狂躁的情绪中。只是情绪爆发的时候,他根本控制不住自己。夜幕已降临,城市的车水马龙声音小了很多,雨越下越大,人潮逐渐消退。他到街头一家精致的奶茶店买了一杯热奶茶,看到眼前那些小情侣一无所有,却在雨中幸福开心地笑着。

"文秀,回来吧。"承诚拨了文秀的电话。

"我们曾经的家只是你疲惫的加油站。这么多年,我没有见过柴米油盐,只有一边吃外卖一边听你对工作无尽的激情探讨!你说男人对事业的激情要释放,我理解你!支持你!你压力大发脾气,我忍着你！但是，我们相处中，始终是不平等的。你在我面前已经习惯了优越，从未想过为我改变一点点。"文秀的语气激动、愤怒又委屈。

承诚沮丧地挂掉手机。他随着拥挤的人流，进了地铁站口，刚到达黄色等候线的时候，车门关闭，车身像闪电一样突奔，发出刺耳的呼啸声。他明白，文秀想和他结束了。

文秀与高宇在电影院的身影被刘勋无意捕捉，消息传递到了承诚耳朵里。承诚凶猛地抽着烟。也许他太自信，认为文秀永远是属于他的。如今文秀不需要他了，骄傲的他也不会再打扰文秀的生活。他拿起手机，心绪不佳地对刘勋说："重新帮我找一个住处，我想换个地方。"

承诚伤心地搬离了他与文秀曾经的居所。

第十九章　美伊复出

一

文秀去探望美伊时,美伊不在家。孩子刚刚会蹒跚走路,见到文秀便开心地拍起小手,咿咿呀呀地叫着。凤姨怕孩子跌倒,把她抱在怀中。文秀把刚买的玩具递过去,孩子抓起玩具,塞进小嘴巴里啃起来。

"小春晖真是越来越可爱了。"文秀说。

"是呀！还越来越漂亮了呢！"凤姨宠爱地说。

孩子听出来是夸赞自己,开心地挥舞着小手。

"一岁就听得懂大人说话了？"文秀惊讶地问。

"当然！我的小春晖多聪明呀！"

文秀清楚地记得,名字还是她给孩子取的。去年秋,美伊在医院产下一个漂亮女婴。当时美伊正侧身哺喂孩子,一脸的慈爱,孩子津津有味地吸吮着奶水,手脚不停地晃动。母女互相依赖的幸福场景深深地感染了文秀。她忍不住羡慕地抱起孩子,孩子却哭个不停。当她把孩子放在美伊的怀里,孩子却安然入睡了。

"孩子还是跟妈妈亲！"文秀感叹。

"因为她熟悉了我的心跳声,我抱起来自然就不哭了。原来觉得老天分配不公,凭什么男人做事业,女人只能在家带孩子,其实做了妈妈之后,发现放弃一切来陪伴孩子是我心甘情愿的。我只想天天陪着她,去个厕所,都担心她会哭起来。"美伊笑着说,"我希望她知道我的苦,长大好好孝顺我。"

"有句诗叫作'报得三春晖',"文秀说,"孩子名字叫春晖好了。"

"真好听。"美伊亲着女儿的小脸,"你以后就叫小春晖了。"

"小春晖"的名字由此得来,转眼间孩子已经一岁了。

"美伊呢?"文秀回过神来问凤姨。

"出去相亲了。"凤姨说,"美伊没有收入,花销都靠以前高祥泰给她留下的积蓄,再说孩子也逐渐大了,花销也会大,她想趁着自己年轻找个合适的男人嫁了。她在央州无亲无故,就你这么个好朋友,你今后要常来看看她。"

文秀点点头,接着问:"凤姨,您将来怎么打算?"

"以前高祥泰给我发工资,现在美伊也不容易,我不要她的钱。只要她们母女需要我,我就留下来。我可舍不得孩子,还指望着小春晖给我养老送终呢。她马上都快学会叫我奶奶了。"

"凤姨,您真是善良的人!"文秀说。

文秀抱抱孩子,正打算走,美伊的电话就来了,叫她出去吃饭。

"去吧,去吧!美伊准是想让你帮她把把关,怕看走眼了。"凤姨把文秀送到门口。

文秀来到美伊说的地点,走进一家灯光昏暗的咖啡馆。只见美伊精心修饰过,头发卷曲发亮,身体微微发福,雪白的脖颈上缠着暗红色的丝巾,身边的椅子上放着精致的手包和一把遮阳伞。

"文秀,快来坐!今天是王大治请客,你帮我把把关!"美伊招呼文秀落座,接着从手包里取出一个小镜子放在眼前,用手指梳理了几下头发,十分在意地问文秀,"我是不是老了? 这张脸只有用浓妆才压得住!"

"年轻着呢!"文秀说,"美伊,孩子逐渐大了,你考不考虑工作?"

"女人花精力找一份好工作,不如花精力找一个好男人。我已经不太年轻了,无法从头开始,靠我一个人养孩子不现实。青年时代大部分的理想早破碎了,人生的过程,有几分是甜的? 多是傻傻的与梦想不符的历程。还是现实点,帮我瞅瞅有没有离过婚、又有钱的男人,前提是对我和孩子好。"

文秀想,如果再有一次急功近利的婚姻,也就彻底摧毁了美伊的后半生。再婚的人总是考虑现实太多,男人也嫌这个社会的压力大,也想对方经济条件好,有点钱的男人又挑剔,总想找个年轻漂亮的。美伊要开启新的人生,谈何容易?

一会儿,一个五十多岁、心宽体胖的老男人大步流星地上了咖啡馆的二楼,他鹰一样的目光巡视了一周,最终落在了美伊身上,精神饱满地坐过去。美伊为他介绍文秀,他俯身问好,脸上荡漾着僵硬的微笑。服务生推荐的菜单他都一一答应,十分礼貌地点头,充分表现他的绅士风度。美伊往他的杯子里倒了半杯红酒。酒精下肚,他立刻感觉全身充满了令人兴奋的能量和热力。男人兴奋地高谈阔论起来,发表对国内外经济形势和股市的判断。美伊听得陶醉,流露出崇拜的神情。不一会儿,王大治接到一个电话,说是公司有要紧的事情,就急匆匆买单走了。

"美伊,你才三十多岁,跟一个五十多岁的老男人,不觉得是糟蹋自己吗?"文秀失望地问。

"年龄不是问题,不就是找个男人过日子嘛! 我知道你为我好,但是我是个有孩子的女人,不好嫁。前一段时间相过几次亲,都不靠谱,那几个男人条件不怎么样,还对我挑挑拣拣的。这个王先生还好啦,他儿女都大了,在国外留学,基本自立,不会干涉我和他的交往。"

"美伊,还是上班吧!把安全感寄托在别人身上,本是不确定的事。"

"我回不去了。先找男人,找不到男人我才会死心!"美伊摇摇头。

"难道你要把宝押在那个王大治身上?"

"不可以吗?大不了给他生个孩子,我不就有家庭地位了!"美伊说。

文秀想,女人一步走错,步步错!美伊并不爱王大治,如果真的嫁给王大治,等于被寄养给了这个男人。她似乎已经看清楚了美伊后半生的人生轨迹。

文秀不甘心,打算再劝劝美伊去工作。几天后,她到美伊家,见凤姨正在客厅抱着小春晖玩儿,卧室里传来男女一阵放肆的笑声。

"他们的关系是公开的了,王先生说今后每个月给春晖妈妈两万块。"凤姨尴尬地解释说,"她也没有办法,要养大孩子。"

文秀失望地离开了。她担心小春晖生活在这种家庭环境里会受到不良的影响!一心要堕落的母亲,理由却是为了孩子,这种现实令她心酸。一个月后,王大治的真实身份浮出水面。起因是文秀的同事沈英梅找到她,拜托文秀为她推荐一个靠谱的律师,要打官司。原来沈英梅在担保公司放了五百万人民币,担保公司的董事长王大治不知什么时候突然跑了。文秀再向凤姨核实,王大治与美伊失联恰巧也有一个月的时间。经过公安一番排查,终于真相大白:两人认识的王大治是同一个人。警方已经介入缉捕罪犯王大治。

美伊面色憔悴地抱着文秀大哭了一通。"我都快疯了,上周我拿着刀子到王大治的公司想要杀了他,没想到公司被查封了,找不到一个人。我后悔自己愚蠢,王大治说什么都信以为真,我还将仅剩的两百万放到了王大治的担保公司,这次是赔了夫人又折兵,血本无归。我一无所有,该怎么办啊……"

文秀看着美伊可怜的样子说:"你还有女儿,想让孩子看得起你,你得自己挣钱养活她!"

"这两天我投了好多简历,都石沉大海了。我很长时间不上班了,很多公司都不愿意录用我,说我落伍了!你们宏业公司要不要人?"美伊可怜巴巴地望着文秀。

"宏业公司现在没有岗位空缺,得等时间。"文秀为难地说。

"承诚那里怎么样呢?他刚筹备公司,很多岗位应该有空缺。对不对?"

"你可以去试试。"文秀说。

"承诚看不上我,你帮我跟他好好说说行吗?你们至少还有旧情,你说话一定管用。"

文秀无奈,做了几分钟心理准备,拨通了承诚的办公室电话。承诚刚刚送走一拨儿客人,听见座机"叮叮"地响,就抓了话筒放在耳边。

"是我。"文秀停顿了一下说,"你还好吗?"

"还好,你呢?"承诚声音低下来,"是不是遇到了困难?有困难就开口,别逞强!"

"我还在宏业。"文秀掩着嘴,眼睛湿润,努力不让自己的情绪被对方察觉,"你公司业务发展还顺利吗?要不要人?"

"现在房地产开发独资成本太高,风险系数大,嘉禾主要采用寻求合作的开发模式。我们目前跟美林置业合作,他们有土地,不缺钱,但缺乏营造好产品的经验,嘉禾注资占部分股权,对项目进行全面经营管理。销售中心这个月刚落成,正在招聘销售精英。"

"我是为了美伊的事。"

"她?听说她跟了王大治,有人爱了是好事!"

"说什么呢!她被王大治骗了两百万。"

承诚本着负责的态度，教育文秀："女人要拥有智慧，要对周围的人和社会有判断能力。如果你是优秀人才，必定是猎头公司猎取的对象。如果你有点钱，必定是金融骗子盯的对象。说不好听的，钱美伊就是堕落无知的败家女人。我以前让你学习法律，学习财务，你总觉得我是要求你、欺负你。"

"以前已经过去了。你把美伊安置了吧，她两年没工作了，现在不太好找机会，算我求你！"

既然文秀已经开口，承诚还是给了文秀面子："好吧，但是有个条件，她只能做普通员工，也就是置业顾问。"

"可是……"

"她的经历你比我清楚，没有一个项目她能管好。她以前之所以坐上了高职位，是因为高祥泰捧着她。我这里又不是慈善机构，只能给她提供就业机会，主要还是看了你的面子，以后如何要看她自己的表现。另外我给你一个忠告，每个人的命运都是自身决定的，钱美伊的选择注定了她有今天的结果，工作之外，你最好少管她的闲事儿！"

"你对她有偏见，她只是遇人不淑。"文秀坚定地说。

"不是我对她有偏见！当一个健康的人吸食了鸦片，就会颓废。谁也拯救不了她，她必须实现自我拯救！你不该把时间浪费在钱美伊这样负能量超标的人身上。今后你要向上走，圈子也要正能量。"承诚对文秀有些失望，离开他之后，文秀滥用同情心，似乎没有多大成长。

"你肯帮忙就好，别的我自有分寸。"

二

美伊顺利入职了。第一天上班，她随同事到营销经理的办公室开早会。大大的办公桌、舒适的沙发、高矮搭配的绿植，这里的一切一尘不染。青春活力的销售代表们都比美伊年轻好几岁,脸上挂着稚气和朝气,她们用好奇的眼神看她。

一会儿,营销经理走进来,坐在办公椅上问:"人都到齐了吗?"

美伊抬头一看,不是别人,刘婉婷正用犀利的目光看着她。美伊的脑袋"嗡"地一下,这个美丽的环境对她来说简直是耻辱,她真想逃离这个环境。想当初,自己在高祥泰一人之下,而如今却像寄人篱下。如果高祥泰还在,她现在也许不至于落到这个地步。她恨自己的命运不好。然而,这份工作还是文秀帮她争取过来的。她已经没有别的路可走,这个年头,房地产销售的收入是各个行业中挣钱最多最快的。

刘婉婷传达了总经理月度会议的精神和指示,把月度销售指标分解到每个人身上,并没有刻意为难美伊。美伊的目标只有一个,就是赚钱。她平时话很少,只做自己的事情,每天接待客户,分析客户,回访客户,努力下来,业绩倒不是最差的。她给同事的印象是特别清高,是个有故事的人。出去聚餐,大家开始还叫她,一次两次叫她不去,后来他们就自行出去玩耍了。一个月过去了,美伊并没有融入这个团体,她的心态已经不再像从前了。美伊在团队里成了一个孤立和孤独的人。

美伊坚持只做自己的,遇到貌似有钱的客户,她就试探地问:"先生的孩子几岁了?"如果男人说还单身,她就深入保持联系,判断彼此是否可以发展成为情侣关系。

同事们并不了解她什么背景,有好事儿的同事到刘婉婷跟前打小报告:"刘经理,钱美伊心思没有放在工作上,是个势利眼,喜欢看客户的车是什么牌子的,一看是好车就去跟人家套近乎。"

"能跟客户交成朋友是好事儿,只要她不损害公司利益,你们不要管闲事!"刘婉婷说。她明白美伊跟有钱的客户搭讪,无非是想找个合适的男人嫁了,美伊需要钱。

这天晚会后,刘婉婷留美伊谈话。

"我知道,很多人向你打我的小报告,你可以报复我。"美伊做好了被批评的思想准备。

"美伊,祥泰公司的事都已经过去了,如果我给你穿小鞋,证明我的境界和格局还不配做你的领导。你是团队的一员,你的成绩也是我的成绩,我们都放下过去,只看未来吧!你跟同事不合群也没有关系,只要完成自己的业绩我无话可说。但是如果人际关系处理不好,想在管理这条线上走难度就大了。"

"谢谢提醒。婉婷,听说你嫁得不错,怎么又工作了?"美伊问。

"我跟以前的那个早分手了,他不允许我和别的男人有任何来往,与其失去自由和尊严,还不如去争取自己想要的,重新到职场里找回信心。我来这里比你早两个月,今后如果有困难告诉我。文秀得知我在这里,今天早上还特意给我打过电话,拜托我帮助你。"

美伊有些感动,回到家后又觉得现实艰难,靠自己每天辛苦工作怎么可能换取让后半生无忧的财富?毕竟她有孩子,以她的年龄,能在职场打拼的时间有限。她得想办法。

三

美伊表现得非常勤奋。她每天第一个来,主动承担起值日的责任,晚上最后一个走,做工作笔记。她的业绩也逐渐上升,很快,美伊上了部门季度销售冠军榜。

"难道她真的变了? 真是不可思议。"美伊引起了承诚的注意。

"承总,您要以发展的眼光看问题。人都会变的,有的会变好,有的会变坏。钱美伊失去依靠,家里有个嗷嗷待哺的孩子,她进步也是被逼的。"刘婉婷说。

"嗯,进步就是好同事。"

承诚到销售部视察工作,员工们紧张地站成一排,朝气蓬勃地看着他,等待指示,只有美伊低着头,谦卑的样子。

"钱美伊来部门只有三个月,就成了2014年末季度的销冠,是大家值得学习的对象。你们可以私下向她取经,讨教销售秘籍。"承诚煞有介事地表扬了一番钱美伊,意在激励其他员工。美伊内心激起波澜,她相信如果能博得承诚的欣赏,自己的职场还是有前途的。

年底一般是人事调整的时候,美伊心想,何不借这次良好的业绩,向上爬一爬?她记得高祥泰曾说过:"有人认为下属请上级领导吃饭是拍马屁,这是庸人的看法。我认为这是一种沟通方式,如果我的指令和意图下属都不了解,怎么能执行得好?我凭什么提拔他呢!"

现实是,有刘婉婷在头上,美伊的升迁有局限性。再说刘婉婷并没有要提拔她的意思,因为部门同事觉得她清高孤傲,说她不适合带团队。她不能直接越过刘婉婷找承诚汇报自己的想法,这种越级在职场是大忌,她不想得罪刘婉婷。她也试着约请承诚吃饭,承诚总是以忙为借口拒绝她。她只能巧妙地寻找与承诚接触的机会。她看准了承诚的司机刘勋,企图探知些情况,但刘勋对她守口如瓶,她很难从他的嘴巴里掏出蛛丝马迹。

美伊不惜撕破道德底线,寻找到刘勋职场的"污点"。她发现破绽,还是源于最近销售员之间无心的谈话。

"没钱的男人不一定对老婆就小气。综观公司男同事,也就刘勋对老婆大方,去年公司组织去香港旅行时,他给老婆买了爱马仕丝巾和女包,还有其他奢侈品。一个司机月薪也就几千块,瞬间万元就从卡上划了出去,一点也不心疼。"一位同事说。

第二天,美伊报销客户业务招待费,找财务经理签字,财务经理去了厕所,办公桌上堆积了一堆报销单。她趁机仔细翻看,发现刘勋的酒水、礼品报销单价格偏高,之前跟着高祥泰做事时,这些采购的活儿她都干过,市场价自然是熟悉的。刘勋是承诚的贴身司机,酒水、礼品基本都是刘勋采购。美伊从供货商那里摸了底价,底价与刘勋报销的发票额差了10%,也就是刘勋有可能在采购中吃了10%的回扣。

美伊抓住了刘勋的小辫子,她瞅准时机,在茶水间与刘勋擦肩而过的时候,她拉住刘勋的衣袖,凑上他的耳朵悄悄说:"我从公司的供货商买酒水,可以比你便宜10%。"

"你什么意思?"刘勋立刻变了脸色,"我没犯法!采购价格符合市场价格区间。"

"你采购的价格是市场价格区间中最高的。"

"钱美伊,我跟你没有冤仇!你怎么不说我采购的物品质量也是最好的呢?"刘勋有些紧张,对美伊背后调查他的事恨得牙痒痒。

"我不想伤害你!我只想请你帮个小忙,制造一次我跟承总沟通的机会。"

"你即使搭上承总这条船,也未必顺风顺水!"刘勋明白了美伊的用意,不屑地讽刺她。

"蛇有蛇道,猫有猫道。这你不用管!"

"承总早上七点从家出门,七点十分时,我会在天地广场大门口的停车场等他。晚上他一般没有时间,都在应酬各种饭局,你见机行事吧!"刘勋说。

第二天早上七点,北风呼啸,美伊穿了一件呢绒大衣,领口围着厚厚的围巾,瑟瑟发抖地站在天地广场大门口。七点十分,承诚准时到天地广场的停车场。刘勋载着承诚驶出天地广场的大门口,靠在路边,按了两声喇叭,停靠在美伊的身旁。

"美伊?今天怎么在这里?"承诚摇下车窗。

"我的车坏了,坐了公交车,在这里换乘。"

"快上车吧,这里是公交站厅,私家车不能停留。"

"给您添麻烦了。"美伊钻进车。

"最近跟文秀联系过吗?"承诚侧过脸问。

"文秀在忙工作,她称自己一个人就是千军万马。"

"她现在还是一个人吗?"承诚侧面地向美伊探寻文秀的感情生活。

"高宇在追求她。高宇正准备把深圳的工作换到央州来。您心里还挂念着她,为什么不去找她?我感觉高宇坚持下去,他们会走在一起的。"

承诚觉得不该在车上讨论私人感情,并不回答美伊的问题,而是鼓励她说:"你好好努力,会有收获的!"

"可是我起点太晚了,我女儿再过两年就要上幼儿园了,我也不想她上普通的幼儿园。承总,我骗了您,我的车不是坏了,是卖了,给孩子准备学费。年底人事调整如果有晋升机会的话,可以给我一次机会吗?我一定会加倍努力的。您当初培养了文秀,也可以再培养我嘛!"美伊说着掉了眼泪。

承诚动了恻隐之心,如果她真的一心向上,提升、鼓励一下也不是不可!

"晋升的事,我要跟刘婉婷商量一下,她是你的直接领导,对你的工作评定占有50%的权重。"

"谢谢承总!"

刘勋故意将美伊搭承诚顺风车的事情传到营销部,刘婉婷叹口气:"妖怪又该出来了。"

承诚对于钱美伊晋升的事情,特意找刘婉婷谈话。

"你是钱美伊的上级领导,对她的工作做个评价我听听!"

"她工作挺努力的,这次是季末的销售冠军,但她一直独来独往,在团队协作方面还不够有格局!"

"嗯!评价非常中肯。她以前做过经理,比部门新人还是有经验,可以发挥她的作用,给她个主管做做,承担更多帮助同事的职责,也为你分担更多!你看如何?"

"这个……"刘婉婷犹豫着。

"你也辛苦了,她的改变也有你的功劳。她晋升主管,你晋升为营销总监。"

承诚的平衡术果然老辣,他想看看,美伊是不是扶不起的阿斗!刘婉婷说不出阻止美伊晋升的理由,毕竟美伊搭乘承诚顺风车是工作之外的事情。

四

初战告捷,美伊得寸进尺起来,看来没有事情是不可改变的。她暗暗等待第二次机会。刘婉婷请了病假,钱美伊作为部门主管替她参加公司月度会议,向承诚汇报部门工作。

会议快结束时,承诚说:"我今晚有招待,大家按照各项工作部署先推进工作吧,部门主要负责人自行讨论,如果有意见分歧,再找我决策。"

承诚刚起身出会议室,美伊就跟了出来,追上承诚:"承总,我以前在祥泰公司经常陪领导应酬,酒量还行,我可以帮您挡挡,带上我吧!"

承诚犹豫了一下:"好,上车吧!央州的酒文化太厉害,简直是无酒不欢,我也只有入乡随俗。"

刘勋把二人送到央州大酒楼,将车停在停车场,倚在车身上抽烟。他很烦,今天女儿感冒发烧,承诚应酬多晚他都得窝在车里等着,他实在担心钱美伊有什么阴谋。

一辆白色的奔驰驶入停车场车道,在他的车边停下来,文秀裹着大衣从车门钻出来,今天公司骨干员工要为她庆祝34岁的生日,定在央州大酒店303包厢。

"文秀姐!"刘勋认出了她,很直接地说,"承总在302包厢。"

"谢谢你刘勋！两个好人不一定有好的缘分，我认命了！"文秀完全明白刘勋的用意，"我先走了，改天联系！"

"文秀姐，我跟你和承总两个共事多年，承总是我敬仰的人，你是我尊敬的人，我只是替你们惋惜。钱美伊她今天主动要求陪承总吃饭，我总觉得她别有用心！"

文秀勉强地笑了一下，转身上了酒楼。

302包厢里的家伙个个海量，美伊为承诚挡了不少酒，醉得不轻。隔壁的303传出来生日祝福歌，欢乐的浪潮一阵高过一阵。等到散场，美伊跟跟跄跄地站起来，替承诚跟对方抢着结账，醉得连笔都拿不住。承诚扶她到收银台对面的一组沙发区坐下，美伊顺势将头倒在他的双腿上。

生日宴结束了，文秀出于礼貌，决定大方地跟承诚打招呼。她带着自信的笑容走进302，可302的人已经走了，服务员正在清理桌上的残羹冷炙。当她到收银台，承诚与美伊的醉态和亲密映入她的视野。她不在，承诚身边也不会缺少女人。她与承诚四目相对的一刹那，她的心被灼伤了。

"文秀，你能否帮我把美伊扶下去。"承诚起身，拉起美伊的胳膊，架在自己肩上。

文秀与承诚两人一起把美伊架回车。刘勋见状抱怨钱美伊："你还说照顾承总呢，自己都醉成这样子！"

"我没……没醉！刘勋，你家中有老婆孩子，有事先回家吧，我照顾承总。"美伊醉醺醺地抗议着。

"不妥吧，承总没有让我回家。"

"你傻呀！承总喝醉了，怎么批准你回家？"

"刘勋，现在晚了，如果买不到醒酒药，我卧室的床头柜里有，你先给钱美伊喝上。我跟文秀好长时间没见面了，一起走走。"承诚说完，看着文秀。

"好的,好的！我会照顾钱主管的!"刘勋机敏地说。

承诚与文秀走在孤独、浮躁的都市之夜。远处酒吧里传来阵阵快节奏的声响,像狂乱的脉搏,霓虹的彩光像是不知疲倦的眼。

"今天我很想给你过生日的。"承诚说,"我不是不记得,只是……"

"以前你也没陪我过生日,你也知道我不在意这些。生日只会提醒我是个大龄剩女。今晚庆生只是一个名头,让员工一起聚一下。"

"你不是已经跟高宇在一起了?"

"忘记一个人难,再爱上一个人同样需要时间。"

承诚将点燃的烟放进口中,双眼深沉,长时间的高强度工作令他显得疲惫。他尽可能地表现出真诚的态度,认真地说:"文秀,我对感情并不是不重视,有感情才能组建家庭,家庭又是事业稳定的基石。我的缺憾在于我的另一半在沉睡,我希望她能够理解和支持我,跟上我的步伐,一起分享奋斗后的成果。"

文秀笑笑:"你永远不会道歉,总喜欢用讲道理的方式让别人顺从你。你对女人的爱也是建立在自我的需求满足上。"

"你没经受过人生的大风浪,如何理解得了我的苦楚？男人是要奋斗的！没有了事业的男人就像断了翅膀的雄鹰!"

"奋斗不是物欲权欲的借口,不是拜金,是为了未来更加安定、自由,实现阶段性人生目标。远见太远、目标超过承受范围也是贪婪,人不能以理想为借口,将自己的欲望以事业来注解,就觉得自己的所有行为都是对的。就像一只鸟,它的生活周期与活动路径都是有范围的,冬天向南迁徙,春天飞回,越了边际就是流放。人不能以事业为托词,伤人伤己。你看起来状态不好,需要休息了。天堂不是天上,是心境与世界和解。"

"你说的是普通男人,你不懂优秀的男人在想什么,不过你已经不是当初那个只会勇往直前、不畏困难的单纯小姑娘了。"

"我还是我,想在事业上出色,也想做一个平凡的好妈妈,有个疼爱我的男人和幸福的家。"

"文秀,以前的误会就让它过去吧!"承诚停下脚步,向文秀伸出手,含蓄地表达他想重归于好的愿望。

"我可以站在你的身边,却不一定成为你理想的文秀,我要彻底的自由!"文秀坚决地说。

"女人是男人的另一半儿,应该成熟地站在家庭、家族的角度上考虑事情,而不是任性地按照自己的感觉去做事。两个人既然在一起,每个人考虑的当然不能只是自己一个人的事。所以,哪来的彻底自由?"

"你需要的是一位传统的女人,像你妈妈一样。我不适合你!你没有欢笑、没有理解,你的心里只有你自己的需要,还有你的嘉禾!很多时候,我们即使在一起,依然冰冷的,没有温度,我们已经相互缺席很久了。"

承诚低落地转身离开了,两人的想法已经不在一个频道上。当初他最失意的时候,看到了文秀的真心,他才想收心跟这个女孩好好相处、彼此成长。他对伤害过文秀的行为充满歉意,如今看来,文秀并未原谅他。承诚的背影远去时,文秀也泪眼婆娑。在她眼里,承诚永远是个不会快乐的苦行僧。

五

刘勋给美伊喝了醒酒药后,坚持送她回自己的家中。美伊却赖在承诚的住处不愿回去了:"凤姨每日还要替我辛苦地照顾女儿,今晚我不想给她找麻烦了!"

"这是承总的家,我们留下来不合适,万一晚上文秀姐跟承总一起回房间呢?"刘勋嘟哝着,"快起来,三十多岁的人了,还不懂事!"

"他们不可能,文秀的心需要暖,承诚却只会提要求。我敢跟你打赌,文秀最终是属于高宇的!"美伊又指着房门说,"我睡次卧,你睡客厅沙发,承总回来睡主卧,这样安排不是挺好!你要是不听我的,我就把你采购的事情说给承总。"

刘勋不敢得罪美伊,只得把她的鞋子脱了,安顿她在次卧睡了。刘勋怕被承诚责怪,临走的时候把美伊睡的这间房门关得牢牢的,接着去酒店附近把承诚接了回来。

刘勋从衣柜取了一条棉被,自己窝在沙发上。承诚毫无睡意,想起文秀的话,心里越发不好受。这个晚上他依然失眠,最近抑郁症也更严重了。上周医生又多给他开了两种药,桌上已摆了8个瓶药。他又看了看说明书上药物对肝肾有副作用的说明,苦恼地问自己:"难道我的后半生就跟这些药片相伴了吗?"他把药瓶打开,将药倒进马桶,药片随着"哗"的一声被水流冲走了。他服下一片安定,勉强睡了。

第二天美伊醒得早,她走进承诚的房间,将承诚外露的手臂放进被子。承诚闭着眼睛难过地自语:"文秀,你怎么就不理解我呢……"

承诚的话语像一记响亮的耳光打在美伊的脸上,火辣辣的。她的青春赔给了高祥泰,高祥泰给她的爱却是万分吝啬的。她忍着嫉妒,对承诚说:"文秀有高宇追求,像你这样骄傲的男人怎么愿意认输呢?看着你每日这么拼,还不快乐,我都有些心疼。"

承诚睁开眼发现美伊立坐在床边,心中惊慌:"刘勋,刘勋呢!"

刘勋在客厅的沙发上一骨碌爬起来,连声说:"承总,我在,我在这儿呢!"

承诚松了口气,指着钱美伊说:"刘勋,你昨晚怎么不送美伊回家?"

"承总,是她不愿意回家!昨天她醉得厉害,是您让我带她回来喂她醒酒药的。"刘勋委屈地说,"承总,昨天晚上我女儿发烧,我现在能回家看看吗?"

"你回去吧。"承诚心中一软,用手势示意他回家。

刘勋像得到特赦一样,把车钥匙放在桌上,飞快地跑了。

"承总好些了吗?想吃什么早餐,我给您做。"美伊走近承诚。

"你先回公司吧,省得有闲话跑出来。"

"身正不怕影子斜,有刘勋作证呢。"

"听我的,你自己回去。昨天晚上,谢谢你了!"

美伊低头把门关上离开了。她很伤心,承诚真的看不上自己。承诚站在阳台狠狠地抽着烟。美伊的话刺激着他的神经,他难道会败给高宇吗?他的心像针戳似的难受。

电话一个接一个打来,紧迫的事物容不得他半点儿分神。他喝了一口茶,很快整理好衣服,调动全身的细胞,抓起车钥匙精神地走下楼,投入新一天的工作中。

承诚刚到办公室,刘婉婷就拿着部门最新月度销售排行榜名单,直奔进来。

"承总,销售主管的工作与其他置业顾问一样,都是卖房子,只是底薪高一些。钱美伊刚晋升主管没多久,3个月的业绩就下滑到倒数第二名。"

"你想说什么?"

"我想说,一个员工的素质应该多些时间去观察,钱美伊的心思跑偏了。"

"跑哪里去了?"

"跑您这里了呀!想走捷径没有错,总得把工作放在第一位吧。承总,她无非就是想博得您对她的好感,获得自己想要的。只要您让她知道,她没有机会搭上您这趟车,她就死心了!"

"刘婉婷,请你说话注意分寸!"承诚面子有些挂不住。

"承总,对不起!"

刘婉婷回到营销部,霹雳火神似的把美伊拉出去,一顿劈头盖脸地讽刺:"你能不能不走捷径!"

美伊当场就哭了,心里骂道:"准是刘勋这小子故意制造矛盾,将我在承诚家留宿的事告诉了刘婉婷!"

下班时,刘勋碰到钱美伊,心虚地说:"承总说营销部女孩是非多,他烦透了这样的事,说今后与你保持距离。"

美伊举起手中的笔记本,追着刘勋砸向他:"刘勋,你是个睚眦必报的小人!"

刘勋一溜烟儿似的跑得无影无踪。

第二十章　柳暗花明

一

环境变了,除了老实工作,美伊在嘉禾没有捷径可走。美伊收心了。

2015年的春季房展会开始了,会展中心容纳了上百家房地产商,美女模特、玩偶派发宣传单页,搭台子跳街舞……很多房地产企业为了卖房子,使出浑身解数吸引客户眼球。美林小镇的展台凭着核心的位置、清新的设计风格,咨询的客户络绎不绝。参展的最后一天,美伊和三位同事负责撤展,展台刚刚拆了遮阳顶,天就变了脸,骤然下起了小雨。撤展的企业多,出会场的车道十分拥挤。撤展车装完材料后,只能容下三个人,由于美伊平日不合群,其他人坐上车把她独自扔下走了。当企业撤走一大半,道路稍微疏通了些,美伊站在路边,头上顶着宣传单页四处张望。

"美女,坐我的车吧。"

美伊看到一张熟悉的脸傻傻地对她笑着。程晓阳开着一辆货车,摇下车窗对她挥着手。正是这个憨傻的男人陪她在上海做的人流手术,照顾她三天。不堪的过往会影响到她将来的名声和生活,想到这里,她假装没有听见,心慌地疾步向前走了几步,细细的高跟鞋没听大脑的使唤打了滑,她重重地摔倒在地,痛得扶着脚踝一时难以站起来。

"下着雨呢,你干吗跑啊?副驾驶上有个位置,你坐上来吧。"程晓阳慌忙下了车扶她起身。

"走不走啊!不走别挡道!"后边的司机探出头来不耐烦地大声叫唤,疯狂地按着车喇叭。

美伊在程晓阳的搀扶下,踮着脚尖上了车。

"要不要紧啊?等会儿带你去医院。"

"没事。谢谢!"

"好几年没有见你了,你现在在哪儿工作?"

"在美林小镇项目做销售。"

"不错啊,那个小区据说卖得很火,小区品质也很好,价格一平方米涨了一千多块了吧?销售挣钱啊,一年都好几十万收入,我们做工程的只能拿固定的薪水,营销上有什么工作还得协助,就像今天撤展的事儿,按说不归我管,我还是要来帮忙。"晓阳看美伊紧绷着脸,解释着,"我不是抱怨啊,实事求是。"

美伊笑笑,说她只想快点回家。她的脚踝崴得不轻,下车的时候,疼痛得走不成路,晓阳只得处理完事情后带她去医院拍了片子,显示脚踝肌肉扭伤。美伊的左脚被医生缠上了纱带,需要在家休息一周。

"不行,我还要上班挣钱呢!明天我的客户要签合同,如果同事替我签,我的提成就要被分走一半。"美伊皱着眉头。

"我上班路过美林小镇销售部,明天我到你家门口接上你,顺路送你上班吧。"

"好吧,谢谢!我以前的事你不许告诉任何人。"

"哦,放心吧!"

细心的晓阳送她上班时连早点都会准备好，一周了，美伊能正常走路了，晓阳还坚持送她上下班。美伊晚上开会，程晓阳饿着肚子等她，并无怨言。她感受到了被照顾的甜处，对程晓阳这类暖男有了好感。

钱美伊对程晓阳真正动心是因为一件事。深夜里，小春晖发高烧，上吐下泻，撕心裂肺地哭闹。美伊和凤姨急得手忙脚乱，美伊迅速打了程晓阳的电话，这个男人开着车像及时雨一样出现在她的家门口。他厚实的双臂抱着孩子，甩开粗壮有力的双腿，迈着稳健的大步冲进了医院的急诊室。美伊抱着熟睡的孩子在大厅输液，程晓阳跑前跑后去缴费、取药，接着回到停放在医院路边的车里，默默地等着她们母女。

"今天多亏程先生，我这个老婆子不识多少字，除了抱抱孩子、打扫卫生和做饭，其他什么也做不了！"凤姨自责地说。

"春晖需要一个爸爸，我也需要一个男人。"美伊忍不住哭了。

善良的凤姨心想，美伊以前享福习惯了，现在每日辛苦上班，收入勉强支撑她们仨的日常开销。美伊已经收敛了很多，好长时间没有买过新衣服。她对美伊说："等春晖大点了，我没用了，就回乡下去。"

"凤姨，我再难，也不会丢弃您，您是我恩人！我虽说不是好女人，但还不至于坏了良心！咱们仨相依为命，早成了亲人！"美伊擦干眼角的泪水，"程晓阳倒是中意我，就是不太会挣钱……您怎么看？"

"程先生可靠忠实，虽然能耐少点儿，但是让人心安。美伊，钱少就省着点儿用，能够遇到一个对孩子好的男人不容易。"凤姨劝美伊把握住机会。

"我也知道，再晃几年，我年轻越来越大了！"美伊默认了凤姨的话，她对程晓阳的心思更加坚定了。

程晓阳帮助美伊起初是出于同情,后来付出越多,陷得越深。钱美伊是个漂亮的女人,她们母女给他沉闷的日子带来了色彩。美伊越是依赖他,他越享受作为男人的存在感。

二

"她的情史你翻翻,声名狼藉,还生了个没有爸爸的孩子,你也打算栽到她手里?"同事听说了一些风声,劝程晓阳远离钱美伊。外界的议论让晓阳陷入痛苦的情绪里。美伊不管三七二十一,程晓阳是她最后的希望了。她请了程晓阳来家里吃午饭,称自己学了一手好菜饭,硬是没让凤姨动手。

一桌子菜热气腾腾上了桌。程晓阳抱起小春晖,说:"好吃的来啦!"孩子淘气地用小手抠他的眼镜架,快乐地拍打着他的脸。

"这孩子真是喜欢你,别人一抱就哭得特别厉害,看来是跟你有缘。"凤姨顺水推舟说,"孩子上午吃得晚,这会儿不饿,我们先晒太阳长高高去了,你们聊聊!"

凤姨抱着小春晖出了门,程晓阳腼腆地低下头。吃完饭,美伊拿起一条崭新的男士领带,动作娴熟地套进程晓阳的衬衣领子,一边打着领带一边说:"男人在职场里的形象很重要,职位晋升也需要形象来加分。这是专门买给你的。"

美伊把他推到卧室的穿衣镜前:"看看帅不帅?"

程晓阳露出灿烂的笑,摸着领带说:"今后我的衣服怎么穿,就你管了。"

美伊看着镜中的程晓阳,浮现出高祥泰的影子,原来也都是她给他打领带,她曾经最爱的男人给了她一生的痛。想起往事,美伊失了神。

程晓阳看她低落的眼神,关切地问:"怎么突然不高兴了?"

"我想给春晖找一个爸爸。"

程晓阳沉默地抱着她,欲言又止。

"我就知道,你嫌弃我有孩子,还有我的名声!我不强求,但求求你不要断了跟我的来往!我和孩子是真的需要你!"美伊哽咽着摇他的肩膀。

晓阳粗笨地用衣袖给她擦眼泪,着急地说:"别哭呀!我不够有钱,不一定是适合你的!"

美伊掩住了他的嘴:"我是认真的,你是个善良的男人,我想好好做你的妻子,直到遇到你,我才知道什么是安全感,渴望做一个好女人!"

"有件事,我不能再隐瞒你了。"程晓阳缓缓解开衣领,胸部肌肤凹凸不平、丑陋恐怖。

"啊!"美伊吓得缩在床角。

"我之前交过两个女朋友,与我亲密接触后就离开我了。"程晓阳伤心地说,"我的身体是有瑕疵的,小时候在我妈妈的棉花厂玩,厂房失了火,我还算幸运,被救了出来,除了脸和腰腹部,其他几乎没有完整的肌肤。家里没钱医治,疤痕就留了下来。我自己都不愿意看这片疤痕。你要是不愿意接受,我不怪你!"

美伊努力恢复情绪,眼泪簌簌流下,她挪动身体抱住了程晓阳:"我不介意,每个人都是不完美的,我的过去也有瑕疵!"

美伊的坚定,给程晓阳自卑的心注入了温暖的阳光。只要她是善良的,不再给他戴绿帽子,他愿意娶她。他看到小春晖单纯明亮的眸子,更觉得孩子是无辜的,他要买一套属于自己的房子,与美伊母子开始新的生活。

美伊决定把房子买在美林小镇,小区一期即将交付,会所、超市、健身房、书吧这些生活配套很全。前期个别的客户交了订房款后,一直拖延签订正式购房合同的时间,等快交付时,房价上涨,让置业顾问卖给新客户,从中渔利。

"我有个客户在开盘时买了美林小镇一套三室两厅的房子,首付款交上后,一直不配合办理按揭,又不愿意退房。她让我尽快加点钱帮她卖了,利润分给我30%。房子的总价涨了二十万呢!不如给她压压价,给她加十万,房子更名给我们好了。"

"这是损害公司利益的。"程晓阳吃惊地说。

"这有什么,哪个售楼部都有这种事。"

"美伊,如果没事则罢,出了事你还怎么在公司做下去?再说文秀帮你进的公司,你这么做令她名声不好,这是损人利己!"

"我在十年前也帮助过她,这次是扯平了。她比我命好,如果当初不是有承诚,她也没有今天的成就!"美伊不以为然地说。

"现在她离开承诚,不照样过得很好吗?"

"你的意思是我不如她,对吧?"美伊生了气。

"你怎么就不明白我是为你好呢!我不想因为买套房子让你们之间的关系破裂,给你背负忘恩负义的恶名!"

美伊不顾程晓阳的反对,私下与客户约了周末面谈,美伊压了价,双方以原价的基础上加十万块达成协议。晚上程晓阳翻来覆去睡不着,第二天肿着眼睛告诉美伊,房子他不准备买了,因为不想让美伊冒风险。

程晓阳的反悔激起了客户的情绪,一怒之下退了房子,还把美伊投诉到了刘婉婷那里。婉婷见客户没有拿出证据,故作惊讶地说:"我不相信美伊会做这样的事,不过公司绝不允许员工私下更名转让房子进行牟利的行为。"

客户恶意地在销售部散播消息报复美伊,其他同事更加疏远她。美伊不得已找到刘婉婷交代事实。

"我知道你因为同情我,怕我失去工作,一直没有揭发我,是我对不起你!"美伊不安地说。

"错,我是为了公司的声誉。如果你资金有困难,公司和大家可以帮你,但是管理团队需要制度来约束,你这样做会破坏大家工作的积极性。幸亏这个客户投诉你时没有拿出证据,否则就是追查和开除。我需要给公司和团队一个交代,你说怎么办吧?"刘婉婷毫不客气地说。

美伊不担心失去工作,也不在意玷污名声,她真正担心的是失去程晓阳。在众人眼中,她是无可救药了。程晓阳两天来不停地抽着闷烟,并没有责怪她一句。美伊做好了菜,想讨好他,把一双筷子递给他。他摇摇头,把筷子重新放下。

"你也不说一句话,是不会原谅我了!我特别害怕,怕你离开我!"美伊悲伤地说。

程晓阳去了屋里,拿出一张红色存折递给她:"你离开公司,自己选择做个事情吧,不过最好靠谱点,这是我的全部家当。"

美伊打开存折,里边的数字是五十万。她震惊地问:"你不怕我给你败光吗?"

"美伊,你想好了跟我这么一个老实人过一辈子吗?如果你想好了,愿意跟我过,从今以后不要再投机取巧,把你之前的虚荣心全部甩掉,再拿上这笔钱好好做事情!"

这个男人在赌,拿他的真心和全部家当去赌。美伊痛哭失声,才意识到自己有多愚蠢!高祥泰利用她,王大治骗她,程晓阳给她的是一个男人的全部。她擦干了眼泪,突如其来的力量充盈了她的整个身心。她决心与过去一刀两断,果断处理了满柜子的名牌衣服和名牌手表,清空过去所有记忆。

三

聚龙城商场里,美伊的开心餐厅在盛夏时节的一个周末开业了。对于美伊来说,天亮了并不意味着黎明唤醒了大地,只有春天的生机才能温暖她。她醒了,身体的细胞还困倦着,幸福和责任才是她苏醒和自我拯救的动力。跟一个爱自己的男人一起到老,给女儿一个光明的未来,丈夫和女儿小春晖就是她的动力。无亲无故的单身女人凤姨成了美伊家庭的一分子,每天照顾小春晖的生活,忠厚的丈夫程晓阳下班早了也会帮美伊照料快餐店。

今天客人非常多,送走了最后一拨客人,美伊看看墙上挂的时钟,快到商场打烊的时间了。她用手背捶捶酸胀的后腰,拿起计算器,开始盘点当天的营业流水。她的店开张不久,靠着薄利多销,人气和翻座率在商场的餐饮业里算是高的。用她的话说,生意好,因为有她这个漂亮的老板娘!店员勤快地打扫卫生,储藏、收纳第二天的食材,准备下班了。

一阵刺耳的争吵声传来,一对年轻的夫妻在餐厅门口吵架,女人穿戴略时髦,男人朴素,看起来是一对普通的打工族。

"为了贪图一碗便宜的面,你拉我跑这么远到这个地方。"男人抱怨着。

"还不是因为你工资低!能省就省了!"

"你就不懂心疼男人,每天不做饭,孩子扔给保姆,还躺在床上让我给你倒水,懒得像个猪!还好意思说为我省钱?"

"我天天上班也很累,你不会宠爱女人,我怎么嫁给你这种窝囊废!"

"你有本事找个成功男人嫁了,给我看看呀!"

……

两个人吵得越来越激烈。

女人终于忍不住爆发了:"信不信我打你脸?"

男人指着自己的脸故意靠近她,瞪圆了眼睛吼:"你试试!"

女人果真负气打了男人一巴掌,没想到男人却回敬了她一个更响亮的巴掌。

女人坐在地上号啕大哭起来:"我轻轻打你一下,你却对我照死里打！你真是个十足的混蛋！"

店员对美伊说："老板，门口招来一对冤家，我赶他们走。"

美伊拦下了店员，到店门口亲自对男人轻声说："你是男人，去哄哄她吧！"

男人不情愿，把头扭到了身后："不哄！每次都是越哄越来劲，对我是又掐又咬。"

男人甩手走了，美伊拉起蹲在地上哭泣的女人劝慰说："男人都有自尊，不能去侮辱他。漂亮女人比成功男人数量多，所以嫁给成功男人是有压力的。成功男人大多有阅历，经历女人无数，也很难驾驭他的心，还天天提心吊胆怕他跟别的女人有染。找一个爱你的男人踏踏实实过一辈子不好吗？"

女人眼中泛着泪光："我也就用这话气气他！他没啥本事，脾气还这么大！"

"好的婚姻是相互尊重的，相互指责有可能导致关系破裂。如果你想嫁给优秀的男人，自己也要变得优秀，要做好赛跑的准备。你的路还长，回去规划一下将来的日子吧。"

年轻女人被说动了，点点头离开了。美伊倚在门口，回忆自己十多年不堪的堕落经历，那段煎熬的日子里，她就像被扔进一口黑暗的大锅里煮炖，想不起来什么是坚强。现在虽然每天很辛苦，但是很有力量，很幸福！美伊与之前判若两人，她相信自己的快餐店生意会越来越好，开心餐厅是她新的希望，新的开始。

这个世界的变化一日千里，应该以发展的眼光去看待一个人、一件事。或许一个人有不堪的过往，但努力奋斗就会有脱胎换骨的变化。过去的钱美伊，不存在了。

第二十一章　浮生若梦

一

虽然已是入秋的早晨，可炎热依然不减。在熙攘的央州大道上，文秀正赶在去公司的路上。

多年的职场历练，越发锤炼出文秀出色的管理能力，游刃有余地应对工作。她每天工作兢兢业业，努力保持形象得体，说话注意分寸。她活跃于媒体组织的大小论坛活动，主持会议解决客诉问题，去工地现场督促施工进度。然而随着政府持续地对房地产行业进行调控与购房者观望情绪的叠加，她时刻处于应接不暇的应对状态，忙得无处遁形。文秀的总经理办公室几乎成了战时指挥部，偌大的大班台摆满了资料，电脑屏幕的一角贴了一张便利贴，书写着她的宣言：我永远不为他人而活，也不让他人为我而活。

在承诚看来，当下的中国，到处是机会。令他疲惫不堪的，只是山高路远的事业征途。时间，好像对承诚已经没有了度量的意义，日复一日的忙碌，他不清楚是自己在拯救工作，还是工作挟持了他自己。

承诚将办公室的面积扩大了一倍，全落地玻璃窗，被幕帘遮挡了一半,他不喜欢太强的光线。他同样厌恶黑夜,一回到寂静空荡的住处,他就产生逃离的冲动,倘若不是靠着安定片,他是很难睡着觉的。过分紧张的工作,不明朗的行业前途,情感得不到满足……承诚在生活中流露出越来越极端的情绪,他变得越来越难以坦然和公平地对待身边的人。

他的执拗付出令他收获了傲人的成绩。美林小镇项目陆续斩获"央州规划最佳楼盘""央州最高性价比楼盘"等一系列殊荣。承诚成为央州房地产企业界一颗耀眼的明星,被新闻界誉为"有责任感的青年才俊"。

这日,在央州大酒店的八方厅,嘉宾们坐在套着乳白色椅套的椅子上,凝视着前方。优雅高贵的深蓝色主背景前方,落座的是承诚和美林置业的董事们。摄像记者站在会场的后方,将镜头聚焦承诚。

嘉禾与美林又达成嘉美大厦写字楼项目的开发战略合作,一个新的地标项目倍受瞩目。承诚这次作为执行董事兼总经理,在新闻发布会上发表对今后的房地产行业发展趋势的看法。

"房地产行业经过宏观调控政策的洗牌,逐渐进入稳定,投机得到抑制,刚性需求得以爆发。面对大量不看好房地产行业纷纷转行的现象,我依然选择坚守。对房地产的调控是国策,国家并不是打压房地产行业,是为了健康有序发展,这个阶段是激荡的痛苦时期。房地产不是不能做,而是如何做。变革带来的更多的是机遇,只要有开放的心、学习的心,我们就应该充满信心。只要我们做出符合市场需求的好产品,做好服务,就能得到市场和客户的认可。"

媒体的聚焦和现场的掌声给了承诚极大的鼓舞。他是青年才俊,儒雅的外表下,骨子里有股不服输的狠劲儿。面对事业,他只有全力以赴,才会心安!新闻发布会刚结束,一名女记者拦住了他:"承总,请问您个人有什么愿望吗?"

"人的每个成长阶段最难能可贵的是改变,跟上时代变革的步伐,让自己的思维逻辑和思想境界改变,与身份相匹配。当资产规模到达一定程度变为数字的时候,财富就转化为对社会的责任。到那时,我愿意回馈社会,不再做金钱的奴隶。"承诚说。

发布会结束,承诚独自去了美林小镇一期即将交付的工地视察。在繁忙的工地上,景观工程人员正在有序地进行堆土造坡。他戴上安全帽,仰头看看粉饰好的建筑立面,发现一幢楼立面有鼓包的现象,轻微开裂。他心情不爽,立刻致电土建主管小姚,要求立刻恢复立面。接着他来到二期工地,爬上一幢楼的二层,这里正在进行混凝土施工,模板上面有少量垃圾,显得不平整。他的怒气从心口迅速涌向脑门,举起手机对行政部发飙道:"所有人取消休息时间,召开主管级以上骨干人员立刻开会。土建主管小姚工地管理不善,罚款五千元!"

在会议室里,骨干人员悉数到齐。承诚冷峻而严肃的面孔,让整个房间的空气变得沉重而压抑。大家都清楚,这次又有人要倒霉了。小姚坐在后排,臃肿的身体塞在座椅里,他的手有些抖,低头看着工作笔记本,大气不敢出。

"今天工地的状况行政部已经通知各位了吧!人品决定产品,小姚没有责任心,就是无人品!四十岁的人了,这个年纪按说就要做到项目经理了,你还是个土建主管。既然不思进取,干脆将你撤职!像你这样的人,活在世上还有什么颜面,不如去死!"

承诚骂完踱步出了会议室,谁也没有关注小姚的变化。会议室接下来要召开一个视频会,小姚行为开始反常。他在视频屏幕下不能自控地走来走去,行政人员以为他故意干扰正常工作,不客气地指向他的鼻子厉声道:"请你出去!真是没品没德!"

第二天天微亮,持续不断的手机铃声吵醒了承诚。他打开手机,尚未开口,就听到行政部经理急促、惊恐的声音:"承总,不好了……姚……姚工他……左腿骨折了!"承诚瞬间惊醒,既有些恐惧,又有些困惑。

小姚是在天未亮的时候从工地的二楼跳下的,他痛苦的惨叫声惊醒了民工,行政经理第一时间将他送进医院,之后打电话向承诚详细地汇报了情况,同时也通知了小姚的家属。

承诚随后赶到医院,医生初步诊断小姚大腿骨折,无生命危险,因为精神受刺激很大,已经做了镇静处理,具体情况如何,要等手术结束后才能定论。承诚对行政主管叮咛了一番,就急匆匆地回了公司。

中午饭点的时候,写字楼大堂一片混乱声。小姚的老婆在大堂中大哭大闹:"你这天杀的老板,天天忽悠我老公加班,没日没夜,恶魔公司! 恶魔老板!"小姚的老母亲坐在地上悲痛欲绝,两个小孩子坐在她的身旁一起哭。

承诚没想逃避,来到一楼大堂,他忍着胃液倒流的痛苦,安慰家属,可家属根本听不进去。小姚的老母亲悲愤地撕扯着他的衣服:"是你让我儿子去死的? 你也有爹娘,他们这样教你骂人去死吗? 我儿子残了,你先去死!"情势已经失控,几个保安将承诚护送出了大堂,刘勋将他送回住处。偌大的房间,承诚感受更多的是窒息感。

"我的人生到底是从哪里开始不正常了?"承诚扪心叩问。这样的困惑,并未让他的伯爵手表走得慢一点,秒针按照既定的节奏跳动着,一切显得如此的理性和冰冷。与此同时,小姚跳楼的事情在自媒体、微信朋友圈、网络论坛上不断地发酵。小姚的家庭背景也被爆料了出来。小姚父亲死得早,由母亲含辛茹苦养大。他这个倒插门女婿在妻子的家里一直没有尊严,是老婆口中的"废物"。自卑的小姚想在职场里混出模样,在嘉禾一年多来,他加班加点,日夜繁忙,就是大年三十,他也只回家待了半个小时。领导曾承诺他,等美林小镇完美收官,就晋升他做工程部经理,如今多日的努力化为泡影!

　　隔天,行业里充满了对嘉禾的各种质疑和谴责。小姚的妻子对嘉禾公司展开起诉,刻意对媒体提供各种恶意的言辞,要求嘉禾对丈夫赔偿。小姚在医院的照片上了报纸头条,内容上添油加醋,真真假假混杂在一起,个别媒体用词无所不用其极,为了博人眼球,把话题抛得高高的,至于摔下的结果,只有企业自己承受了。公司的危机公关对此显得回天乏术,《央州晚报》的官方微博更是发出"三问嘉禾的完美主义"的评论。一时间,承诚倡导的完美主义工作精神变成了"魔鬼公司,毫无人性"。

　　舆论将承诚和公司推到不良道德的风口浪尖。承诚清楚地知道,舆论很容易转换成道德压力,社会形象和公众评价就是企业的命根子,一旦企业招牌倒了,紧接着就是对他管理能力的质疑、合作伙伴的甩锅退场,以及无休止的查账。这晚,他又服用了安定片,关掉手机,怕一打开就会收到员工各种负面的信息。

二

　　公司为了及时止损,给了小姚一笔补偿金,小姚家属才算不闹了。然而一波刚平,一波又起。一个阴雨天,央州银行的人来到美林置业,联系到美林金融中心负责人苏青。

　　"苏总,我行发现德茂公司的账户上多出20亿的巨额资金,迅速又转走了。他们的资金借贷来源系贵司美林置业。我们经过调查,德茂公司的借贷资料里,出具的央州银行担保函是假的,上面的公章属于伪造,也就是萝卜章。"

　　苏青吓破了胆,赶紧找承诚,承诚听完不寒而栗。美林大厦是央州的明星项目,启动资金30个亿,他自己也跟投一亿资金入了股。

　　"德茂公司将资金迅速转走,有可能是资金逃路,追回损失就难了。美林项目一旦启动,资金不足,银行再抽贷,后果不堪设想。"承诚心有余悸地说。

"承总,美林大厦项目前期融资后,您说项目需要一段时间才启动,资金闲置,还要向银行支付利息,如果有合法渠道,可以用部分资金放贷获得更高的利润。当时德茂公司急需资金周转,经您的好朋友何律师引荐,促成了这桩交易。您还将这件事上了董事会来决议……"苏青说着,眼神飘忽不定。由于紧张,暗藏的录音笔从笔记本中滚落在地上。

"录音取证,你真是好同事、好伙伴!"承诚气得差点儿把办公桌掀翻,指着苏青的鼻子吼道:"苏青,审核银行担保是你办的,不是吗?还不去报案,冻结对方所有账号,尽快追回损失!"

苏青脸色都变了,火速去报案。

承诚独自坐在办公椅上,眼前一片眩晕。他知道事情的严重后果,资金如果要不回来,要么项目重组,要么卖项目,又走回父亲承树生失败的结局。自己损失还不算,怎么给其他股东交代?他仔细地回忆这件金融骗局的始末。美林作为一家企业,不能直接将资金借贷给另一家企业,为了安全合法,当初找到万安信托公司做中介,央州银行为德茂公司兜底担保。这些程序都没错,既然担保函是伪造的,事情肯定出在人身上。当初法律顾问何律师拍着胸脯告诉他,德茂是一家优秀的企业,从未有过不良信誉。

承诚情绪激动地拨通何律师的电话:"何律师,德茂公司你了解多少?"

"承总,我作为法律顾问,只负责美林与德茂的双方接洽,不介入双方实质性的交易环节。再说是你们自己对担保进行审核的。"何律师说完就挂了电话,显然他已知晓此事,并有意撇清责任。

难道德茂收买了何律师?收买了苏青?收买了银行的人?还是他们一起做局制造了这场"瞒天过海"的金融诈骗?只要司法介入调查,诈骗方的法人、财务负责人、公司实际控制人会很快水落石出,但他也明白自己难辞其咎。

不出所料,银行派驻人员到美林置业,检查贷后的相关风险。晚上,股东们在会上吵作一团。

"公司干部队伍数量与质量严重不足,管理上也存在各种漏洞。财务举报刘勋,他以招待费、烟酒采购、礼品费用报销的名义,骗取公司价值12万元的款项。公司要立案调查。承总,公司要对您所有签字的财务支出进行审计,请做好准备。"一位股东将矛头直指承诚,"即使款项追回来,也要对相关人员进行追责!"

"这是董事会集体决议的,都要检讨。现在最重要的是追回损失。"另一位股东沉重地说。

"当初如果不是承总提议,哪有这档子事情?这个愚蠢的决策简直等于给公司挖了个坟墓!德茂公司已经将资金转走了,如果追不回来,我们都集体跳楼算了!"

……

会上没有讨论出解决事情的方案,只能寄希望于司法机关。承诚在会场一言不发,任其他人争吵,他自己无话可说。回到公寓,承诚已经不堪重负。他蜷缩着身体在地上不停地抽动,一次又一次哭到崩溃。他的内心支离破碎!撕心裂肺的痛苦让他的抑郁症更加严重了。渐渐地,他出现了幻觉。小姚母亲仇恨的眼神,像利刃一样割裂着他的神经!何律师轻蔑地笑话他,讥讽他!股东骂他没能力,讨要被骗的资金……他用拳头频繁地砸向自己的脑袋,来驱逐幻觉。

熬到了夜幕降临,承诚独自到了他最熟悉的办公室。夜深人静的时候,不再有人打扰他。大班桌上的烟灰缸内,像抢滩登陆战后的战场,横七竖八地插满了烟头,犹如一个个牺牲的战士,显得悲壮不堪。空气中弥漫着浓浓的烟草味。

会上股东们尖锐的骂声刺激着承诚敏感脆弱的神经。对于这样的剧变,他尚未做好准备。但是这么多年,他为企业呕心沥血地倾注所有,遵纪守法,甚至不敢有任何亵渎善良之念。他曾经在心中预演过企业倒闭的各种惨状,唯独没想到自身会陷入舆论的汪洋,更想不到他的一个想法会令企业陷入囹圄。资金是企业的生命线,被德茂骗去的资金能追回多少还是未知数。他还有东山再起的机会吗?他的胸口像堵了一团棉花似的,有种要憋死的窒息感。

夜里,车水马龙的声音已经逝去,他习惯性地站在办公室的落地玻璃窗前,吞吐着香烟,眺望着这个城市斑斓的夜景,努力思索着应对方案,却没有回响和答案。

他很累了。他想起了刘勋。公司上下都知道刘勋是他的贴身司机,报销也几乎是承诚日常应酬的主要开销。他恨自己用人不淑,刘勋、何律师这些人都在利用、算计他。他开始怀疑一切了。

承诚脑袋发胀,他打开书柜,拿出白兰地,向口中猛灌几口,手指夹着香烟,眩晕地来到顶楼天台上。秋意凉凉,他眺望着夜间的城市,林立的高楼,白天像牌桌上的多米诺骨牌,一个个有序地矗立着,夜间每个窗户似乎都变成了一只只嘲讽的眼睛,冷森森地盯着他。

承诚手抖着向前走了几步,两只脚掌并立在天台的边际上,他想念文秀了,眼前却浮现出文秀幽怨的脸。"远见太远也是贪婪,超出边际就是流放。天堂不是天上,而是心境与世界和解!"文秀曾经的话对他来说是莫大的讽刺!他希望获得内心的宁静,再也不用去面对欺骗、孤独、煎熬、恐惧、失眠、不被理解……

他看到美丽的妈妈正张开双臂,微笑地望着他,召唤他。酒精的助力在他体内形成一股强大的力量推动着他向前。手中的香烟被他弹了出去,他乏力地张开双臂,在空中划过一道弧线,像飞翔,像拥抱夜空!

接着,寂静的地面传来一声沉闷的声响。

三

"新闻发酵顶多几天的热度,总会被更博眼球的新闻事件所替代,就像潮起潮落,浪潮总不会一直处在高点上。我们无须担心,无须议论!"一大清早刚上班,文秀听到身边的同事在谈论美林资金被骗事件时说。她如今看事情越来越理性了。

文秀刚坐下,手机便响了,是刘婉婷打来的,她看到这串熟悉的来电号码,心中生出不祥的预感。

"文秀姐,承总……他凌晨堕楼了!同事在收拾他的房间时,发现了医院的诊断书,他有抑郁症很久了。加上公司接连出事,他没扛住。"

一瞬间,文秀的脑子"嗡"地一下,她眼泪情不自禁地淌了下来,无法接受这样的现实:"怎么会呢?"

刘婉婷呜咽道:"文秀姐,节哀顺变吧!保重身体!"

文秀放下电话,极力控制着情绪,起身把自己反锁在办公室内,不容任何人打扰。她伏在大班桌上,把脸埋在两只叠加的胳膊上,放声大哭。

文秀的眼睛在为承诚下雨,而心却在倾力为他打伞,喃喃自语道:"你承受着'高处不胜寒'的寂寞,却找不到自己的寄托在哪里!一切尚未到最糟糕的地步,你就抛下亲人朋友走了。你小心翼翼地保护着可怜的自尊,以此为支撑点,期望托起道德的高度。死比活着容易,你选择了一个自己力所能及的方式来响应现实!"

她想起承树生心脏不好,又不在国内,迅速找到以前在嘉林工作时的旧通讯录,第一时间将不幸告知了李书山。虽然他已经退出房地产江湖,论与承家的交情,他善后最为稳妥。李书山接到文秀电话时还在悠闲地打高尔夫球,噩耗犹如晴天霹雳,让他难以置信。承诚这个孩子,自己也算是看着长大的,善良、聪明,现在拥有的一切,都是他们老一辈曾经梦寐以求的,谈何轻生!"死者长已矣,生者常戚戚!"老年丧子是人生难以承受的剧痛,这让老友承树生如何接受!还好自己在国内,当初承树生邀请他到澳洲小住,老伴儿不适应澳洲的生活,他只得又回了杭州。李书山紧急安排承诚的善后事宜,告知美林与嘉禾公司上下对承树生封闭消息,举全公司之力,平息媒体发酵。他决定亲自赴澳洲面见承树生。走之前,他老泪纵横地告诉老伴:"纵然老承有什么不测,我在他身边,也好有个照应。"

承树生得知李书山要来澳洲看望他,甚是高兴,叮嘱管家宋京筹备接机,最好安排几个活动,以尽主人之礼。八月的墨尔本,即将入春,因为靠海,气候很是湿润。承树生住在一个靠近海湾的别墅内,虽然在异国,但他活动范围都以华人社团为中心,熟悉他的华人多少知道一点他在国内地产圈的风云往事,他对城市和社会的贡献赢得了许多华人对他的尊敬。管家宋京是个华裔,四十岁出头,擅长针灸,照顾承树生的日常生活起居和外出活动。

宋京接到李书山,礼貌地告诉他这两天的活动安排。李书山表情肃穆地说:"取消一切计划。我和老承是一辈子的搭档、好友,不需要见外,在家里就可以了。"宋京微笑着礼貌点头,示意明白。

承树生见到李书山,拥抱着互相拍了拍肩膀。李书山对宋京说:"我和老承,一杯龙井茶足矣,你可以先忙。"

宋京从承树生默许的眼光中,礼貌地点点头,退出。李书山熟练地热水,冲洗茶杯,沏上新茶。豆绿色的龙井茶叶随着热水的注入,翻腾着四散充满了玻璃茶壶,通透的热水也因茶叶变得轻微的浑浊,水的高温催化着茶叶舒展开来。

"澳洲没有繁杂的事,还真养人!看你现在的气色,调养得真是不错!"李书山说。

"先养精蓄锐,以后总有事情做!书山,我们不能服老,天天晒晒太阳,在湖边散散步,这样的老年生活真是没有意义。嘉林的结局其实也不是最差的,股份卖掉后还有些资金做点喜欢的事情。人生曾经的巅峰期,也是思想的苦闷和焦虑期,理想主义不能生发即幻灭,事业不能发达即受挫,过了这个年龄段,慢慢平静了,回归现实,总会迎来新的收获,让理想事业在一种无压力、无欲望的自由状态下舒张。一切都会好起来的。"承树生乐观地说。

"你想做什么?"

"我们老了,为老人再做点贡献也好! 年轻人对老人不会有什么兴趣,社会也没有全面考虑到将来70后、80后这些人的养老问题,养儿防老目前已经不现实,因为大部分老人不愿跟儿女住一起,养老院也不愿去,只是我还没想好商业模式……"

"老承——"李书山微微静默了一会,眼里噙满泪花,眼前的老友一直充满理想和道义,嘉林之后,承树生还是承树生。

"怎么了?"承树生问。

李书山隐忍不发,静默了几秒钟,下了决心,语气凝重地说:"老承,有一事,需要你挺住!"

承树生谈笑风生地说:"人过花甲,什么风浪没见过,你说!"

"承诚离开了我们,是前天。"李书山说完注视着承树生的表情变化。

"怎么离开的?"承树生收起笑容,他不敢往坏处想。

"孩子堕楼了! 他没有违法违纪,就是年纪轻、心事重,被挫折压垮了。后事我已经安排妥当,等着老哥回去。"

"怎么可能? 他身边不是还有小文吗?"

"消息的确是一个叫文秀的女孩告诉我的。我们一直认为他懂事,其实孩子有抑郁症很久了,从嘉林被收购时他就不开心,以为是压力引起的……是我们没有尽到关心。"李书山痛心地说。

承树生像被雷电击中般,双目圆睁,定格在椅背上。他一动不动地盯着李书山的眼睛,像是要穿透眼睛,看到灵魂的深处一样。李书山忍不住失声痛哭。这让承树生切肤地体会到,刚才听到的,是真真切切的,是真实的。

缓了一会,李书山慢慢伸出手掌来,在承树生手背上轻微碰触了两下,以示安慰。气氛变得异常凝重,以至于把承树生的心几乎压碎了。承树生用右手按着胸膛,李书山紧急迎上,扶起心力交瘁的承树生,挪移至沙发上,仰面躺在沙发的靠背上。

"我打电话,叫大夫来。"李书山急忙说。

承树生无力地摇摇头,用手示意不用了,接着大颗大颗的泪珠往下掉。李书山密切地关注着承树生的身体变化,顺手拿起一本杂志对着他的脸扇风,以便增加空气的供氧量。过了一会,承树生抬着沉重的手臂,缓缓地示意李书山坐下。李书山一直提着的心也缓缓地落了下来,这一关总算过去了。

承树生这位久经商海的老将,知道遇大事必先静气。茶香飘忽于承树生的鼻翼,他的思绪也随着这淡淡的清香,游离到了那个曾经承载儿子事业的央州。他闭上眼睛,想象着儿子从高处落地后的挣扎和死亡,儿子经历的巨大痛苦,就像割了自身的肉!他只教导儿子如何立业,却忽略了其他太多。此刻再自责,为时已晚!

业内又开始疯狂地转发《脆弱的富二代为何经不起失败?》《地产精英管控失败经验探秘》等一系列帖子。同时媒体还报道了法院披露的美林巨额资金被骗的细节:"万安信托收了德茂公司一千万中介服务费,接待和出具给苏青担保函的银行工作者是德茂公司员工乔装的。苏青收了德茂公司三百万好处费,草率地在担保函上签字,并成功运作通过美林公司金融中心的审核。"

偌大的央州,连一处安静的地方都没有,这让承树生痛恨极了。在央州的殡仪馆里,承树生拒绝了任何人的吊唁,唯有李书山一直在身边陪着他。骨肉分离,人生至痛,他被彻底击倒了。承树生将承诚的骨灰安放在妻子墓地的旁边,那本来是给自己留的,不承想造化弄人,白发人送黑发人。这一刻,承树生甚是悲戚,倒在妻子的墓碑前:"我这一生忙于事业,忽视了对爱人的照顾,对家庭的照顾。妻子、爱子相继离去,而我还在这里,这何尝不是老天对我最大的惩罚!"

李书山静静地站在一旁默默垂泪,他想劝导,毕竟这也是一位老人,难以承受其中悲痛;又不能劝,承树生需要倾诉和宣泄,这或许是他能坚强活下去的唯一途径。李书山唯一能做的就是这么默默地陪着,在他的身后几十米开外,医护人员隐蔽地藏在陵园的一角,随时候命。

承树生接下来闭门谢客,家里除了一周一次的医护人员定期家访之外,就算是偶尔有几个好友登门拜访,也不敢长时间打扰。管家宋京跟了回来,日夜看护,怕承树生想不开。在家里,承树生变得沉默寡言,半躺在床上,卧室里电视开着,他没看,也睡不着。曾经健硕高大的他,日渐消瘦和单薄,头发灰白,越发显得颓废和萎靡。

四

挨过了小寒时节,虽然江南的景色要比央州显得青翠些,但雪花仍如约般洋洋洒洒地零星飘落,点缀着青山绿水,勾勒出秀山的层叠起伏,在天地水景一色的映衬下,若隐若现,宛如仙境。这一日上午,老搭档李书山和常基铭为帮老友走出阴霾,盛情邀请承树生离开别墅,去游岛逛湖。李书山开着车,载着两人,沿着临湖大道直奔太阳湖,穿过花岛大桥,一路进入葵花岛内的一家农家乐,时间虽然刚过饭点,但是热菜热汤上得及时,显然李书山对此很熟。家常菜虽是简单,但配上温好的米酒,也算温暖。大家推杯换盏,承树生的心情也豁然开朗。

三人酒足饭饱,留下车子,迎着飘零的雪花,上山踏雪寻梅。迎风酒劲散,三人脚下顿时有轻松绵软的生风之感,一路走来步伐甚快。登上山坡,翘首望去,梅花树遍野,近处的湖水平静如镜,远处的湖水和天色一体,天际线变得模糊不清。只是梅花尚未开放,甚是遗憾。但枝头花蕾饱满欲展,只等凛冽的北风吹过,一展风华。

借着酒劲,伴着飞舞的雪花,三位花甲老人,犹如放纵的少年肆意地在山野中逍遥。蓦然夜色升起,远处零星的村屋,灯火阑珊处,惊鸿一瞥,有一座寺庙隐于几户人家之中。寺庙依山坡而建,左右都是庄户人家,如若不是高高的山门显示着与众不同,很容易把它错认为庄户人家的大宅子。只见山门左右挂着一副楹联,字体圆润,浑厚有力。上联:一切唯心造;下联:无心自解脱。

李书山喃喃自语:"这联子说得有道理,人生那么多烦恼,不去解就是困境,可怎么才能无心而解呢?"

"造,还是解,都是一个求得心安不苦的理由罢了。自从孩子走了之后,我一味忏悔,自罚也没换得心安。"承树生悲怆地说。

今日踏雪寻梅本来是帮承树生走出自闭的,没想到一副对联又惹得老友伤感。这大道至简的道理谁都懂,但要从丧亲之痛中走出来谈何容易! 李书山安慰他说:"老承,不要太难过了,你想做点什么,我和基铭都陪着你!"

"是否进门寻求破解痛苦之法?"常基铭问承树生。

"我们已经领会了对联的意思,不必叨扰里边的人清修,向前走吧。"承树生望着高高的山门,摆摆手说。

又走了十几分钟,见几户墅院,其中一家虚掩着门。推开门一看,院落有一百平方米,青灰色的墙,院中两株梅花含苞欲放,院落的一角堆放着几个茶筐。一位老人刚刚在院中洗净了劳作一天的双手。

"叨扰老先生了,我们一路口渴,想讨杯茶喝。"李书山客气地说。

老人见三人气质儒雅，热情地引领他们到客厅落座。客厅装修得极其朴素简单，一台年久的电视机、一台冰箱、一张大的茶桌，沙发角几上随意摆放着几件生活用品。微弱的灯光下，屋子里显得有点昏暗，但很温暖。老人耄耋的年纪，满头银发，皮肤黝黑，披着深色的厚外套，精气神俱佳。他拿起一副老花镜戴在脸上，开心地示意承树生三人到茶桌前落座。随着开水的冲泡，白毫银针散发出淡淡的草香味儿。

"老先生，就您一个人在家吗？"李书山问。

"还有老伴儿。在屋子里边躺着，女儿精心照料着。"

"为什么不去医院？"

"食道癌晚期，女儿劝她做手术，她说不去医院受那份罪了！"老人黯然神伤起来。接着屋子里传来一阵剧烈的呕吐声，老人显得很紧张，匆忙进里屋去了。

承树生三人默默无语。

一会儿，咳嗽声止，屋里安静了，老人老泪纵横地走出来，从他的伤心能猜测出来，他的老伴儿时日不多了。这一幕又刺痛了承树生，他不由得感慨道："这段时间，生死问题一直困扰着我。死，或轻于鸿毛，或重于泰山。我这一生都努力做对的事情，比如造房子，把房子造得美观实用，让业主满意，完成房子安居乐业的本来面貌。让自己生得有价值，将来死得有尊严。可这二十年来的风雨历程，我呕心沥血、事业受挫、骨肉分离。如今我这身子骨和精气神，已耗尽了大半，土几乎要埋到脖子根了。"

"怎么能这样想呢？你在身体力行地践行着正确的事情，虽败犹荣。"老人说。

"一个人纵然创造过多么辉煌的历史，包括衍生的荣耀地位，皆可成为红尘笑谈。我曾经孜孜不倦追求的事业，在伟大的时代里是很渺小的。"

"但生命在继续着,就应该关注当下。"老人悠悠地叙起往事,"我生在乱世,那时咱们国家还处于危难之中。战火里,我失去了爹娘、兄弟,后来为了国家,为了民族,我去参加革命,又失去了战友,对生死早已看淡了。能过上太平日子就是我那时最大的愿望。新中国成立后,我捡起来书本奋发图强,做了一名中学教师,后来做到校长,退休后到山上开辟了一个小茶园。去年老伴儿查出来癌症晚期,她跟我说,每个人都有自己的生死,谁都希望亲情永存,谁也不能预见自己的生死,生命缘分尽了,无论谁离开,对方都要安排好余生。她对女儿也是这样说的,希望我和女儿不要因悲伤虚度时间,安排好自己的生活,体现当下的价值。"

"人的生死就像一本书,翻开一页即生,翻开另一页即死,但这也是生的开始。对个体而言是死,对人类,是不增不减,是永恒。生死也是遵循了生命周期,我们不能被生死困扰,应该在有生之年,力所能及地做些事情。"常基铭说完看看承树生,意在鼓励老友。

"你们在盛年时为城市发展贡献力量,是有功德的。难道晚年就不能继续做事情了吗?最大的善业,是播下善因,依托于愿,开枝散叶,让大家都愿意为盖好房子而尽心尽力。让你不仅是你,而是让更多的人成为你。"老人对承树生说。

"我们创造的财富是可以触摸和计算的东西,老先生创造的精神财富才是真正的传承之宝。老先生是良师,启发了我们,人生没有太晚的开始,每个人的价值都体现在当下,不是昨天。"李书山敬佩地说。

承树生虽沉默不言,心境已逐渐开朗——人生多磨难,如果被困难压倒,就得不到这笔人生财富。

从葵花岛归来,承树生精神好了些,经常在屋中练书法,渐渐从痛苦中走出来。李书山和常基铭明白,承树生又要开始做事情了。

五

　　文秀挨过冬季,春节乘飞机去了三亚。高宇从深圳赶来陪她,在"面朝大海,春暖花开",有帆船、有沙滩、有椰树的地方,帮文秀驱散心中积压多日的阴霾。

　　"如果我不这么任性,能够跟上他的节拍,他也许不会这样!我们最后一次见面,他表达了重归于好的意愿,是我对不起他……"文秀自责地坐在椰子树下垂泪,温暖的海风并没有给她带来一丝安慰。

　　"这不怪你。每个有追求的人都有一个阶段要爬坡,但应该知道该用什么方式去活着。你曾经努力让他接受平等的观念,他从自己的感觉出发,没有正视你对他的爱恋。"高宇把纸巾递给文秀。

　　"人在婚姻的路上,有'结婚'和'不婚'两条路选择,男人似乎不存在困惑,他们是来去自由的。男人眼里的家,似乎更多的是一种责任、负担,房子更多地与身份、地位、权力相联系。他们眼中的家是实体的、物质的、有价的,是人生奋斗所获得报偿的一部分。"

　　"没错!大部分男人是这样。但我例外,我想结婚,想和自己喜欢的女人结婚,愿得一人心,白首不相离。"高宇的手放在背后,紧紧攥着精心准备的求婚戒指,细致地观察着文秀的情绪变化,寻找机会向心上人表达。

　　"号外号外,春节有重大新闻。那个曾经差一点成为你爸爸的承树生又出山了。"文秀的手机铃声响起,助理那惊讶的语气好像要从手机的那头钻过来一样的夸张。

　　文秀对这样的玩笑很是无奈,淡淡地说了一句"知道了"。她挂掉电话,打开助理发过来的新闻链接。承树生再次进入人们的视野,创建"诚城商学院"。视频里播放着老人家的分享会。

　　"以诚筑心,众志成城。商学院的使命,是以美好城市为核心和目的,为政府社会管理、媒体舆论导向、房地产行业建设、城市的生活者之间,构建信息交流和分享的无阻碍平台,为城市发展趋势提供预见和决策基础智库分享,同时也是房地产从业者进修学习的殿堂。"文秀逐字念着,眼睛再次湿润,"商学院的名字,是一个父亲对爱子的眷顾和怀念。董事长为了城市的美好愿景,大爱的种子已经开始撒播。我很庆幸,我曾经是他的员工,这是属于我和他共同的部分。"

"一个人从巅峰跌到谷底,磨难可以改变他的处世态度,但不太容易改变精神情怀。时间可以抚平一切伤痕,你不要太伤感了,我和你一起面对未来。"

"谢谢你为我做的一切,你永远是我最重要的朋友。"文秀低下头,低声婉拒了高宇,"我想一个人走路。"

"为什么?"

"一个人走路,更加自由些。"

"你还是心里放不下他。他改变了你,给了你职场上的成就、梦想,只缺给你一个家。"高宇失落地感慨道,"我半生漂泊,从求学、工作、转行到离婚,与农民工、大学生、各路商业精英一样,在这个波澜壮阔的大时代中寻找自己的梦,然而经历人生起伏后,我只想有个幸福的家。"

"对不起!"

"也许有一天你不想一个人走了,我能给你另一种生活,陪伴你一起看星辰和大海。希望和喜欢的人走在一起也是一个目标。对于我这样一无所有的人来说,没有目标就像失去了灵魂。我会等你到80岁,80岁之后就不等了,因为那个时候我没有能力照顾任何人,也包括你。"

"你真傻……"文秀捶打了几下高宇的肩膀,哭着跑开了。

高宇将戒指永远地藏了起来。

假期结束后,文秀回到央州,在客厅里增添了一架施坦威白色钢琴,弹钢琴成为她下班后一项必修课,虽是休闲娱乐,更像是修行。一天,她收到了高宇的来信:"文秀,我想通了,给你自由,让你一个人走路。但我还是要努力活到80岁,给爱情一个梦想吧!"

高宇坐在去往澳洲的飞机上,通过靠近左侧的小舷窗,尽可能地向下俯瞰着即将离开的城市。天太高了,除了白云,他什么也看不见。他迷迷糊糊地靠在窗上睡着了,深深坠落到自己编织的梦境。

文秀的泪珠滴在了信笺上。此后,她越发低调,她的眼睛经常蕴含着柔情与忧伤,灼热与孤独。她的身边不乏男性追求者,但她不冷不热的态度,让这些男士望而却步,不敢再接近。

六

随着林荫道旁的树木枝繁叶茂,夏天要到了。这天中午,室外温度舒适,绿叶飒飒作响,让人慵懒得想犯困。文秀一般在办公室的躺椅上打盹,醒来后她会产生满血复活的斗志,在下午的工作中保持充沛的精力。

助理在她起身的时刻,恰得其时地开门进来,递上一份精致的请柬。她打开一看,是刘婉婷的结婚邀请函,时间在周末。这的确是一个适合结婚的季节。

美林小镇的大草坪上,阳光正暖,碧空如洗,仿佛一切都在为新人祝福!现场的氛围甚是浪漫,清新绿色的草坪,配上飘逸的薄纱,点缀着素雅的花卉,每个细节都显示出精心的设计和布置。新娘刘婉婷佩戴着头纱,华丽典雅,颇具梦幻气息。洁白的婚纱,长袖蕾丝设计搭配小开口V领,精致而高贵。裙摆在身后宛如一朵舒展绽放的玉兰花。新娘和新郎多次甜蜜互动,眼神之间全是满溢的爱恋和宠溺……

现场观礼见证幸福的人群中,不乏着装优雅的商贾名人。几个孩子在人群内嬉闹追跑,笑语、音乐在空中回荡。这一切,人在其中,又恍然置身世外,有一种浮生若梦之感。

文秀平静地站在外围,她的套裙款式经典大方,剪裁立体流畅,很好地勾勒出她苗条的身形,淡雅、自然、柔美。钱美伊站在文秀的身旁,玫红的鱼尾裙将她的身体包裹得玲珑紧致。

"瞧这阵势,都赶上拍电影了!"美伊羡慕极了这华丽的婚礼现场。

"你多实在呀,除了钱什么都没意义!不过,我真不知道婉婷有这么好的家世!"文秀说。

此景此情,赏心悦目。结婚典礼仪式完毕,文秀和美伊到自助餐区吃点心。她们手中各自端着一杯香槟,找了距离舞台区较远的一组桌椅坐下来谈心。美伊唠起话来,总是一种说不尽委屈的阵势,文秀默默地听着,一边品着甜点,一边以微笑回应着美伊。

一位老奶奶缓缓走来,老人家的皮肤虽然下垂,但是光洁无斑,面色红润少纹,头发灰白浓密亮泽,身材不胖不瘦,看上去六十多岁。她看似是有点累了,想找个相对安静的地方休息。文秀起身拉开一把椅子,推到老人家的腿弯处,邀请老人坐下。老人感激之情难以言表:"谢谢你,孩子!"

"老奶奶,我给您取些点心尝尝?"文秀问。

老人家摇摇头说:"不用了,这会儿就想歇歇。"

"老奶奶,今年高寿呀?"文秀问。

"九十了!"老人说年龄时显得很自豪。

"天呀!您的皮肤像少女,怎么保养的?"美伊听到后惊讶地用手掩住了嘴巴。

"你这孩子,马屁也拍得过头了,不过我还是爱听。"老人家笑逐颜开,"有句老话,'一日吃仨枣,一辈子不显老'。"

"一日仨枣？就这么简单？"美伊显然觉得不可思议。

"当然了，我从二十岁开始吃，一直到现在。但重要的还是养心，你心平静、净化了，你的身体才会健康，才能活得长久。"老人说起话来中气充足，头脑敏捷。

"您年轻时是做什么的？"美伊被老人吸引了，试着猜想老人的身份，她也想像老人一样，保持青春活力，容颜持久。

"我行了一辈子中医。"老人说。

正聊着，刘婉婷拎着裙摆走了过来，新郎跟随在后。婉婷先是向文秀和美伊点头示意，然后俯身抱着老人家的肩膀说道："太奶奶，您要是累了，我送您回去休息。"

"不累不累，你们忙乎你们的，我和这些孩子说说话。"

婉婷拉起文秀的手说："这是我太奶奶，老顽童，婚礼上不让人跟着，拿她没办法！"

"今天我的婷婷是主角，我这老太婆和你的这些朋友一样，是来祝福婷婷的！"

"你和新郎放心去招呼客人吧，我会把太奶奶照顾好的。"文秀说。

婉婷俯身贴着老人身子抱了抱，接着起身走向别的宾客。徐小雅手里端着一个高脚杯，从文秀的身后冒了出来。她脸上涂了厚厚的粉，白得超出了正常的肤色，眼角有明显的细纹。她穿着牛仔套装，挎着一个女包，堆着笑主动前来搭讪。

"我当这两位美女是谁呢！原来是文秀姐和美伊姐！"

"我还以为你不会来呢！"美伊说。

"怎么会呢，我还要趁这吉时多认识点儿帅哥！"徐小雅继续恭维地说，"文秀姐，你身边都是高净值男士，给我介绍介绍呗！"

"怎么？帅哥都看了这么多年了，还没交到男朋友？"美伊开玩笑说。

"交男朋友容易,修成正果太难。这男人,没一个靠谱的！做女人真是太苦了!"徐小雅说着,眼睛继续向远处搜寻心中的目标,扫了一圈,又失望地坐下来。

老人听到她们的谈话咧开嘴笑了:"女人也有贪嗔痴,常为了追求短暂的乐,便一直苦下去。"

这话让美伊一阵心悸,自己的前半生何尝不是这样？

徐小雅说:"那以后我要是见了男人,不起心思也就不用苦了。"

"这叫戒,戒就不苦了吗？"老人说,"这就比如你的手,你要只会攥拳,有病,只会伸掌也有病,自如才正常。"

徐小雅接着问:"太奶奶,女人是结婚好还是不结婚好？"

"不能为结婚而结婚,也不能因为没找到心中的人而不结婚。重要的是自身的条件,决定着你该怎样做,男女之情,源于青春,这是上天给予每个人的。每个年轻姑娘,都渴望有个永远对自己不弃不舍的男人,让他疯狂地渴望你,稀罕你,你和他在一起没有麻烦,只有快乐,他永远不会想与你分开。这是幻象!"

徐小雅说:"哪怕是幻象,也是女人喜欢的。"

老人说:"你爱的不是一个生活里的男人,而只是你虚构的梦中人,一尊没有生命的梦中人,你为这个人套上了漂亮的金缕衣,然后就爱上了他。当有一天你见到一个英俊的男人,觉得他与众不同,就把金缕衣套在他身上,也不管他穿上是不是合身,也不肯看清楚他到底是怎样一个人。你一直爱着那套漂亮的衣服,而不是那个男人本人。"

"值得爱的男人又有几个？又到哪里找呢？"徐小雅继续问。

"青春是有限的,英雄和美女也是有限的。别指望用美色诱惑男人、掌控男人,就像弱肉强食的动物界,去迎合食肉动物的需要一样。寻求爱,先自爱。爱,是旗鼓相当的人之间的吸引。至于缘分,随缘惜缘,不攀缘。否则,难为了别人,也作践了自己。"

徐小雅陷入深思。

"你这孩子,眉宇之间抑郁气结,是不是有什么心事藏着?"老人看着默默无语的文秀问。

"她的男友去年想不开,寻短见离开了她。"美伊快言快语地说。

"他只是生病了!"文秀难过地低下头,喃喃地说,她依然深深自责。

"那个男孩儿不配你。他无法担当生活的不易。做出这样的选择,根本上是现实的逃避。这样的人,即使活着,也不适合你。"

文秀并未言语,老人的真知灼见已经震撼了她的心。

"人心本质是相同的,我们叫它'心念',也就是'情绪',有人想得开,有人想不开。就说我那老头子吧,脾气暴躁,刚退休不久就走了。想当初,刚在一起的时候,我劝他不要动不动就乱发脾气,对自己身体不好。生气发怒不但不能解决问题,还会伤害爱人。他觉得没点脾气还算男人吗,这还有理了!"老人心平气和地说着过去的事,好像是和她无关的事一样,"他走了,我也算清静了。你说没感情吧,毕竟是在你身边日日相伴的人,是孩子他爹。你说有感情吧,可心里咋就全是厌恶呢!人性中就那么一点美好的事物,全被这暴躁的老头给糟蹋了。人活着得面对现实,这个世界不是靠情绪组合的,而是靠理智。你和那孩子,根本就不在一个层面上。你有属于自己的命运,并且只会更好!"

文秀眼中泛着泪光。她的思绪好像开了一扇窗口,情不自禁地说:"女人有苦,男人有痛。男女本来是同类,而有些女人却自甘仰望。我感激承诚,他是我蜕变的营养。男婚女嫁,不是标榜自我,而是平权,是协同。也许只有经历过贪嗔痴和它带来的酸甜辣苦,心才真的能静下来,不把痛苦放大,也不再疯狂地渴望爱情,或许这就是成长吧。生活原本就是简单的,复杂的是我们的心念。心念就像一双隐形的翅膀,需要红尘洗练,才能变得铿锵有力,让自己拥有更大的格局和自由。"

此刻的文秀,明亮的双眸之中更有一种淡泊的清澈。言谈举止之间,不经意地流露着她的修养,犹如一幅画,那样高雅、纯粹。往事在徐小雅眼前一幕幕地浮现,十几年里,她自己就像没头苍蝇似的瞎撞,频繁跳槽,换男朋友如换衣服,扔了买,买了扔。她以为文秀是靠着承诚才有今天,如今方才明白,不是因为站在承诚的身边,文秀才是文秀。这么多年,她低看了文秀。

一只艳丽的蝴蝶翩翩地从文秀身边飞过,后面几个孩子喧闹着尾随追来。其中一个冲在最前面的孩子跑得太快,小腿跌跌撞撞地收不住,向文秀撞了过来。文秀下意识用双手抓住他的手臂,以免他撞到桌子被擦伤。小男孩依然向上蹿跳着要抓那只蝴蝶,结果没抓住,蝴蝶在空中翻了几下,就飞远了。

"小心点,别摔着了。"文秀关切地对小男孩说。

小男孩这才看清文秀的脸,一脸稚气地说:"谢谢姐姐,姐姐好漂亮!"

"这孩子,这么小就懂得讨女人喜欢了!你说这姐姐漂亮在哪里?"美伊抓住小男孩的胳膊。

小男孩天真地说:"这个姐姐眼里有光呀!"

"真的呀,那你看看我眼里有没有光呢?"美伊夸张着挑着眉毛,故意把眼睛鼓得圆圆的。

小男孩躲闪着美伊,笑咯咯地继续和他的小伙伴追蝴蝶去了。人间的情爱与自然界一样,是一场又一场的追逐。一簇簇五彩缤纷的气球,在草坪的婚礼现场腾空升起,在碧蓝的天空的映衬下,带着人们的欢声笑语和祝福,轻盈地向远方飘去。

(本故事纯属虚构,如有雷同,纯属巧合)